講談社文庫

# 贖罪の日

クリス・ムーニー | 高橋佳奈子 訳



講談社

●目次

ジェンへ
方法を教えてくれたことに
ジャクソンへ
理由を教えてくれたことに

人の心には、いまだ存在しないいくつかの場所があって、それらを存在せしめんがために、苦悩がそこにはいり込むのである

——レオン・ブロワ

真の悲劇は正誤の対立にあるのではない。ふたつの正の対立にある

——G・W・F・ヘーゲル

# 贖罪の日

●主な登場人物

ダービー・マコーミック　ボストン市警の科学捜査官
メラニー・クルーズ　ダービーの親友
ステイシー・スティーヴンズ　ダービーの友人
シェイラ・マコーミック　ダービーの母
ヘレナ・クルーズ　メラニーの母
エヴァン・マニング　FBIの特別捜査官
ヴィクター・グレイディ　自動車整備工
キャロル・クランモア　誘拐事件の被害者
マシュー・バンヴィル　ベラム警察署の刑事
ジャクソン・クーパー（クープ）　ダービーの相棒
リーランド・プラット　ボストン市警の科学捜査研究所所長
ティナ・ハスコック　マサチューセッツ総合病院の女医
レイチェル・スワンソン　誘拐事件の被害者
ダニエル・ボイル　元陸軍の狙撃兵
リチャード・ファウラー　ダニエルの親戚
アール・スラヴィック　アーリアン・ブラザーフッドの一員

# I　森の中の男（一九八四年）

## 1

ダービー・マコーミックはメラニーの腕をつかみ、人が歩いた跡のない森の奥へ引っ張っていった。こっちへ来る人はいない。人が集まるのは背後のルート八六の反対側だ。サルモン・ブルック池の周囲をめぐるハイキングや自転車のコース。

「どうしてこっちへ来るの？」とメラニーが訊いた。

「さっき言ったじゃない」ダービーが答えた。「びっくりさせることがあるって」

「心配要らないってば」ステイシー・スティーヴンズが言った。「すぐに修道院に戻してあげるから」

　二十分後、ダービーはステイシーとよく一服しに来る場所でバックパックを下ろした。そこはビールの空き缶や煙草の吸い殻が散らばる、傾斜の急な土手だった。

　新品のカルヴァン・クラインのジーンズをだめにしたくなかったため、ダービーはすわる前に地面が乾いていることをたしかめた。もちろん、ステイシーは無造作に地面に腰を下ろした。ステイシーにはどこかだらしない雰囲気があった。濃いマスカラをつけ、いつも古着のジーンズとひとサイズ小さなTシャツ姿だったが、何を着ても、ピッグペン（『ピーナッツ』の登場人物。常にほこりにまみれている）をとりまく砂ぼこりさながらに身に備わった投げやりな感じを覆い隠すことはできなかった。

　ダービーはメラニーのことは昔から、そう、じっさい、生まれたときから知っていた。ふたりは同じ通りで生まれ育ったのだ。メルといっしょに経験した出来事や逸話はすべて思い出せたが、ステイシーとどうやって出会ったのかはまったく思い出せなかった。三人がどんなふうに親友になったのかも。ステイシーはある日突然そばに現れたように思えた。教室でも、フットボールの試合でも、パーティーでも、ステイシーは必ずそばにいた。いっしょにいて愉快な相手であるのはたしかだった。汚いジョークを口にし、人気のある子と知り合いで、サードベース（ペッティングのこと）までは経験済みだった。一方のメルはダービーの母が集めている陶製のヒュンメルの人形に似ていた——安全な場所にしまっておかなければならない、貴重で壊れやすいもの。

ダービーはバックパックのジッパーを開け、ビールをとり出した。

「何をしているの?」とメルが訊いた。

「ミスター・バドワイザーを紹介しようと思って」とダービーが答えた。

メルはブレスレットにつけたお守りを手でいじった。不安になったり、怖くなったりしたときにいつもする癖だ。

「さあ、メル、受けとって。噛んだりしないから」

「いやよ、だって、どうしてこんなことをするの?」

「馬鹿ね、あんたの誕生日を祝うためじゃない」ステイシーがビールのプルトップを開けて言った。

「それと、あんたが免許をとったことを祝って」ダービーが言った。「これでショッピングモールに連れていってくれる人ができたわけだから」

「缶ビールがなくなってること、お父さんに気づかれない?」メルがステイシーに訊いた。

「地下の冷蔵庫には六ケースもビールがはいってるんだ。六缶ぽっちなくなってたってわからないよ」ステイシーは煙草に火をつけ、パックをダービーに投げてよこした。「でも、あの人とママが家に帰ってきて、あたしたちが飲んでるのを見つけたら、一週間はまともにすわったり、ものを見たりできなくなるのはたしかだけど」

ダービーは手に持った缶を掲げた。「誕生日おめでとう、メル――それと、合格おめでとう」

ステイシーはビールを一気に半分飲んだ。ダービーもごくごくと飲んだ。メラニーはまずにおいを嗅《か》いだ。目新しいものを味見するときには、いつも最初ににおいを嗅ぐのだ。

「生焼けのトーストみたいな味ね」メルが言った。

「飲んでいるうちにおいしくなるから。気分もよくなるしね」

ステイシーはルート八六を近づいてくるメルセデス・ベンツらしき車を指差し、「いつかああいう車を運転するんだ」と言った。

「運転手をしているあんたの姿がはっきり見える」とダービーが言った。

ステイシーはダービーに中指を上げてみせた。「ちがうよ、馬鹿。ああいう車を誰かに運転させてまわるの。あたしは金持ちの男と結婚するんだから」

「こんなことをあんたに教えなきゃならないのはいやなんだけど――」ダービーは言

った。「ベラムには金持ちの男なんていないじゃない」

「だからニューヨークに行くんだってば。それで、あたしの結婚相手はびっくりするほどすてきなだけじゃなくて、あたしのことをちゃんと扱ってくれるの。いいレストランに連れていってくれて、きれいな服を買ってくれて、あたしがほしい車はどんなのでも買ってくれるってわけ。カリブ海のお気に入りの別荘へ行くのに自家用飛行機だって持ってるんだ。あんたはどうなの、メル？　どういう男と結婚するつもり？　それとも、まだ修道女になるって決心は変わらないとか？」

「修道女になんかならないわよ」メルは答え、それを証明するようにビールを大きくあおった。

「つまり、ついにマイケル・アンカにナニを許したってわけ？」

ダービーはビールにむせそうになった。「あんた、鼻ほじ野郎とつき合ってたの？」

「そんなの三年生のときにやめてるわ」メルが言った。「もう鼻をほじったりしないわよ」

「それはよかったね」ダービーは言った。ステイシーは大声で笑った。

「ねえ」メルが言った。「彼はいい人よ」

「もちろん、いいやつだよ」ステイシーが言った。「最初はどんな男もいいやつの振りをするんだ。それで、用が済むと、一日経った生ゴミのように扱われる」

「それは嘘だな」ダービーが父親を思い出して言った。父はビッグ・レッドと呼ばれていた。シナモン味のガムの名前と同じだった。父が生きているころには、いつも母のためにドアを開けて押さえてやっていたものだ。金曜日の夜、ふたりで食事をして戻ってくると、父はフランク・シナトラのレコードをかけ、昔の甘い思い出を歌いながら、母とチーク・ダンスを踊ることもあった。

「ほんとうだってば、メル。全部振りなの」ステイシーが言った。「だから、そんなふうにおどおどするのはやめたほうがいいよ。そういうふうにしてると、毎回利用されるだけだから。ほんとうだって」

それから、ステイシーはいつものように、男というものについて教訓を垂れようとした。男たちがうまく望みを果たそうとして、どれほど卑劣なことをするものか。ダービーは目をむいて木の幹に背を預け、遠くを見やった。ルート一のそばで大きな十字架のネオンがぴかぴかと輝いている。

ダービーはビールを飲みながら、ルート一の両方のレーンを行き交う車を眺め、車に乗っている人々に思いをはせた。興味深い場所で、興味深いことをして、興味深い生活を送っている興味深い人たち。どうしたら興味深い人になれる？　それは髪の色や身長と同じように生まれつきのものなのだろうか？　きっと誰が興味深く、誰が興味深くないかは神が決めるのだ。みな自分に与えられたものに甘んじて暮らしていかなければならないだけのこと。

しかし、ビールが進むにつれ、心の声がはっきりと力強く響くようになった。その声にはどこかしら威厳があった。おまえ——ダービー・アレクサンドラ・マコーミック——は、もっと大きなことを成し遂げる運命にある。映画スターの栄光は無理でも、掃除や炊事やクーポンの切り抜きに明け暮れる母親の小市民的な生活よりはずっとましで大事をなす人生を送る運命に。シェイラ・マコーミックは、バーゲン品の棚をあさるのが何よりもわくわくすることだと思っている人間だった。

「今の聞こえた？」ステイシーがささやいた。

パキッ、パキッ、パキッ——枯れ枝を踏む足音。

「きっとアライグマか何かよ」ダービーがささやき返した。

「足音じゃなくて、悲鳴」とステイシーは言った。

ダービーはビールを下に置き、坂の下へ顔を突き出した。少し前に日は沈んでおり、薄闇にぼんやりと浮かび上がる木々の幹の輪郭がかろうじてわかるだけだった。

乾いた枝を踏む音は大きくなった。ほんとうに誰か近くにいるのだろうか？

枝を踏む音がやみ、三人の耳に、かすかではあるがはっきりと女の声が聞こえてきた。

「お願い、放して。あなたがしたこと、絶対に誰にも言わないから」

## 2

「財布を持っていって」森の中の女は言った。「三百ドルはいっているわ。お金がほしいなら、もっとあげられる」

ダービーはステイシーの腕をつかみ、土手の陰に引き戻した。メラニーがふたりのそばに身を寄せた。

「たぶんただの強盗だろうけど、ナイフを持ってるかもしれない。もしかしたら、銃も」ダービーがささやいた。「財布を渡せば、強盗が逃げて終わりよ。だから、音を立てないでいよう」

メルもステイシーもうなずいた。

「こんなことしなくていいのよ」と女が言った。

怖かったが、ダービーはまた土手の向こうをのぞき込まずにいられなかった。警察が事情聴取に来たときに、目にしたすべてを、耳にしたことばや音のすべても、思い出せるようにしておきたかったからだ。

心臓の鼓動が速まるのを感じながら、ダービーはまた頭を突き出し、暗い森を見まわした。草や枯れ葉が鼻の先をくすぐった。

女は泣き出した。「お願い。やめて」

強盗が何かささやいたが、ダービーには聞こえなかった。この人たち、すぐ近くにいる。

ステイシーも声のほうをうかがおうと、ダービーのそばに寄ってきた。

「どうなってるの？」とステイシーがささやいた。

「わかんない」とダービーは答えた。

一台の車がルート八六を近づいてきた。ヘッドライトがふたつの不気味な白い円を木々の幹や、岩や枯れ葉や折れた木の枝が散らばる土手に踊らせている。ダービーの耳に音楽が聞こえてきた――ヴァン・ヘイレンの〈ジャンプ〉。デイヴィッド・リー・ロスの声が大きくなるにつれて、頭の中で心配そうにささやく声も大きくなっていく――目をそらすのよ。さあ、目をそらすの。そうしたいにもかかわらず、脳の一部がちがう命令をくだしていた。ダービーはヘッドライトに照らされながら、目をそらさずにいた。デイヴィッド・リー・ロスのよく響く声が〝さあ、ジャンプしろ〟と歌っている。ジーンズとグレーのTシャツ姿の女が木のそばに膝をついているのが見えた。顔はどす黒い赤に染まり、目はかっと見開かれ、指は喉を絞めつけるロープを必死でつかんでいる。

ステイシーが勢いよく立ち上がったせいで、ダービーは地面に倒れた。側頭部を地面に思いきり打ちつけ、星が見えた。ステイシーが枝を押し分けながら逃げていく音が聞こえ、どうにか横向きに転がると、メルの後ろ姿が見えた。

次に聞こえてきたのは枯れ枝を踏みしだく音だった。強盗がこちらへやってくるのだ。ダービーはよろよろと立ち上がり、逃げ出した。

ステイシーとメルにはイースト・ダンスタブルの角で追いついた。一番近い公衆電話は、町でもっとも目につくコンビニエンス・ストア兼ピッツァ店兼写真屋であるバジーズの角を曲がったところにあった。三人はそこまでひとこともことばを発しないまま走った。

公衆電話へは永遠にたどり着けない気がした。汗びっしょりになり、息を切らししながら、ダービーは受話器を手にとり、九一一をダイアルしようとした。が、そこでステイシーに受話器を下ろさせられた。

「通報はだめだよ」とステイシーが言った。

「どうかしちゃったの？」ダービーが鋭く言い返した。恐怖とともに、ステイシーに対する心の底からの怒りが湧き起こってきた。ステイシーが人を押しのけて我先に逃げ出したのは別に驚くことでもなかった。ステイシーはいつも自分勝手な人間だったのだから。先月、三人で映画を見に行く約束をしていたときもそうだ。クリスティーナ・パトリックに電話でパーティーに誘われたということで、土壇場で約束をキャンセルしてきたのだった。いつもそういうことをする人間なのだ。

「あたしたち、お酒を飲んでたんだよ、ダービー」

「言わなきゃいいじゃない」

「息がビール臭いよ。ミントガムを嚙むとか、歯を磨くとかマウスウォッシュで口をゆすぐとかしても無駄。全然効かないんだから」

「しかたないじゃない」とダービーは言って、ステイシーの手を受話器から押しのけようとした。

ステイシーは手を動かそうとしなかった。「あの女の人はもう死んでるよ、ダービー」

「わかんないじゃない」

「あたしだって見たんだから――」

「ううん、見てないよ、ステイシー。先に逃げたんだから、あたしが見たものを見たはずない。あんたはあたしのことを押しのけて逃げたじゃない、忘れたの？」

「たまたまそうなっただけだよ。絶対にわざとじゃ――」

「もういいよ。ステイシー、いつもそうだけど、あんたは自分のことしか考えてない」ダービーはステイシーの手を引きはがして九一一をダイアルした。

「そんなことをしても罰を受けるだけだよ、ダービー。メルとケープ・コッドに行かせてもらえなくなるかもしれない。でも、あんたの父さんは――」ステイシーは口をつぐんだ。泣き声になっている。「うちが今どうなってるか、あんたにはわからないんだ。あんたたちふたりにはわからないんだ」

オペレーターが応じた。「九一一です。緊急通話のご用件は？」

ダービーはオペレーターに名を告げ、状況を説明した。ステイシーは大きなごみ容器の陰に隠れた。メルは子供のころ橇《そり》をして遊んだ土手をじっと見つめていた。指はブレスレットについたお守りのひとつひとつに触れている。

一時間後、ダービーは刑事といっしょに森の奥へと歩いていた。

刑事の名前はポール・リガーズといった。父の葬儀で会ったことのある人物だった。大きな白い歯の持ち主で、テレビの〈スリーズ・カンパニー〉に出てくる下品な隣人、ラリーを思い出させた。

「何も残ってないな」リガーズは言った。「きみらに驚いて逃げたんだろう」

彼は足を止め、懐中電灯をL・L・ビーンのブルーのバックパックに向けた。ジッパーが大きく開いていて、中にバドワイザーの缶が三つはいっているのが見えた。

「きみたちが飲んだものだね」

ダービーはうなずいた。胃が飛び出しそうになり、締めつけられたと思うと、また跳ねた。まるでそれ自体が隠れる場所を探して体から離れようとしているかのようだった。

バックパックからは財布がとり出されており、図書館のカードとともに地面に転がっていた。現金が抜きとられており、名前と住所が印刷された学生証も消えていた。

# 3

警察署ではダービーの母が待っていた。事情聴取が終わると、シェイラがリガーズ刑事と三十分ほど話をし、それからダービーを車に乗せて家に帰った。

母は何も言わなかった。が、ダービーが思うに、怒っている気配はなかった。母がこうして物静かなときは、たいてい深い物思いに沈んでいるだけのことが多かった。もしくは、昨年ビッグ・レッドが死んでから病院で二重のシフト勤務をしなくてはならず、疲れているだけなのかもしれない。

「リガーズ刑事が事情を説明してくれたわ」シェイラが言った。かすれた耳障りな声だった。「九一一に通報したのは正しいことだった」

「職場に連絡が行ったのは悪かったわ」ダービーは言った。「それから、お酒を飲んだことも」

シェイラはダービーの脚に手を置いてきつくつかんだ。ふたりのあいだでは何もかも解決という合図だ。

「ステイシーについてちょっとアドヴァイスしてもいい？」

「もちろん」ダービーは言った。母が何を言おうとしているのか見当はついた。

「ステイシーみたいな子っていい友達にはならないわ。長くつきあっていると、いっかいっしょに悪い道にそれることになる」

母の言う通りだった。ステイシーは友人ではなかった。鬱陶《うっとう》しい存在でしかなかった。ダービーは辛い状況でそれを学んだのだったが、学んだことに変わりはなかった。ステイシーのことは厄介払いしたほうがいい。

「ママ、わたしが見た女の人だけど……その人、自力で立ち上がって逃げたんだと思う？」

「リガーズ刑事はそう思っているわ」

ああ、神様、リガーズ刑事の推測があたっていますように。ダービーは心の中で祈った。

「あなたが無事でよかったわ」シェイラはダービーの脚を、今度はさっきよりも強くつかんだ。まるで落ちそうになった何かをつかむように。

二日後の月曜日の午後、ダービーが学校から帰ってくると、自宅前の私道に窓にスモークガラスを入れた黒いセダンが停まっていた。

ドアが開き、黒いスーツとしゃれた赤いネクタイ姿の長身の男が降りてきた。ダービーは下につけた武器のせいで男のスーツが少しふくらんでいるのに気がついた。

「ダービーだね。私はエヴァン・マニング。連邦捜査局の特別捜査官だ」男はバッジを見せた。テレビに出てくる刑事のように浅黒くハンサムな顔をしている。「リガーズ刑事にきみときみの友達が森の中で目撃したことについて聞いた」

ダービーはようやくの思いでことばを口に出した。「女の人は見つかったの？」

「いや、まだだ。女性の身元もわかっていない。だからこそ、こうしてきみを訪ねてきたんだ。女性の身元を調べるのに力を貸してもらえるんじゃないかと思ってね。よかったら、写真を見てもらえないかな？」

ダービーは奈落に落ちていく気分でフォルダーを受けとり、最初のページを開いた。

最初のページには行方不明者ということばが書かれていた。ピンクのカーディガンにきれいな真珠のネックレスをつけた女性の写真をカラーコピーしたものがあり、タラ・ハーディーという名前があった。住所はピーボディ。写真の下に書かれた情報によると、二月二十五日の晩、ボストンのナイトクラブを出るのを目撃されたのが最後ということだった。

二枚目の写真の女性、サマンサ・ケントはチェルシー在住だったが、ルート一沿いにあるIHOP（パンケーキ・チェーン店）のシフト勤務に姿を現さなかった。痛々しいほど歯をむき出しにした笑みを浮かべたサマンサ・ケントはタラ・ハーディーと同い年だった。サマンサのほうがタトゥーを数多く入れていたが。タトゥーは六つあった。写真で見るかぎりではわからなかったが、タトゥーの図柄と入れられた場所が箇条書きにされていた。

ダービーが思うに、どちらの女性も、ステイシーに似た捨て鉢な雰囲気を持っていた。目を見ればわかる。底なしに注目と愛情を求める目。どちらも髪はブロンドだった。森の中で遭遇した女性と同じように。

「サマンサ・ケントだったかもしれません」ダービーは言った。「いいえ、待って。そんなはずはないわ」

「どうして？」

「だって、この人、失踪して一ヵ月以上になるって書いてあるもの」

「顔を見てくれ」

ダービーはしばらくじっと写真を見つめた。「わたしが見た女の人は、ほっそりした顔で、髪がとても長かったわ。サマンサ・ケントの顔はふっくらしていて髪も短い」

「でも、似てはいる」

「どことなく」ダービーはフォルダーを返し、両手をジーンズにこすりつけた。「この人はどうしたの？」

「わからないんだ」マニングは名刺を差し出して言った。「何かほかに思い出したことがあったら、どんなささいなことでもいい、この番号に連絡してくれ。会えてよかったよ、ダービー」

一ヵ月ほど経つまでダービーは悪夢に苦しめられつづけた。日中は森の中での出来事を思い出すことはほとんどなかった。ステイシーにばったり出くわしたりしなければ。ステイシーを避けるのは簡単なことだった。じっさい、簡単すぎるほどに。それはつまり、ふたりがほんとうの友人同士だったことなど一度もなかったということの証明でもあった。

「ステイシーが悪かったと言っていたわ」メルが言った。「また友達に戻ることはできないの？」

ダービーはロッカーを閉めた。「あんたが友達でいたいなら、そうすればいい。でも、わたしはもうたくさん」

ダービーと母の唯一の共通点は読書好きということだった。土曜日の朝、シェイラにつきあって、ガレージセール巡りをすることがたまにあったが、母がくだらない雑貨を値切るのに忙しくしているあいだ、ダービーは安いペーパーバックをあさるのが常だった。

最近見つけたのが『キャリー』という本だった。その表紙に興味をひかれたのだ。フレームにはいった少女の頭が町の上空に浮かんでいる絵。なんてクールなの。ダービーはベッドに横たわり、キャリーがプロムへ出かけようとしている場面を夢中で読んでいた（ただそれは、人気者たちがキャリーに対して胸の悪くなるような残酷なジョークを仕掛けたにすぎなかったのだが）。そのとき、居間のステレオが息を吹き返し、フランク・シナトラの朗々たる声が〈カム・フライ・ウィズ・ミー〉を歌い出した。シェイラが帰ってきたのだ。

ダービーはナイトスタンドの時計に目をやった。もうすぐ八時半。母の帰りは十一時ぐらいのはずだ。きっと仕事から早くあがったにちがいない。

お母さんじゃなかったらどうする？　ダービーは胸の内でつぶやいた。森で見た男が階下《した》にいたとしたら？

まさか。こんなことを考えるのもこの作家のせいだ。馬鹿なスティーヴン・キングにありったけの想像力をかき立てられたせいだ。階下《した》にいるのは母であって、森の中にいた男ではない。廊下のつきあたりにある母の寝室へ行き、窓からドライヴウェイをのぞいてシェイラの車が停まっているかどうかたしかめればいいだけのこと。

ダービーは読みかけのページの端を折り、廊下に出た。手すり越しに身を乗り出して玄関をのぞいてみる。

薄暗い明かりがひとつ、居間からもれてきているだけだった。たぶん、ステレオのそばの机に置いてある電気スタンドだろう。キッチンの照明は消えていた。二階に戻るときに消したのだったろうか？　ダービーには思い出せなかった。シェイラは誰もいないのに部屋の明かりがつけっ放しになっているとうるさく、レスター・ライトバルブ（マサチューセッツ・エレクトリック社のマスコット）を大学まで行かせるために残業しているわけではないといつも小言を言うのだった——

黒い手袋をはめた手が階下《した》の手すりをつかんだ。

ダービーははっと手すりから身を離した。心臓が強く速く打つあまり、めまいを感じた。

## 4

本能的に体が動いていた。それと同時にある考えが浮かんだ。自分の部屋のドアのすぐそばにあるタンスの上にはラジカセが載っている。ダービーはそれをつけて部屋のドアを閉め、階段を昇る人影が大きくなるころには、自分は廊下の反対側にある予備の寝室へと身を滑り込ませていた。

森の中の男が階段を昇ってくる。

ダービーはベッドの下に積まれていた靴箱や古いインテリアの雑誌の束の上に身を押し込んだ。ベッドカバーのひだとカーペットのあいだの八センチの隙間から、彼女の寝室の前で足を止めたワークブーツが見えた。

神様、わたしが部屋の中で音楽を聴いているとあの男が思い込みますように。男が部屋にはいったら、階段へ向かって走ろう。いいえ、階段はだめ。お母さんの部屋へ行くのよ。一番近い電話はお母さんの部屋にある。そこへ行ってドアに鍵をかけ、警察に通報するの。

森の中の男はどうしていいか決めかねたように廊下に突っ立っている。

さあ、わたしの部屋へはいっていって。

森の中の男は予備の寝室にはいっていった。ブーツが近づいてくるのをダービーは恐怖に駆られて見つめていた。さらに近くへ……ああ、嘘、顔からほんの数センチのところに立っている。ブーツはすぐそこにあり、油のしみが見え、においがわかるほどだった。

ダービーは震え出した。この人はわかっている。わたしがベッドの下に隠れていることがわかっているのだ——

肌色のエースの包帯を縫い合わせたお粗末なマスクが床に落ちた。

森の中の男がマスクを拾い上げた。次の瞬間には、男は寝室を出て廊下に戻っていた。ダービーの寝室のドアが勢いよく開き、明るい光とダンス・ミュージックが廊下にあふれた。

ダービーはベッドの下から這《は》い出ると、廊下に飛び出した。森の中の男はダービーの部屋の中で彼女を探している。ダービーは母の寝室にはいると、思いきりドアを閉めた。その直前、男が向かってくるのがちらりと見えた。油のしみだらけのブルーのつなぎを着たマイケル・マイヤーズ（映画『ハロウィン』に登場する殺人鬼）そのものといった様子だ。顔はエースの包帯を縫い合わせたマスクで覆われている。目と口は黒く細長い布切れで隠されていた。

ダービーはドアの鍵をかけ、ナイトスタンドの上にある電話機をつかんだ。森の中の男はドアを蹴り、ドア枠をがたがた言わせている。九一一をダイアルするダービーの手は震えた。

受話器からはダイアルトーンが聞こえてこなかった。

ドアを蹴るドンッという音。ダービーはまたダイアルした。が、何も音はしなかった。

ドンッ。電話が通じてくれなくては。通じない理由はないはずだ。ドンッ。電話機を裏返してみる。外の街灯が投げかけるぼんやりとした白い光の中で、電話機の裏にプラグがきちんとおさまっているのはわかった。ドンッ。

ダービーは何度も指でフックを押してみたが、ダイアルトーンは聞こえてこなかった。ドン、パリッという音がして、ドアのパネルのひとつがひび割れた。

割れ目がパネルの下に走り、ドアノブの上を蹴る音がした。ドンッ、パリッ。割れ目が大きくなり、黒い手袋をはめた手がドアの穴から差し込まれた。

シェイラが日常の細々した用事に使うブルーのプラスティック製の道具箱がテレビ台の端に載っていた。道具箱の中は画鋲《がびょう》や小さな釘やフックを入れた古いプラスティックの薬瓶でいっぱいで、それとともに父が家まわりの修理などに使っていた大きなスタンレーのハンマーがはいっていた。

手がドアノブにかかった。ダービーはハンマーを振り上げ、男の手に振り下ろした。

森の中の男は悲鳴をあげた――ほかの人間が発するのを聞いたことがないような邪悪な声だった。ダービーはまた殴ろうとしたが、ハンマーは空を切った。男が穴から手を引っ込めたからだ。

ドアベルが鳴った。

ダービーはハンマーを落とし、窓を開けた。防風窓がまだ閉まっていた。それを開けようと悪戦苦闘しながら、困ったはめにおちいったときにどうするか、母が言っていたことばが頭に浮かんだ。大声で助けを呼んではだめ。助けを呼んでも誰も駆けつけてはくれない。でも、火事だと叫べば、みんなが来てくれる。

家の中から悲鳴が聞こえてきた。ラジカセの歌は終わっており、ダービーの耳にヒステリックに泣き叫ぶ女の声が聞こえた。

「ダービー！」

玄関から聞こえてきたのはメラニーの声だった。

ダービーはドアに開いた穴から外をのぞいた。汗が目に流れ込んだ。フランク・シナトラの〈ラック・ビー・ア・レディ〉がはじまっている。

「話がしたいだけだって」メラニーの声。「あなたが階下《した》へ降りてきてくれるなら、わたしのこと放してくれるって言ってる」

ダービーは動かなかった。

「家に帰りたい」メラニーが言った。「ママに会いたい」

ダービーにはドアノブをまわすことができなかった。

メラニーはしゃくりあげている。「お願い。この人、ナイフを持ってるのよ」

ゆっくりとダービーはドアを開け、身を低くして手すりの隙間から下の玄関をのぞき込んだ。

メラニーの頬にナイフが押しつけられている。森の中の男の姿は見えなかった。角になった壁の向こうに身を隠しているのだ。メラニーの恐怖に駆られた顔と、喉にきつくまわされた腕の中でしゃくりあげながらどうにか息を吸おうとして震える体が見えた。

森の中の男はメラニーを階段の下へさらに近づけ、何か耳打ちした。

「話がしたいだけだそうよ」涙で落ちた黒いマスカラがメラニーの頰を染めている。「ここへ来て話をしてあげて。そうすればわたしに危害を加えないって」

ダービーは動かなかった。動けなかったのだ。

森の中の男はメラニーの頰を切った。メラニーは悲鳴をあげた。ダービーは階段を降りかけた。

真っ赤な鮮血がキッチンのそばの壁にしたたっている。ダービーは凍りついた。

メラニーが叫んだ。「切ってる！」

ダービーは目を壁に据えたまま、もう一歩降りた。キッチンの床にステイシー・スティーヴンズが横たわっていた。喉をつかむ指のあいだから血がほとばしっている。

ダービーは階段を駆け昇った。森の中の男がナイフを使い、またメラニーが悲鳴をあげた。

ダービーは寝室のドアを閉め、ドライヴウェイに面した窓を開けて飛び降りた。むき出しの脚や足の裏を生け垣の枝がずたずたに切り刻んだ。ダービーは足を引きずりながら隣の家へ向かった。ようやく玄関のドアを開けたミセス・オバーマンはダービーの様子をひと目見て、すぐさまキッチンへ走って警察に通報した。

ダービーはふたつのことをもれ聞いた。家の電話線が切られていたこと。母が庭の岩の下に置いておいた合い鍵がなくなっていたこと。鍵はそこに二週間あまりも置きっ放しになっていたのだった。母は最後にそれを使って家の鍵をかけ、そこに戻しておいたことをはっきりと覚えていた。

隠してあった合い鍵のことを知ったということは、森の中の男がしばらく家を見張っていたのはまちがいない。誰もはっきりそうと教えてはくれなかったが、ダービーにはそうだとわかった。

ダービーはミセス・オバーマンのドライヴウェイに停まっている救急車の中にいた。後ろのドアが開いていて、ショックと好奇心をあらわにし、パトカーの青と白の回転灯に照らされた隣人たちの顔が見えた。懐中電灯を手にした警察官たちが、ダービーの家の裏庭や、ボイントン・アヴェニューのもっと裕福な地域とリチャードソン・ロードとを分ける森林地帯を捜索していた。

ダービーの家の明かりは全部ついていた。階下《した》の窓から玄関の一部が見え、淡い黄色の壁についた血のしみが見えた。ステイシーの血だ。ステイシーには息がなかったため、まだ家の中に横たえられたままだった。警察が死体の写真を撮っている。ステイシー・スティーヴンズは死に、メラニーは姿を消した。

「心配要らないよ、ダーブズ。すぐにきみのママが来るから」救急車のドアのそばから制服警官の太く穏やかな声が聞こえてきた。気圧《けお》されるほど大柄なクマのような体格のこの男は父の親友で、ジョージ・ダズケヴィッチという名前だった。まわりからはバスターと呼ばれていた。バスターは父が死んでから家のことをあれこれと手伝ってくれ、ダービーを映画やショッピングモールに連れていってくれることもあった。彼がそばにいてくれたことでダービーは気を落ち着けることができた。

「まだメルは見つからないの？」

「今探しているところさ。さあ、リラックスして、いいかい？　何か持ってこようか？　水でも？　コーラとか？」

ダービーは首を振り、道路の縁石のところに停まっている車に目をやった。プリマス・ヴァリアントの中古車。メラニーの車だ。

メラニーは大丈夫。森の中の男はひどく痛がっていた。手の骨を折ってやったのはたしかだ。メラニーもそれを知って、抵抗して逃げたはず。きっと森の中のどこかに隠れているのだ。すぐに見つかる。

救急救命士がダービーの太腿の内側にぱっくりと口を開いた傷を縫い合わせたとこ

ろで、シェイラが到着した。ダービーの脚がまるでフランケンシュタインの怪物のように縫合の跡だらけなのを見て、母の顔から血の気が引いた。

「何があったのか教えて」

ダービーは泣くまいとこらえた。何かしっかりしたことを言わなくては。勇敢に振る舞うのよ。ダービーは息を吸い込むと、わっと泣き出した。ちっぽけで、怖がりで、弱虫である自分に嫌悪を感じながら。

5

翌朝になっても、メラニーは見つからなかった。

自宅が犯罪現場となったため、警察によってダービーとシェイラはソーガスのルート一沿いにあるサンセット・モーテルに移されていた。ダービーと母がふたりで寝起きすることになった部屋は毛羽立ったカーペット敷きで、固いマットレスにはごわごわのシーツがかけられていた。何もかもに煙草と退廃的なにおいがしみついている。

翌週ずっと、ダービーは顔写真でいっぱいのバインダーに目を通すことになった。写真に写った顔にぴんとくるものがないかと警察が期待をかけたのだ。ぴんとくる顔はなかった。警察は一度ならず催眠術も試そうとしたが、結局、〝かかりやすい被験者〟ではないと宣告され、刑事たちもあきらめざるを得なかった。

夜ごとベッドにはいるときには、ダービーの頭は顔写真と答えてもらえない疑問でいっぱいになっていた。警察は〝全力であたっている〟という意味のことをさまざまに表現を変えて言うばかりで、それ以上は教えてくれなかった。

新聞もテレビもステイシー・スティーヴンズがめった刺しにされて殺されたことや、友人の家から連れ去られたメラニー・クルーズを警察が総力をあげて捜索していることを報道した。友人はまだ未成年のため、名前を公表することはできなかったが、〝匿名の捜査関係者〟によると、この〝友人〟こそが標的だったとみなされているということだった。警察は家の裏手の森でクロロフォルムをしみ込ませた布を見つけており、それが唯一の証拠として報道されていた。

その週も終わるころには、事件に関して新たな情報がもたらされることもなく、報道機関の関心はステイシーとメラニーの親に移っていた。親たちの涙ながらの訴えを新聞で読むことも、写真やビデオ映像でその苦痛に満ちた表情を目にすることも、ダービーにはできなかった。

ある晩、シェイラが仕事に出かけてから、ＦＢＩ捜査官のエヴァン・マニングがピッツァとコーラをふた缶持って訪ねてきた。ふたりはプールのそばのぐらぐらしたテーブルについてそれを食べた。そこからは酒屋とトレイラー・パークが見晴らせた。

「どうにかやってるかい？」とマニングが訊いた。

ダービーは肩をすくめた。行き交う車の音と排気ガスのにおいが、まわりの暖かい空気を満たしている。

「話したくなかったら、それでいい」マニングは言った。「尋問しに来たわけじゃないから」

ダービーは学校のことを話そうかと思った。教師のほとんどを含め、みんながUFOから降り立ったばかりの異星人でも見るような目を向けてくるということを。友達でさえ、態度を変えて接してくる。まるで命にかかわる奇病にでもかかった人間を前にしているかのように、話しかけるにも恐る恐るといった口調だった。突如として、ダービーは興味深い存在となったのだ。

ただ、彼女自身は興味深い存在になどなりたくなかった。つまらなくてもいい、以前の自分に戻りたかった。長い夏休みに本を読んだり、プール脇で催されるパーティーに出たり、メルとケープ・コッドへ遊びに行ったりするのをたのしみにしているごくふつうのティーンエージャーに戻りたかった。

「メルを見つける手助けをしたいの」とダービーは言った。自分が力を貸してメルが見つかれば、すべてが許され、メルとステイシーの身の上に起こったことはおまえのせいだと言わんばかりの目で人に見られることもなくなる気がしたのだ。

マニングはダービーの腕に手を置いてその手に力をこめた。「メラニーを見つけるのに全力を尽くすよ。それから、きみにこんなことをした男を必ず見つけ出す。約束する」

マニングが去ると、ダービーはもう一本コーラを買いに自動販売機のところへ行った。管理室のドアのそばに公衆電話があった。この一週間、何度も練習したことばが、喉から出かかって焼けつくようだった。

ダービーは公衆電話に二十五セント玉を入れた。

「もしもし?」ミセス・クルーズが応えた。

今回の件はほんとうにお気の毒でした。メルのことも、あなたの今の状況も。ほんとうに、ほんとうにお気の毒です。

どれほどがんばっても、ダービーにはことばを押し出すことができなかった。ことばは喉に詰まって熱い石のようにそこに焼きついていた。

「メル、あなたなの?」ミセス・クルーズが言った。「大丈夫なの? 大丈夫と言って」

ミセス・クルーズの期待をこめた声があまりに明るく、生々しかったため、ダービーは受話器を置いてどこか遠くへ逃げ出さずにいられなかった。誰にも、母にさえも見つからない場所へ。

シェイラにはそれ以上モーテルの費用を支払うことができなかった。家はまだ警察から出入りを許されておらず、許されたとしても、掃除と修理が必要だった。ダービーは夏休みをメイン州の叔父と叔母の家で過ごすことになった。シェイラは街に留まって同僚の家に居候することになり、何日か休暇をとって、メイン州までダービーを車で送ることになった。

ダービーは母といっしょにソーガスの食料品店に行き、長いドライヴに備えて食料を買い込んだ。食料品店の窓の内側には――誰も見過ごすことのないよう、入り口のドアに近いところに――引き伸ばされたメラニーの写真のポスターがテープで留められていた。写真は日にさらされて黄色く変色していた。〝探しています〟ということばが、笑顔の写真の上に大きな太い赤字で書かれている。二万五千ドルの報奨金が、通話無料の電話番号とともに示されていた。

シェイラがクーポンのフォルダーをめくっているあいだ、キャッシュ・レジスターのそばの角をぶらぶらと曲がり込んだダービーの目に、その先で店の主人と話をしているミセス・クルーズの姿が飛び込んできた。店の主人はメラニーの母から丸めたポスターを受けとると、正面の窓へ向かった。

ミセス・クルーズがダービーのほうへ目を向けた。ふたりの目が合い、ダービーはヘレナ・クルーズの凝視をまともに受けとめることになった。思わず身を縮めて逃げ出したくなるようなまなざしだった。冷たく、固く、揺るがない嫌悪のまなざし。できることなら、きっとミセス・クルーズは束の間もためらうことなく、メラニーと引き換えにダービーの命を差し出すことだろう。

シェイラが娘の肩に手をまわすと、ミセス・クルーズのまなざしは鋭さと生気を失った。

店の主人がミセス・クルーズにメラニーの写真入りの日に焼けたポスターを返した。メラニーの母は床が薄氷でいつ割れるかしれないとでもいうように、びくびくと小刻みな足取りで歩み去った。その歩き方には見覚えがあった。ビッグ・レッドに最後のお別れを言いに棺へと歩み寄った母が同じ歩き方をしていた。

たぶん、まだ遅くはない。エヴァン・マニングが生きているメラニーを見つけ出してくれるかもしれない。森の中の男も探し出して息の根を止めてくれるかもしれない。映画では最後に必ず主人公が怪物を殺すものだ。マニング特別捜査官がメルを見つけて家に戻してくれれば、人生は耐えられるものになる。怪物が姿を現す前に戻ることは決してなく、ふつうの状態に戻ることもないにちがいないが、それでも、耐えられるものにはなるはずだ。

レイバーデイ前の週末、土曜日の朝に、ダービーは朝早く目覚め、年一回催されるロブスター・バーベキューのための炉を掘る叔父を手伝った。午《ひる》になるころには、ふたりとも汗だくになっていた。叔父のロンはシャベルを砂に突き立て、家に戻ってソーダをとってくると言った。

ダービーは掘りつづけた。海から吹き寄せる風のひんやりした塩辛い空気を吸い込みながら、頭の中ではメラニーのことばかり考えていた。今彼女はどんな空気を吸っているのだろう。はたして今でも呼吸をしているのだろうか。

ベラムでは、さらに三人の女性たちが姿を消していた。ダービーはそのことを二週間前、叔父のロンと叔母のバーブに連れられて朝食をとりに出かけたときに知った。テーブルの用意ができるのを待つあいだ、別のテーブルに〈ボストン・グローブ〉紙が置いてあるのを見つけたのだ。〝恐怖の夏〟ということばが一面トップに大きく載っていた。その下には五人の女性と歯列矯正器をつけたひとりの十代の少女の笑顔の写真。

メラニーの写真はすぐにわかった。最初のふたりの女性、タラ・ハーディーとサマンサ・ケントの写真も。その同じ写真を自分の手に持ったことがあったからだ。ハーディーとケントについての情報はすでに知っていることばかりと言ってよかった。記事が主に伝えているのは、メラニーのあとに姿を消した三人の女性たちのことのようだった。チャールズタウンで看護師の資格をとるために夜間学校に通う二十三歳のパメラ・ドリスコル。学校の駐車場を歩いているのを目撃されたのを最後に姿を消した。リンに住む二十一歳のシングルマザー、ルシンダ・ビリンガム。煙草を吸いに外へ行き、戻らなかった。ボストンの二十一歳の秘書、デビー・ケスラー。ある晩仕事帰りに飲みに行ったまま、家に帰ってこなかった。

これらの捜査を担当している警察は失踪した女性たちを結びつける証拠についてはなにもコメントしようとしないが、捜査本部が置かれたことは認めている。FBIの〝行動科学班〟と呼ばれる部署に所属する特別捜査官が指揮をとっている。記事によれば、この部署の捜査官たちは犯罪心理学の専門家で、とくに連続殺人犯の心理について詳しいとのことだった。

「やあ、ダービー」

コーラの缶を差し出したのは叔父のロンではなく、エヴァン・マニングだった。ダービーは彼の目に悲しい、うつろといってもいいような色が浮かんでいるのを見て、すぐさま何を告げに来たのか悟った。

ダービーはシャベルを落として駆け出した。

「ダービー」

彼女は走りつづけた。告げに来たそのことばを聞かなければ、ほんとうにはならないはずだ。

ダービーは水辺で追いつかれた。最初は振り払ったものの、二度目には腕をつかまれ、くるりと振り向かされた。

「犯人をつかまえたんだ、ダービー。終わったんだよ。もうきみが危害を受けることはない」

「メラニーはどこに？」

「家に戻ろう」

「どうなったのか教えて」ダービーは突然怒鳴ったことで自分で自分にショックを受

けた。どうにか抑え込もうとしたものの、恐怖はすでに体じゅうに広がり、大声で吐き出してしまえと彼女を促していた。「もう待つのはいや。待つのはうんざりよ」

「男の名前はヴィクター・グレイディ」マニングは言った。「自動車整備工だった。女性たちを拉致《らち》していたんだ」

「どうして？」

「わからない。グレイディは我々が話を聞く前に死んでしまったからね」

「FBIが殺したの？」

「自殺したんだ。メルやほかの女性たちがどうなったかはわからない。おそらく、永遠にわからないままだろう。きみのためにもっといい説明ができればよかったんだがね。すまない」

ダービーは口を開きかけたが、声が出てこなかった。

「さあ」エヴァン・マニングは言った。「家に戻ろう」

「あの子は歌手になりたがっていたのよ」ダービーは言った。「それで、誕生日にお祖父さんにテープ・レコーダーを買ってもらったんだけど、ある日、泣きながらわたしのところへ来たわ。これまで自分の声をテープに録《と》って聞いたことがなくて、聞いてみたらひどい声だったって言って。わたしのところへ来たのは、あの子が歌手になりたがっていたのをわたしが知っていたからよ。ほかには誰も知らなかったの。そんなふたりだけの秘密がたくさんあったわ」

　FBI捜査官はうなずいた。彼ならではの静かで力強い方法でつづきを促したのだ。

「フルート・ループスのシリアルが好きだったけど、レモン味のは嫌いで、いつもそれだけよけていたわ。ほんとうに好き嫌いの激しい子だった。食べ物をじかに手で持って食べることもできなかった。汚いって言って。ユーモアのセンスはうんとあったわ。とってもおとなしかったけど、でも――あの子が何か言ったことで、わたしがおなかが痛くなるほど大笑いすることが何度もあった。あの子……メルはほんとうにすごい人間だったの」

　ダービーは話しつづけたかった。持てるかぎりの語彙《ごい》を駆使して、過去に橋をかけ、メラニーが新聞記事や二分間のニュース映像以上の存在であったことをマニング特別捜査官にわからせてやりたいと思ったのだ。心に重くのしかかるメラニーの名前が、同じようにあたりに重く立ちこめるまで話しつづけていたかった。

「わたしはあの子をあそこにひとり残して逃げるべきじゃなかったのよ」とダービーは言った。また目に涙が浮かんだ。今度はこらえきれないほどに。今ここに父がいてくれたならと思わずにいられなかった。あの車の運転手——警官殺人未遂の罪で三年間服役し、仮釈放されていた統合失調症患者——を助けるために父が車を停めたりしなければよかったのに。一分でいいから、父に戻ってきてほしかった。そうすれば、いなくなってどれほど寂しいか、どれほど恋しいか伝えることができる。ここに父がいれば、思っていることや感じていることを何もかも打ち明けられる。父ならわかってくれる。そしてたぶん、そう、たぶん、ここで聞いたことをステイシーとメラニーに伝えてくれる。ふたりが今どこにいるとしても。

II　消えた少女（二〇〇七年）

6

キャロル・クランモアは荒い息をしてベッドに仰向けに寝そべっていた。上にはトニーがぐったりと覆いかぶさっている。

「すごい」と彼は言った。

「ほんと」

キャロルはトニーの腰のあたりに手を滑らせた。彼の汗はコロンとビールのにおいがした。それと、裏のポーチで吸ったマリファナの甘く心地よい残り香もかすかに。

トニーの言った通りだ。ハイになってセックスすると、嘘みたいな気分になる。キャロルは声を殺して笑い出した。

トニーがはっと顔を上げた。「何?」

「別に。愛してる」

トニーは彼女の頰にキスをし、身を起こそうとした。キャロルは脚を彼の腰にまわして言った。「だめ、まだよ。しばらくこんなふうに寝そべっていたいの。いい?」

「いいさ」

トニーはまたキスをした。今度はさっきよりも濃厚だった。それからまた彼女の上にのしかかった。キャロルの頭の中を〈アメリカン・アイドル〉(アメリカのポップ歌手のオーディション番組)で耳にした馬鹿馬鹿しい感傷的なラブソングが駆け巡った。たぶん、このろくでもないラブソングは、今トニーと味わっているような完璧な感じを歌ったものなのだ。ふたりがひとつに結ばれ、世界も思いのままといった感じ。日常の細々したくだらないことやがっかりすることは——ここ、マサチューセッツ州のベラムという、宇宙のごみ溜めみたいな地域で暮らしているととくに——今トニーと分かち合っているこの瞬間を、もっとずっと特別なものにしてくれるためにあるのだ。

キャロルは微笑み、屋根を打つ雨音に耳を傾けながら眠りに落ちた。

キャロル・クランモアは自分がプロムのクイーンに選ばれる夢から覚めた。プロムにはまったく興味がなかったので、とんでもなくおかしな夢だった。彼女もトニーも今年の低学年のプロムには参加せず、食事と映画に出かけたのだった。

それでも、その夢にはひとつ悪くない部分があった。正面のステージのまわりに集まって拍手するみんなに、自分が認められたと感じられる点だ。そのままそのぬくぬくとした夢の名残にひたっていてもよかったのだが、そこで車のバックファイアのような音が聞こえてきた。キャロルは暗闇のなか、トニーのほうに手を伸ばした。ベッドの反対側にはぬくもりは残っていたが、誰もいなかった。トニーは家に帰ったのだろうか？

泊まってもいいと言ってあったのに。母は製紙工場での夜勤のあと、最近付き合い出したウォルポールのボーイフレンドのところへ行くことになっていた。ニーダムの職場まで車で行くには、ウォルポールからのほうが近い。つまり、家には自分ひとりで、何をしても自由というわけだ。したいことといえば、トニーと朝までいっしょに過ごすことだった。彼も自分の母親に電話して、友達のところに泊まると告げていたはずだ。

ナイトスタンドの上のろうそくはまだ燃えていた。キャロルは身を起こした。もうすぐ午前二時になるところだった。

トニーの服はまだ床の上にある。たぶん、トイレだろう。

マリファナのせいで小腹が空いていた。フリトスひと袋とマウンテン・デューがあれば充分だ。

キャロルはシーツをはがし、裸のまま立ち上がった。歳にしては背が高く、すらりとした体つきをしていたが、出るべきところは出つつあった。服は身につけなかった。トニーの前で裸でいるのは別にかまわない。いつもきみはきれいだと言ってくれているのだから。この体から片時も手を離せずにいるほどだった。キャロルは寝室のドアを開けた。トイレの常夜灯の光が真っ暗な廊下にもれている。

「トニー、悪いけど、セブンイレブンまで行ってきてくれない？」

答えはなかった。キャロルはトイレの中をのぞき込んだ。トニーの姿はなかった。

邪魔されたくなくて階下《した》のトイレを使ったのかもしれない。

キッチンの棚の中にリッツクラッカーがあったはずだ。トニーが用を済ますまで、それを食べていればいい。

漆黒《しっこく》の玄関ホールからは冷たい空気が流れ込んできていた。キャロルは下着とトニーの白いシャツを身につけた。歩くと頭がくらくらした。何度か壁に手をつかなければばならないほどだった。

キッチンのドアは大きく開いていた。裏のポーチにつづくドアも。トニーが帰ったわけではない。彼の車のキーと財布はカウンターの上に置いたレッド・ソックスの野球帽の中にはいっている。たぶん、外へ煙草を吸いに行ったのね、とキャロルは思った。彼女の母はやたらに決まりを押しつけることはしなかったが、家の中で煙草を吸うことに関しては厳しかった。家具ににおいがつくのが嫌だというのだ。

キャロルは狭い玄関ホールに首を突き出した。外は雨で、雨音がやむことなく聞こえ、一定の調子で耳に響いた。トニーの車の前に黒いおんぼろのヴァンが停まっている。ヴァンの後ろのドアが開けっ放しになっていて、通りに雨のカーテンを吹きつけている風に揺られていた。ドアのちょうつがいがきしむ音が聞こえた気がしたが、気のせいであることはわかっていた。ああ、嫌だ、まだハイになってる。

ヴァンは隣の家の息子、ピーター・ロンバードの車だろう。何ヵ月も行方をくらましては、みじめに打ちひしがれた姿で家に戻ってきて、金をためてまた姿を消すというのを習わしにしている人間だ。ピーターが雨に降られて家の中へ急ぐあまり、ロックするのを忘れたにちがいない。

キャロルが外へ行ってドアを閉めてやろうかと思っていると――玄関のクローゼッ

トにはレインコートがはいっている——背後にトニーが近寄る音が聞こえた。彼は腰にきつく腕をまわして彼女を抱き上げた。キャロルはくすくす笑いながらキスしようと振り返った。

手が現れ、嫌なにおいのする布を口に押しつけた。

キャロルは顔をそらし、キッチンの中へ引きずり込もうとする男の手首に爪を立てた。足を壁にあて、それをてこにしてもう一方の足で男を後ろのドア枠のほうへ蹴りつけた。男は手を放した。キャロルは床に倒れた。

布に何かがしみ込ませてあったらしく、頭がくらくらした。動くこともままならなかったが、布が床に落ちているのはわかった。男はポケットに手を突っ込み、小さな封筒とプラスティックの瓶をとり出した。

それから、小さな糸屑のようなものをキッチンのドアの近くの床に落とし、プラスティックの瓶から彼女の指に赤く冷たい液体を振りかけた。血みたいとキャロルは思った。男は彼女の手をつかみ、廊下の壁に赤い液体をなすりつけさせた。

男は布を拾い上げた。キャロルは悲鳴をあげようと息を吸い、クロロフォルムを吸い込んだ。雷鳴が聞こえたと思うと、やがて何も聞こえなくなった。

## 7

ダービー・マコーミックはクランモア家の裏のポーチに立ち、ドアに懐中電灯の光を走らせていた。差し錠がふたつついた強化鉄のドア。雷はやんでいたが、雨は降りやまず、まだ速い雨足で激しく降っていた。

ベラム警察署のマシュー・バンヴィル刑事は騒音越しに大声を出さなければならなかった。その声を聞くと、徐々に我慢の限界に達しつつあるのはまちがいなかった。

「母親のダイアン・クランモアは小切手帳を忘れたため、午前五時十五分前ごろに家に戻ってきた。今日、ローンの支払いに銀行へ行くのに必要だったからだそうだ。帰ってきてみると、ドアがどちらも開けっ放しになっていて、これが見えた――」バンヴィルは廊下の壁についた血の手形に懐中電灯を向けた。「娘の姿はなかったが、娘のボーイフレンドのトニー・マーセイロが階段のところに倒れているのを見つけ、すぐに九一一に通報した」

「母親以外に中へはいったのは？」

「最初に無線に応じた警官のギャレットと救急救命士たちだ。みな玄関からはいってボーイフレンドのところへ行った。母親がギャレットに鍵を渡したんだ」

「ギャレットはこっちからはいったんじゃないんですか？」

「証拠を台無しにしたくなかったので、現場を保存したんだ。行方不明児童に関する速報は出したが、今のところ情報は寄せられていない」

ダービーは腕時計に目をやった。午前六時になろうとしている。おそらくはキャロル・クランモアが姿を消して数時間が経過している。すでにマサチューセッツ州外に出ている可能性は充分あった。

グレーのカーペットの上に茶色の繊維が一本落ちていた。ダービーは証拠の場所を示す三角コーンをそのそばに置いた。

「押し入った形跡はないですね。家の鍵はほかに誰が？」

「元の夫たちに話を聞いているところだ」とバンヴィルが答えた。

「元の夫が何人いるんです？」

「ふたりだ。どちらも娘の実の父親ではない。実の父親とは九一年に十五分ほど結婚していただけだそうだ」

「そのすてきな紳士には名前があるのかしら？」ダービーはキッチンの床を調べた。ありがたいことにリノリウムの床だった。足跡を採取するのに願ってもない表面だ。

「母親は〝精子提供者〟と呼んでいる。自分が父親になるとわかってすぐにアイルランドへ戻ったそうだ。それ以来音沙汰がない」

「だから、いい男はみんな売れちゃってるって言うのね」ダービーは道具袋をあさった。

「ほかのふたりの元夫たちだが、ひとりはシカゴに住んでいて、もうひとりはここ、すばらしき街リンで暮らしている」バンヴィルは言った。「リンにいるやつが一番興味深いね。通称LBC――リトル・ベイビー・クールの略だそうだ。どういう意味かは訊かないでくれ。LBCの本名はトレントン・アンドルーズ。未成年――十五歳の少女――へのレイプ未遂事件を起こしてウォルポール刑務所で五年お勤めしている。現在のミスター・アンドルーズの所在については、リンの警察署が調べてくれている。我々はこの地域に住む性犯罪者をリストにまとめているところだ」

「ずいぶんと長いリストになるでしょうね」

「ほかに何かあるかな？　もう行ってもいいかい？」

「ちょっと待ってください」

「急いで頼むよ」

ダービーはバンヴィルのせかすような口調に気を悪くしたりはしなかった。彼は誰に対しても同じ言い方をしたからだ。過去二件の犯罪現場でいっしょに捜査にあたったが、綿密な捜査をする人間だった。それでも、人格的にはよく言ってぶっきらぼうで、たいてい人と目を合わせようとしなかった。人が自分のそばに寄りすぎないように気をつけてもいた。今もそうで、ゆうに一メートル五十センチは離れたポーチの手すりに寄りかかっている。

ダービーは別の懐中電灯——頑丈なマグライト——をとり出し、キッチンの床の上に置いて探しているものが見つかるまで何度か光の向きを変えた。ゴム底の靴の湿った足跡。

「靴底の模様からして男物のブーツですね。サイズは十一ぐらい」とダービーは言った。「犯人はここからはいってきて、ここから出ていったようです。ＬＢＣの靴の好みを調べてみたほうがよさそうですね」

「ほかには？」

「もう結構です」

バンヴィルはポーチの階段を駆け降りていった。ダービーは足跡の残っている場所をテープで囲む作業にかかった。それを終えると、一番はっきりした足跡の横に証拠を示す三角コーンを置き、道具袋と傘を持って雨の中に出ていった。

ドライヴウェイ越しに目をやると、隣家のキッチンの窓の奥に、テーブルにつくキャロルの母親の姿があった。ダイアン・クランモアは丸めたティッシュを目にあてながらメモをとる捜査官に供述していた。ダービーは打ちひしがれた母親の顔から目をそらし、玄関へと急いだ。

家の前の通りはにぎやかで、青と白の回転灯に照らされていた。警察官たちは雨の中で交通整理をしたり、通りを遮断しているバリケードから中へ報道関係者たちが立ち入らないように警備したりしていた。近所の人はみな起きていた。何が起こっているのか知ろうと、自宅のポーチに出たり、窓から外をのぞいたりしている。

ダービーは使い捨ての靴カバーをつけ、玄関ホールに足を踏み入れた。クープとみんなに呼ばれている相棒のジャクソン・クーパーが、筋肉質の体にぴったりとした黒いビキニのブリーフを身につけた若い男のそばにしゃがみ込んでいる。階段と階段のあいだのカーペット敷きの踊り場で、男の体は妙な角度で壁にもたれていた。体の下のカーペットに血のしみが広がっている。ダービーは銃痕を数えた。三発――額に一発と心臓の上に彫られたクーガーの刺青のところに並んで二発。

クープはティーンエージャーの胸に並んで開いた二発の銃痕を指差した。「速連射だ」

「犯人は訓練を積んだ狙撃手のようね」とダービーは言った。

「推測するに、ボーイフレンドは何か物音がしたんで、調べるために階下《した》へ降りることにしたんだな。玄関のドアをたしかめようとここまで階段を降りてきて、鍵がかかっているのを見て戻ろうとしたところで胸に二発受けた。それで倒れてここへ落ちてから、二度と起き上がれないように額に一発受けた」

「つまり、犯人は暗い中で銃を撃つことに慣れた人間ということね」

クープはうなずいた。「手にも腕にも引っかき傷ひとつない。抵抗する暇もなかったわけだ」

「でも、ガールフレンドのほうは抵抗した」ダービーは血の手形について話した。

「バンヴィルの見解は？」

「元夫の犯行という線を追うつもりよ」

「どうして誘拐だけでなく、人殺しまで？」

「さあ」

「犯罪心理学の博士課程の勉強がじつに役に立っているな」クープが言った。「ＩＤはまだ？」

「ええ、まだよ」ダービーはキッチンに残っている足跡の証拠について説明した。

「ざっと現場全体を見てくるわ。それから予備検証を行えばいい」

明るいグレーのカーペットが階段と狭い玄関ホールに敷きつめられていた。玄関ホールはテレビを置いたミントグリーンの壁の広々とした部屋につづいている。茶色のソファーとそろいの椅子があり、椅子はガムテープで修繕されていた。母親が室内を明るく見せようとしたらしく、部屋には派手なクッションと質のよいラグとさまざまな小物が置かれていた。

アーチ形の入り口が居間とダイニングルームを隔てている。テーブルの上にはノーラ・ロバーツのロマンス小説のペーパーバックが何冊かとクーポンの束が置かれていた。どちらの部屋も大量のファストフードのごみが腐っているような嫌なにおいと、かすかな麻薬のにおいがした。

二階の廊下の壁にはキャロルの写真と賞状が何十枚も飾られていた。ペンキのはけを持つよちよち歩きのキャロルの写真があり、ディズニー・ワールドでミッキーマウスの耳をつけた写真もあった。高そうな額縁におさめられているのは、ベラム・ハイスクールからオールAの生徒に贈られる賞状だった。額縁にはいった別の賞状は、生徒会における指導力を称えるものだった。海を描いた水彩画を入れた額があり、そこに画鋲でリボンが留められていた。キャロルが絵画コンクールで一等をとった絵だった。

キャロルの母親はもっとも誇らしい賞状や証書を娘の寝室の外の壁に目の高さに来るよう飾っていた。そうすることで、キャロルが毎朝部屋から出るときも、毎晩部屋へ戻るときにも、自分の類いまれなる才能を思い出すことができるというわけだ。

車のドアが閉まる音がした。犯罪現場の撮影のみを行う科学捜査研究所の一部門であるIDが到着したのだ。ダービーは傘をつかんで外へ向かった。

メアリー・ベス・パリスに死体とキッチンに残された足跡について説明し、メアリー・ベスが家の中にはいると、ダービーはポーチの階段を調べた。

見つかった中で唯一興味をひかれたのは、一番下の段に落ちていた紙マッチだった。ダービーはそのそばに三角コーンを置いた。それから少しあとずさってポーチをじっと見つめた。柱によって地面から持ち上げられているようなポーチだ。同じように白く塗られた格子の手すりにぐるりととり囲まれている。階段の左に小さなドアがあり、ドアの小窓から中にプラスティックのごみバケツや資源ごみ用の箱が置かれているのが見えた。

ごみバケツのひとつが引っくり返っている。中にアライグマがいるらしく、懐中電灯の明かりを受けて目が光った。

「ああ、なんてこと」

ダービーは小さなドアを開けた。ポーチの下にひそんでいた女が叫び出した。

8

ダービーは懐中電灯をとり落とし、拾い上げようとしなかった。身動きひとつせずに立ち、誰もはいってこないようにごみバケツを入り口のほうへ押しやろうとしている女を、ただ目を丸くして見つめていた。

制服警官たちが走り寄ってきた。そのひとりがダービーの腕を無造作につかみ、ドアから引き離した。それから、ごみバケツを動かそうと中に手を伸ばした。

女はあまり残っていない歯を警官の手首のむき出しになった肌に深々と突き立てた。そして、まるで雑種の犬が骨から最後の肉を食いちぎろうとでもするかのように、激しく左右に首を振った。

「手が！　この馬鹿女、手に嚙みついた！」

もうひとりの制服警官が催涙ガスの缶を持って中にはいった。女はそれを見て歯を離し、悲鳴をあげながら、ごみバケツや資源ごみ用の箱を引っくり返してすばやくポーチの下へ戻った。

ダービーは警官を外へ引っ張り出してポーチのドアを閉めた。

催涙ガスの缶を持っていた警官が言った。「いったいどういうつもりです？」

「この女性を落ち着かせるために、深呼吸する暇を与えるの」とダービーは答えた。

最初の警官は目に涙を浮かべながら、震える手で、肉がぶら下がり、血がしたたっている手首をつかんでいる。「この人をどうにかしてあげて」

「おことばを返すようだが、あなたの仕事は――」

「みんなをドライヴウェイから遠ざけて――それと、救急車はサイレンを鳴らさずに到着するようにさせて」

ダービーはまわりに集まった男たちに向かって言った。「下がって。みんな下がってちょうだい」

誰も動こうとしなかった。

「彼女の言う通りにするんだ」バンヴィルの声だ。人込みをかき分けて本人が現れた。雨に濡れて黒い髪がぺたりと頭に貼りついている。

制服警官たちはドライヴウェイから遠ざかった。バンヴィルがダービーの横に来た。ダービーはたった今目撃した出来事を説明した。

「きっと麻薬中毒者だな」バンヴィルが言った。「そういう連中がたむろしている廃屋がこの先にある」

「あそこから出てくるようにわたしに説得させてください」

バンヴィルはポーチのドアを見つめた。ごつごつした顔に雨がしたたっている。彼がぶすっとした顔をすると、ドルーピー・ドッグというアニメのキャラクターに驚くほどよく似ていた。

「いいだろう」バンヴィルは言った。「しかし、ポーチの下にきみ自身がもぐっていくことは絶対にだめだ」

ダービーは傘を下ろした。そしてゆっくりとポーチのドアを開けた。悲鳴はあがらなかった。ダービーは冷たい水たまりに膝をついた。懐中電灯の明かりはつけっぱなしになっており、その明かりのおかげで中の様子がわかった。

大学の歴史の講義で見せられた、ヒトラーの強制収容所に収容された人々のきめの粗い白黒の写真を思い出した。ポーチの下にいる女性が飢えて衰弱しているのは明らかだ。髪の毛もほとんど抜け落ち、わずかに残った部分も薄くまばらになっている。顔は信じられないほどやせこけ、頰はくぼみ、肌は蠟《ろう》のように真っ白だった。顔の中で唯一色がついているのは血にまみれた唇だけだ。

「危害は加えないわ」ダービーは言った。

「話がしたいだけなの」

女はダービーを見るというよりは、彼女を透かして何かを見ていた。うつろな目、とダービーは思った。

しかしやがて、信じられないことに、目からうつろな色が消えた。女の目の焦点が合い、何かを判別するかのように目が細められ、すぐに驚きにみはられた。驚きとともにそこに浮かんでいるのは、何だろう、安堵《あんど》？　安堵だろうか？

「テリー？　テリー、あなたなの？」

利用するのよ。何であってもいい、利用するの。

「そうよ」ダービーの口はからからに乾いていた。「わたしが来たのは――」

「声を低くして。見張られてるのよ」女はポーチの床板へ顎をしゃくった。

ポーチの床下にはクモの巣とひからびたスズメバチの巣しかなかった。

「懐中電灯を消すわ」ダービーは言った。「そうすれば見えないもの」

「ああ、そうね。そのほうがいいわ。あなたって前から頭がよかったわね、テリー」

ダービーは懐中電灯を消した。格子の手すりのすきまから青と白の回転灯がちらちらと見えた。女はまだ盾にするようにごみバケツを抱えたままだ。

名前を訊く？　だめよ。わたしのことを知り合いだと思い込んでいるのだから。せつかく意思の疎通ができたのに、それを破る危険は冒したくなかった。このまま勘ちがいにつき合ったほうがいい。

「あなたは死んだと思っていた」と女が言った。

「どうしてそう思ったの？」

「悲鳴が聞こえたから。助けに来てと叫ぶ声が聞こえたのに、わたしは間に合わなかった」女の顔がくしゃくしゃになった。「あなたはぴくりともしなかったし、血を流していたわ。起こそうとしたんだけど、動かなかった」

「あいつをだましたのよ」

「わたしもそう。今度はほんとうにうまくだましたのよ、テリー」女はにやりとし、ダービーは目をそらさずにいられなかった。「ヴァンに乗せられたときに、あいつが何をするつもりかはわかっていた。だから、心の準備をしていたの」

「ヴァンって何色の？」

「黒よ。まだその辺にいるわ、テリー」

「ナンバープレートは見た？」

「あいつがわたしを――わたしたちを探しているわ」

「誰が探しているっていうの？　名前は？」

「悲鳴がやむまで隠れていなくちゃ」

「外へ出る道はわかってる」ダービーは言った。「こっちよ、教えるわ」

女は動かず、答えようともしなかった。ただじっと天井を見つめつづけている。誰も近づけないように引っくり返したバケツを盾にして持ち、その後ろにしゃがみ込んだままだ。

選択肢はふたつ。自分で中へはいって女を外へ連れ出せないかやってみるか、制服警官にまかせてしまうか。

ダービーは入り口をふさいでいるごみバケツを動かした。女が悲鳴をあげないと見ると、ポーチの下に体を滑り込ませた。

## 9

「話ができるようにもっと近くに行くわ。いい？」

そう言ってダービーはごみやソーダの缶や新聞の散らばる泥だらけの地面を這った。嗅いだこともないほどひどい体臭が鼻をついた。ダービーは吐き気を催して咳をした。

「大丈夫、テリー？　大丈夫って言って」

「大丈夫よ」ダービーは口で息をしていた。壁に背を預け、女とごみバケツをはさんで六十センチと離れていないところにすわった。女はズボンも靴も身につけていなかった。皮膚に骨が浮き出て見える。

「ジミーには会った？」と女は訊いた。

ダービーはふとひらめいた。「会ったわ。でも、最初は誰かわからなかった」

「ずいぶんと久しぶりだからよ。きっと彼もうんと変わったはずだわ」

「そうね。でも……わたし、物覚えが悪くなっちゃって。ちょっとしたことが思い出せないの。自分のラストネームとか」

「マストランジェロよ。テリー・マストランジェロ。ジミーに紹介してくれる？　あれだけいろいろ聞かされたんで、あなたと同じだけ彼のこと知ってる気分なの」

「そう聞いたら彼も喜ぶわ。でもまず、ここから出なくちゃ」

「出口なんてないのよ。隠れる場所があるだけ」

「出口を見つけたのよ」

「そういう馬鹿な考えは捨てなくちゃ。わたしも探してみたのよ、忘れたの？　いっしょに探したじゃない」

「でも、わたしはこうしてあなたを助けに戻ってきたじゃない、そうでしょう？」ダービーはウィンドブレーカーを脱いでごみバケツの向こうへ差し出した。「これを着て。暖かいわよ」

女はウィンドブレーカーをつかもうとしたが、すぐに手を引っ込めた。

「どうしたの？」

「またあなたがいなくなるんじゃないかと怖くて」女は言った。「またいなくなったら嫌だわ」

「さあ、受けとって。いなくなったりしないから。約束するわ」

何分か考え込んだものの、しまいに女はウィンドブレーカーに触れた。恐怖、苦痛、不安——すべてに一度に襲われたようだった。女はウィンドブレーカーを胸に抱き、布地に顔をうずめて前後に体を揺らしはじめた。

救急車が到着していた。サイレンを鳴らすことも赤い回転灯をつけることもせずに、ドライヴウェイの端に寄せている。ささいなことだがありがたかった。

「ほんとうに出口を見つけたの？」と女が訊いた。

「ええ。いっしょに逃げるのよ」

体じゅうがやめろと叫んでいたが、ダービーはその警告に逆らい、女に手を差し出した。

その手を女はきつくつかんだ。指の二本は最近折れたのが治ったばかりらしく、痛々しく鋭角に曲がっていた。腕はとげのようなもので覆われている。

女はまた天井へ目を向けた。

「もう怖がる必要はないわ」ダービーは言った。「手を握っていて。いっしょにこのドアから外へ出るの。大丈夫よ」

•

10

ダービーがひどく驚いたことに(かなりほっとしたことでもあったが)、光が明滅するドライヴウェイに足を踏み出しても、女は悲鳴をあげることも抗《あらが》うこともしなかった。ただダービーの手をきつく握りしめただけだった。

「ここにいる人たちは誰もあなたに危害を加えたりしないわ」ダービーは傘を拾おうと手を伸ばした。証拠となる可能性のあるものを雨に流してしまいたくはなかったからだ。

「誰もあなたを傷つけたりしない。絶対よ」

女はウィンドブレーカーを顔に押しつけて泣き出した。ダービーは女の腰に腕をまわした。小鳥のようにきゃしゃでもろそうな骨だった。

ゆっくりと慎重に歩を進め、待っている救急車のほうへ女を導いた。前の座席のドアのところにふたりの救急救命士が立っていた。ひとりは注射器を手に持っている。これればかりは避けようがなかった。女の気を鎮めなければならない。また厄介なことになるといけないので、こうして外で済ませてしまったほうがいい。そうでなければ、女を救急車の狭いスペースに押し込めるのはむずかしいはずだ。

救急救命士はふたりとも女の後ろへまわった。警官たちも必要とあれば手を貸そうとそばを離れずにいた。

「もうすぐよ」ダービーはささやいた。「手を握っていて。大丈夫だから」

救急救命士が女の尻に注射針を突き刺した。ダービーは最悪の事態に備えて気を張りつめた。女は身をすくませもしなかった。

女が目をしばたたき出すと、救急救命士があとを引きとった。

「まだしばらくないで」ダービーが言った。「シャツを脱がせなくちゃならないし、写真も撮らなくちゃ」

クープがすでに道具を持って外に立っていた。救急車の中にはあまり作業のスペースがなかった。小柄でやせているダービーが中にはいり、クープは後ろのドアのそばに立った。においがひどかったため、ふたりともマスクをつけた。女はきしるような耳障りな音を立てて呼吸し、その音は救急車の屋根を打つ雨音にもかき消されなかった。

メアリー・ベスがカメラを手渡してくれ、ダービーは仰向けに横たわる女の写真を撮り、黒いTシャツのかぎざきをクローズアップで写した。

ハサミを使ってTシャツを首のところまでまっすぐ切り開き、さらに両方の脇へ向けて二ヵ所切り込みを入れ、Tシャツを女の体からはがした。女の胸があらわになった。まだ治っていない深い傷や打ち身や切り傷の残る皮膚が、浮き出た肋骨の下に深く沈み込んでいる。

「不整脈で死ななかったのは奇跡ね」とメアリー・ベスが言った。

ダービーは女を横向きにした。Tシャツはたたんでクープが広げて持っていた証拠袋の中に落とした。

「爪の垢《あか》を採取しましょう」とダービーは言った。

ダービーは女の頬の内側から綿棒で粘膜を採取した。それから女の親指の爪の中を爪楊枝で探ろうとしたが、親指の爪は半分はがれて血が出ていた。

「いったいこの人はどうしたんだ?」とクープが訊いた。

それがわかればね。「指紋を採取しましょう」とダービーは言った。

## 11

血清学研究室は、よく〝ベンチ〟と呼ばれる黒い厚板のカウンターが並ぶ長く広々とした長方形の部屋だった。高い窓からは緑豊かな丘陵や対のバスケットコートが見晴らせた。窓のすぐ下には、いくつかピクニックテーブルが置かれたコンクリート敷きの遊歩道があり、晴れた日にはそこで昼食をとることができた。

科学捜査研究所所長のリーランド・プラットは入り口でダービーを待っていた。彼はシャンプーとシトラスのコロンのにおいがした。ありがたいことに、いまだに鼻腔や服にしみついて離れないひどい体臭とは大きなちがいだった。

「どこのニュースでもやっていたよ」ダービーの後ろから部屋の隅のベンチへ向かいながらリーランドは言った。そのベンチにはDNA分析班の班長であるエリン・ウォルシュが陣取っていた。「捜査の指揮をとっているのは?」

「マシュー・バンヴィルです」

「だったら、その娘《こ》は捜査官に恵まれたな」リーランドは言った。「きみがポーチの下で見つけた身元不明の女性については？」

「それもニュースで報じられているんですか？」

「きみがその女性を支えて救急車まで連れていく映像が流れてるのさ。女性の名前は報じられなかったが」

「身元は分かっていないんです――何ひとつ」

ダービーはエリンに印のついた封筒を四つ手渡した。「キッチンの入り口のところにあった血。身元不明者の口内の粘膜をこすりとったもの。あとのふたつの封筒は比較対照用のサンプルよ。キャロル・クランモアの歯ブラシとくし。わたしに用があったら、廊下の向こうにいるから」

「何かわかったら、逐一報告してくれ」とリーランドが言った。

「いつもそうしています」ダービーはそう言って血清学研究室をあとにした。茶色の繊維のはいった封筒を遺留証拠分析班に持っていってから、クープに手を貸しに行った。

女のシャツは血やその他の体液で汚れており、感染の恐れがあるため、ダービーは保護服を身につけた。それからマスクをし、安全ゴーグルをかけ、ゴム手袋をはめた。

暗く小さな部屋はかすかに聞こえる雨音に包まれていた。シャツはドラフトチャンバー（有害物質や有害微生物を扱う実験などのときに安全のために用いる排気機能のある装置）の中に置かれている。

「これを見てくれ」クープは照明付き拡大レンズから一歩離れて言った。

乾いた血がこびりついた銀白色のものが繊維に残っていた。ダービーはピンセットでその銀色のものをつまみ上げ、照明の下で引っくり返した。

「塗料のかけらみたいね。こっちの部分はたぶん錆《さび》だわ」

クープはうなずいた。「このTシャツはとんでもない代物だ。サンプル集めにここで丸一日過ごすことになるよ」

三十分後、銀色のかけらがさらにふたつ見つかった。

スピーカーから秘書の声が聞こえてきた。「ダービー、メアリー・ベスから二番に電話よ」

ダービーはグラシン紙の封筒を集めた。「急いでこれをパピーに渡してくるわ」

メアリー・ベスはコンピューターに向かい、キーボードとマウスを使っていた。ブロンドだった髪の毛が濃い赤になっている。

黒い足跡の画像がモニターに現れた。底には、刻まれた溝と、画鋲や釘やガラスのかけらを踏んだような跡があった。そうした跡も足跡によって独特であるため、歩幅の特徴とともに、指紋と同様、個人に特有のものとみなすことができるのだ。

「髪はいつ染めたの？」ダービーは腰を下ろしながら訊いた。

「昨日よ。気分転換したくて」

「クープとは関係ないんでしょうね？」

「どうしてそんなことを訊くの？」

「だって、クープが赤毛が好きだと言ったときに、いっしょにランチをとってたじゃない」

「ちょっと待ってて。もうすぐ終わるから」

ダービーは身を近づけた。「クープが付き合うのは、一度に四つ以上のことばをしゃべれないような女よ。それが彼のポリシーなの」

メアリー・ベスはモニターを指差した。丸で囲まれた中に、山嶺を表すような線が現れ、その下に文字のRのようなものがあった。

「これは製造業者のマークよ」メアリー・ベスは言った。「靴底に社名とロゴを刻み入れる会社があるの。これはまちがいなくライザー・フットウェアのロゴね」

「聞いたことのない会社だわ」

「でも、ライザー・ギアなら聞いたことあるはずよ」

「異常に高い防寒着を作っている会社のこと？」

「同じ会社なのよ」メアリー・ベスは言った。「ライザーが事業をはじめたときには――たしか、五〇年代までさかのぼるんだけど――最初は軍人用のブーツを製造していたの。それからハイキング・ブーツ部門を作った。その後、長年ブーツだけを作っていて、そのブーツは通販でしか買えなかったわ。この会社のブーツはすごく高級で目が飛び出るほどの値段だった。八〇年代になって、どこかのグローバル企業に吸収されて、ライザー・フットウェアはライザー・ギアになったのよ。まだハイキング・ブーツも作ってはいるけれど、防水コートとか、財布とか、ベルトといったものも作るようになった。さらには子供用の衣服やアクセサリーまで。富裕層を対象としたティンバーランドの高級版といった感じね」

「そんなことどうして知っているの？　この会社の株でも持ってるとか？」

「これでもわたし、ティーンエージャーのころはハイキングに夢中だったのよ。あるクリスマスに両親がライザーのブーツをプレゼントしてくれたの。今製造されているのは大量生産の安物よ。でも、昔の製品はというと、よく手入れをすれば、一生物だった。わたしも今でも持っているもの。今まで履いた中で一番履き心地のいいブーツであることはまちがいないわね。だからこそ、このロゴがわかったの。昔のブーツについていたロゴよ。このタイプのブーツはもう作られていないわ」

「このブーツでどこまで調べられるか、やってみる。ありがとう、メアリー・ベス」

「クープについてあなたの言ったことはまちがってる。あの人は頭のいい女が好きなのよ。たとえば、あなたみたいな」

「クープはただのパートナーよ」

「まあ、何とでも」メアリー・ベスは言った。「ところで、あなた、絶対にシャワーを浴びたほうがいいわよ。それから、口臭用のミントキャンディーをいくつか食べても悪くないわね」

12

科学捜査研究所の足跡のデータベースは三穴のリング・バインダーのコレクションだった。

その日、ダービーは午《ひる》まで、ボストンの犯罪現場で採取された男性の靴跡のサンプルを見て過ごした。その中にメアリー・ベスがモニターに呼び起こしてくれた足跡と一致するものはなかった。

昼休みのあいだ、ダービーはインターネットにつないで足跡の証拠のみを限定して扱うふたつの科学捜査関係の掲示板を調べた。スレッドをあさっているときに、足跡の特定を専門としていた元ＦＢＩ捜査官の名前を見つけた。いくつか世間の耳目を集めた刑事事件に関して、法廷で専門家として証言を行った人物だ。

空腹のせいで頭がずきずきしていた。朝食を抜いたからだ。ダービーは急いでカフェテリアに降り、ツナ・サラダとコーラを買って戻ってきた。調査の進捗《しんちょく》状況を説明しようとリーランドのオフィスに寄ったが、彼の姿はなかった。

自分のオフィスに戻ると、電話のメッセージ・ランプがついていた。母からだった。シェイラが朝のニュースを見て、娘の安否をたしかめようと電話してきたのだ。

スタージス・〝パピー〟・パパゴティスがドアから顔をのぞかせて訊いた。「ちょっといいかい？」

「どうぞ、はいって」

パピーはクープの椅子を引いた。本人には呪わしいことに、世界一若く見える男だった。身長は百六十センチそこそこで、どことなく少年のような顔をしているせいもあり、ナイトクラブにはいるときには用心棒たちにじっくりと免許証を見られるのが常だった。

「きみの白いかけらをフーリエ交換型赤外分光光度計《FTIR》にかけたよ」と彼は言った。「アルミニウムとアルキド＝メラミンだった」

「車の塗料ね」ダービーが言った。「スチレンについては？」

「いや、これは製造工場で塗られたものだ。自動車整備工場じゃない。車の塗料についてはどの程度詳しい？」

「メラミンは耐久性を高めるために塗料に加えられる樹脂でしょう」

「その通り。アクリル＝メラミンとポリエステル＝メラミンが塗料のおもなポリマーだ。アルキド＝メラミンは六〇年代に使われるようになった高品質のアルキド塗料のひとつなんだ。今の自動車メーカーの多くはポリウレタンのクリア・コート・システムを好んで使う。そのほうが光沢の持ちがいいというのもあるが、何より大きな理由はコストだ。ポリウレタンのトップコートは自然乾燥で速乾性があるが、メラミンのトップコートは熱を加えなければならない。きみの見つけた塗料のかけらはもともとの塗装からはげたものだ」

「色については？」

「そこで行きづまったんだ」パピーが言った。「ＦＴＩＲでも、何もヒットしなかった」

「でも、だからって何の説明にもならないでしょう」

「ああ、きみの言おうとしていることはわかるよ。ＦＴＩＲには我々のコンピューター・ライブラリー程度の情報しか登録されていない。ＦＴＩＲで特定できなかったのは、その塗料のかけらを個別のサンプルと照らし合わせることができなかったからだ。そこで、カナダの科学捜査研究所が持っている塗料照会データベース《PQD》・システムにかけてみた。が、だめだった。だから、サンプルをＦＢＩに送ろうと思っている。向こうの研究所では、全国自動車塗料ファイル・データベースに、あまり知られていない、入手困難な塗料のサンプルを保持しているからね」

「前にもＦＢＩに依頼したことはあるの？」

「ふつうはＰＱＤでことが足りるんでこれまでＦＢＩに頼む必要はなかった。ＦＢＩでだめだったら、ドイツの持つファーフェグヌゲンなんとかを試してみるよ。きっと塗料のサンプルのデータベースでは世界最大のものを持っているだろうから」

「ＦＢＩの科学捜査研究所にはつてがあるの？」

「物質分析課の責任者のボブ・グレーという人物による塗料の講習を受けたことがあ

るんだ。彼に電話してみるさ」

「これが誘拐事件の捜査だと説明して。真っ先にとりかかってもらわなくちゃならないから」

「訊いてみる」パピーはにやにやしていた。

「わかってる。あまり期待せずに電話のそばで待ってるわ」とダービーは言った。

リーランドがまだオフィスに戻っていなかったため、ダービーは一階に降りた。失踪人捜索課は長い廊下の端にひっそりとあった。カウンターの奥には濃いチャコール・グレーのスーツを着たすらりとした女性が立っていた。身分証バッジの名前はメイベル・ワンタックとなっている。身分証のメイベルは笑っていなかったが、今、実物も笑ってはいなかった。

「おはようございます」ダービーは言った。「協力をお願いできるかしら」

メイベル・ワンタックの顔に〝期待しないで〟という表情が浮かんだ。

「ある行方不明者に関係があるかもしれない事実を知ったんだけど」とダービーは言った。

「おわかりでしょうけど、お見せすることは――」

「ファイルそのものはね。ええ、わかっているわ。見られるのは捜査担当者だけ。わたしが知りたいのは、その人物がほんとうに行方不明者かどうかってことなの」

メイベル・ワンタックは書類が山積みされ、二頭のチョコレート色のラブラドール・レトリーバーの写真をおさめた小さな写真立てがいくつか置かれた机につき、キーボードを引き出した。

「名前は？」

「スペルはたしかじゃない、いくつか打ち込んでみなくちゃならないかもしれないわ。検索条件は？」

「ラストネームからよ」

「ラストネームはマストランジェロ」ダービーは言った。「スペルを言ってみるから打ち込んでみて……」

## 13

粘土を両手で丸めているクープに、ダービーは失踪人捜索課での検索結果を話して聞かせた。それから、証拠についてわかったことを説明しているときに、科学捜査研究所の秘書がドアから顔をのぞかせた。

「リーランドがオフィスに来てくれって、ダービー」

　リーランドは電話中だった。入り口にダービーの姿を認めると、自分の机の前にひとつだけ置かれている椅子を指差した。

　彼の背後の壁には、党の資金集めのパーティーで撮った正装の写真がところ狭しと飾られていた。誇り高き共和党員のリーランドがジョージ・ブッシュ親子と腕を組んでいる写真もあれば、博愛精神に富んだ共和党員のリーランドが知事の横に立っていっしょに感謝祭の七面鳥を貧しい人々に配っている写真もある。ブルックス・ブラザーズで決めた装いの下にはユーモアのセンスも隠されているのだというところを見せようと、愉快な共和党員のリーランドが、あるサイン会でもらった『ニューヨーカー全漫画集』を抱えている写真もあった。

　ダービーがキャロル・クランモアの家の壁に飾ってあった写真を思い出していると、リーランドが電話を終えた。

「本部長からだ。捜査の進捗状況を問い合わせてきた。まだ何も報告することはないと答えたら、少しばかり驚いていたがね」

「二度寄ったんだけど、いらっしゃらなかったから」とダービーが答えた。

「だからヴォイスメールというものがあるんだろう」

「じかに会って状況を説明したほうがいいかと思って。質問があるかもしれないし」

「じゃあ、説明してもらおうか」リーランドは椅子に背を預けた。

ダービーはまず塗料のかけらについて説明し、次に足跡に言及した。

「男物の十一サイズです。ロゴはライザーの製品のものとぴったり一致しました。現場で見つかった足跡の靴の底に刻印されていたロゴは、ライザーのふたつ目のロゴで、八三年に身売りしてライザー・ギアになる直前のものだそうです。調査の結果、当時ライザーは四つのモデルしか製造しておらず、通信販売か北東部の専門店でのみの販売でした。つまり、その靴を買った顧客はかぎられているということです。うちのデータと照らし合わせてみましたが、あてはまるものはありませんでした」

「だったら、ＦＢＩにコピーをまわして向こうの足跡のデータベースと照合してもらうんだな」

「早急にやってくれと頼んでも、ＦＢＩがとりかかってくれるまで最低一ヵ月はかかるでしょう」

「それればかりは手の打ちようがないな」

「いいえ、あるかもしれないわ」ダービーは言った。「今日の午後、ラリー・エンメリッヒという人物と話をしたんですが、ＦＢＩの科学捜査研究所で働いていたことのある人間です。今は足跡に関する民間の専門家になっています。エンメリッヒは引退してコンサルタントとして独立したんです。ライザーの古いカタログも全部所有しているばかりか、販売者の情報や連絡先も知っています。おまけに、ただちに調べてくれるそうです。彼に頼んで靴の型やモデルを限定してもらえれば、あとはＦＢＩにその足跡をデータベースと照合してもらえばいいだけです。エンメリッヒは研究所にコネもあるので、全国から集められたデータと一致するものがあるかどうか照合するのに、早ければ一日しかからないそうです」

「それで、それにかかる経費は？」

ダービーは金額を言った。

リーランドは目を丸くした。

「バンヴィルは何と？」

「まだ伝えていません」とダービーは言った。

「まあ、言ってみることだな」

「彼が払わないというなら、こっちが払うと言うつもりです。キャロル・クランモアを連れ去った人間は同じことを前に――少なくとも一度はやっているんです」

リーランドはすでに首を振っていた。「支払い許可を得るのはまず無理だ――」

「説明させてください。ポーチの下で発見された、身元不明の女性ですが、わたしのことをテリー・マストランジェロという名前の女性だと勘ちがいしています。失踪人捜索課でその名前をコンピューターの検索にかけてもらったんですが、テリー・マストランジェロはコネティカット州ニュー・ブランズウィックに住む二十二歳の女性でした。ルームメートの話では、テリーはアイスクリームを買いに出かけたそうです。車は使わず、歩いて。それで、そのまま戻ってきませんでした」

「行方不明になってどのぐらいになるんだ？」

「二年以上です」

リーランドは椅子の上で姿勢を正した。

「テリー・マストランジェロにはジミーという息子もいました」ダービーは言った。「今は八歳になり、祖母と暮らしています。わかっているのはそれだけです。わたしにはファイルの閲覧が許されていませんから。バンヴィルのほうから要請してもらわなければなりません」

「彼にＶＩＣＡＰにあたってもらい、何か情報がないか調べてもらっても害はあるまい。きみの足跡といっしょでね」

　ダービーが思うに、バンヴィルがすでに凶悪犯罪者逮捕プログラム《ＶＩＣＡＰ》にあたっているのはまちがいなかった。「ここにテリー・マストランジェロの写真のコピーがあります」

　リーランドはコピーをまじまじと見つめた。

「たしかにきみとよく似ている」彼は言った。「どちらも肌が白く、髪が赤い」そう言ってコピーをデスクパッドの上に置いた。「ポーチの下できみが見つけた女性だが、状態について何か変わったことは？」

「まだ何も」ダービーは答えた。「指紋については、まだ自動指紋識別システム《ＡＦＩＳ》で照合中です」

「つまり、キャロル・クランモアを連れ去った人物は彼女をどこかに監禁している可能性が高いということか――おそらく、テリー・マストランジェロやポーチの下で見つかった女性が閉じ込められていたのと同じ場所に」

「これでおわかりでしょう。見つかった足跡の特定にこれほど急を要する理由が」

「エリンと話したんだが」リーランドは言った。「壁で見つかった血はＲＨマイナスのＡＢ型だそうだ。キャロルの血液型はＲＨプラスのＯ型。エリンによると、茶色の繊維にも乾いた血が付着していたそうだ。Ｔシャツにもいくつか血痕が残っていた。

繊維に付着していた血は壁の血と一致した」

ダービーは複合DNA検索システム《CODIS》と照合しても特定はできないだろうと思っていた。CODISは最新技術ではあるものの、導入されて日が浅く、ごく最近の事例についてのデータしかおさめられていなかったからだ。DNAの抽出・検査には一件につき何百ドルもの経費がかかるため、資金不足から、全国各地でレイプ事件の残留物やDNAの証拠のほとんどは証拠品取置室に放置されたままになっていた。

「遺留証拠分析班によると、茶色の繊維は広く流通しているラグに使用されているものだそうです。今のところわかっているのはそれだけです」ダービーは立ち上がった。

「ちょっと待ってくれ。ひとつ言っておきたいことがある」

何を言われるのか、ダービーには想像がついた。

「誘拐事件というのはストレスのたまるものでね。メディアがキャロル・クランモアと身元不明者とのあいだのつながりを見つけたら——つながりがあることはまずまちがいないが——そうしたら、メディアというメディアがここに張り込むようになるだろう。ナンシー・グレイスのような連中が、毎晩テレビで、キャロル・クランモアの死体が発見されるまでカウントダウンをつづけるというわけだ。

きみが今、お母さんといっしょに暮らしていて、お母さんの……今の状態を楽にする手助けをしていることはわかっている」リーランドは言った。「こういった事件にはひどく時間をとられるものだ。そうなれば、きみもあまりお母さんといっしょに過ごせなくなる。きみにはまだ有給休暇も多く残っているし、家族休暇をとることもできる」

「わたしの勤務態度に問題があると？」

「そうじゃない」

「だったら、わたしの前のパートナーがネルソンのレイプ事件で証拠を捏造《ねつぞう》したとして起訴されたことで、わたしに今回の件を担当させることをためらっているのね」

リーランドは頭の後ろで手を組んだ。

「何度も言っているように、わたしは何もしていないし、大陪審もわたしは関与していないと判決をくだしました」ダービーは言った。「スティーヴ・ネルソンが自由の身になって別の女性をレイプしたのもわたしの責任ではないし、メディアが騒いだのもわたしのせいではありません」

「そんなことはわかっている」

「だったら、どうしてまたこういう話になるんです？」

「きみをこの件の担当にすると、またメディアの注意をひくことになるからさ。すでにきみはテレビに登場している。メディアがネルソン事件を引っ張り出してきて、またそこにスポットライトをあてるんじゃないかと心配なのさ」

「この件はわたしが担当であろうとなかろうと、メディアの注意をひくのはまちがいないわ」

リーランドは何も言わなかった。ダービーは自分について彼が内心何らかの結論に達していることを悟った――そう感じるのはこれがはじめてではなかった。リーランド・プラットは相手に気づかれずに人を観察するのを好む人間だった。相手の話すことばや身振りを脳に刻み込み、真の判断を心の奥底の閉じられた場所でくだして人々を分類する。よかれあしかれ、ダービーは人の倍もの熱意をこめてリーランドを説得しようとすることが多かった。今も彼を説得できればと思わずにいられなかった。

「リーランド、わたしがこの件からはずれる必要はないはずです。でも、まだ疑いが残るというなら、つまり、わたしを信頼できないというなら、理由をはっきり言ってもらって、それについて話し合いましょう。わたしが研究所を困った立場におちいらせる不安があるからといって、担当をはずしたりしないでください。そんなの公平じゃないわ」

リーランドはダービーの背後の壁にかけてある、額にはいった証書や賞状をじっと見つめ、しばらくしてようやく目をダービーに戻した。

「何かわかったら、すぐに報告してもらいたい。私がオフィスにいなかったら、メッセージを残すか、携帯電話に連絡してくれ」

「もちろんです」ダービーは言った。「ほかには？」

「足跡の専門家への支払いをバンヴィルがしぶったら、私に知らせてくれ。どうにかできるかやってみよう」

　ダービーがクープと共同で使っているオフィスに足を踏み入れると、クープは漫画本をめくりながら電話で話していた。ジーンズと、〝ビールこそ、神が我々を愛し、我々の幸せを願ってくれている証拠である〟というスローガンのはいったTシャツに着替えている。

「たしか、ワンダー・ウーマン（漫画の主人公）は豊胸手術を受けていなかったはずよね」クープが電話を終えると、ダービーは漫画にちらりと目を向けて言った。

「これは新規改良のワンダー・ウーマンなんだ」

「すごいわね。まるでストリッパーじゃない」

「浮かない顔だね。粘土遊びをするかい？　ほんとうにこれ、ストレスにはいいんだ」

「うちのボスはわたしの能力をひどく疑っているのよ」

「あててみようか。ネルソンの一件だな」

「ビンゴ」ダービーはリーランドとのやりとりを手短に話して聞かせた。

「どうしてにやにやしているの？」とダービーが訊いた。

「何ヵ月か前におれがつきあっていたアンジェラって娘《こ》を覚えているかい？」

「〈インプロパー・ボストニアン〉に出ていた下着のモデル？」

「ちがう、それはブリトニーだ。アンジェラはダイアモンドつきのヘソピアスをしていたイギリス人の女の子さ」

「全員をちゃんと覚えているなんて驚きね」

「そうさ、メンサ（知能テストで上位二パーセントにはいった人々で作るクラブ）にはいるべきかもな。とにかく、アンジェラとおれはある晩、飲みに出かけたんだ。仕事の話をして、リーランドの名前を出した。すると、プラットという名前はイギリスでは愚か者とか馬鹿とかいう意味だって言われたよ。これからはそれを頭に置いておくといい」

## 14

家に帰る前に、ダービーにはひとつ寄りたい場所があった。

ジムのシャワーで垢をこすり、体をきれいにすると、濡れ髪のままダービーはマサチューセッツ総合病院のメインロビーに足を踏み入れた。ボストンで最大の病院だ。総合案内のデスクで足を止める必要はなかった。集中治療室《ICU》への行き方はわかっていた。前に一度、父にお別れを言いに来たことがあったからだ。

ICUの二重扉の前には、〝入室前に携帯電話や電子機器の電源はすべて切ること〟という掲示があった。ダービーは携帯電話の電源を切り、受付デスクでコーヒーを飲んでいた男性看護師に身分証を呈示すると、ベラムから運び込まれた女性の容体について尋ねた。看護師はシフトについたばかりなのでわからないと答え、長い廊下の一番奥にある部屋の前で椅子にすわっている警察官を指差した。

ICUにはプライヴァシーはなかった。どの部屋もガラスの窓越しに中をのぞくことができた。顔にショックと不安をありありと浮かべた患者の身内たちが、愛する者の手をとろうと――もしくは、たいていの場合、お別れを言おうと――順番を待つ場所なのだ。

父の思い出で頭がいっぱいになった。父が死んだ部屋は今は空っぽだったが、その前を通り過ぎるときには、思い出はより鮮明なものとなっていた。

年輩の制服警官は読んでいたゴルフ雑誌から目を上げ、ダービーの身分証を調べた。切れた毛細血管が網目状に鼻に浮き出ている。

「大騒ぎだったんだが、見逃したね」警官は伸びをしながら言った。「ポーチで見つかったご婦人が看護師を襲ったんだ」

「何があったの？」

「ペンで看護師を刺したのさ。今は医者が中にいる。忠告しておくが、口で息をしたほうがいいよ」

医者は身元不明の女性のほうに身をかがめ、心音を聞いていた。まばゆい蛍光灯の明かりのもと、身元不明の女性はいっそうやせ衰えてみえた。点滴と胃チューブの両方につながれている。腕と足は拘束されており、灰色の肌のほとんどが包帯やガーゼで覆われていた。

ダービーがベッドに近寄ると、シーツの上に真っ赤な血のしみがあった。今朝早く救急車の中で耳にした胸の悪くなるようなぜいぜいという音は、今は苦しそうな痛々しい呼吸に変わっている。

身元不明者の目が紙のように薄いまぶたの下でぴくぴくと動いた。いったいどんな夢を見ているの？

「科学捜査研究所の人ですね」女の医者は驚くほど優しい声で言った。くっきりとしたきつい顔立ちに似合わない声だった。

ダービーは自己紹介した。医者の名前はティナ・ハスコックといった。

「レイプ検査キットをとりにいらしたんじゃないといいんですけど」ハスコックが言った。「科学捜査研究所の誰かがもうとりに来ましたから」

「いいえ、ただ、どんな様子かと見に寄っただけです」

「階段の下からこの人を助け出した方じゃないですか？」

「ええ、そうです」

「そうだと思ったわ。見たお顔だったもの。あちこちのニュースに出てますよね」

最高、とダービーは心の中でつぶやいた。「看護師さんに襲いかかったそうですけど」

「二時間ほど前です」と医者は答えた。「点滴のチューブを確認に来た看護師がペンで何度も刺されたんです。看護師は今、手術を受けているところです。願わくは、目が無事だといいんですが」

「どこでペンを手に入れたんでしょう」

「たぶん、ベッドの足もとに置いてあるクリップボードからでしょう。警察官を噛んだのもわかりますよ」

ダービーはうなずいた。「警官は助け出そうと手を伸ばしたんですが、彼女は攻撃されると思ったんです」

「混乱と譫妄《せんもう》は敗血症の症状です。敗血症とは、毒素を作り出すバクテリアによって引き起こされる血液の感染症ですが。この場合、黄色ブドウ球菌ですね。腕についているいくつかの切り傷や擦り傷がブドウ球菌に感染しているんです。広範囲の抗菌スペクトルを持つ抗生物質を点滴で投与していますが、ここ数年、ブドウ球菌は抗生物質に対してとくに抵抗性を持つようになりました。患者の体がすでにかなり衰弱していることと、免疫反応が弱くなっていることから考えて、予断を許さない状態ですね」

「意識をとり戻したときに、何か言いましたか？」

「いいえ。点滴のチューブを引き抜いて逃げようとしただけです。また鎮静剤を投与しなければなりませんでした。不整脈があることを考えると、危険な処置ですが。どうしても必要ということでなければ、鎮静剤の投与はこれ以上行いたくないものですが、またああいう異常な出来事が起こるのは困ります。この人が何者なのか見当はついているんですか？」

「まだ調査中です」

医者はベッドに注意を戻した。「ご覧の通り、異常なほどにやせ細っています。今は生命維持器官が低速におちいっている状態と言えます。心臓の鼓動は遅く、不整脈も現れています。頭髪もプロテイン不足からほとんどが抜け落ちてしまっています。肌が灰色がかっているのは深刻なビタミン不足のせいです。皮膚をふわふわした細い毛のようなものが覆っているのがわかりますか？　まるで産毛のように見えるものです。あれは胎児の産毛と同じもので、ふつう、栄養失調がかなり進んだ状態で見られるものなんです。筋肉と脂肪の組織がなくなることに対する体の反応で、いわば、体温を保とうとする最後の試みと言っていいと思います」

ダービーはベッドの中でぜいぜいと荒い息をしている汚らしい浮浪者のような姿を見つめた。テリー・マストランジェロの写真を思い出し、誘拐犯と同じ目で女性を見ようとしてみた。対象物として、目的を達する手段として。この女性は行方不明になってどのぐらいになるのだろう？　そして、いったいどんな目に遭ってきたのか？

「ペンライトをお借りできますか？」

「ええ、もちろん」と言って医者はポケットに手を突っ込んだ。

ダービーはテント状に張られたシーツを引き上げ、女の左腕を調べた。包帯と包帯のあいだに露出している皮膚には、ブルーのインクで小さな文字が書かれていた。文字と数字の羅列だ。１ＬＳ２ＲＬＲ３ＲＳ２Ｒ３Ｌ。

その下にさらに三列。

２ＲＲＳ２ＬＳＲＲＬ３ＲＳ。

３Ｌ２ＲＳＳ２ＲＬＲ４Ｒ。

四列目は判読不可能だった。

医者が身をかがめた。「いったいそれは何です？」

「まず考えられるのは方向を示す印ということですね。Ｌが左、Ｒが右」

「その最後のは、文字か数字かわかりませんが、書きかけて途中でやめなければならなかったようですね」医者が言った。「おそらく、そのときに看護師がはいってきたのでしょう」

ダービーもおそらくそうだろうと思っていた。「ちょっと失礼します」

ＩＤの業務時間は終わっていた。ダービーはオペレーターに電話をかけ、メアリー・ベスがまだ勤務中でありますようにと祈った。祈りは通じた。メアリー・ベスが道具を持って到着するまで少なくとも一時間はあった。ダービーは自分のファイルのためにデジタルカメラで写真を撮った。

身元不明の女性は鎮静剤でぐっすりと眠っていたので、医者も拘束を解くことに賛成してくれ、ダービーはクローズアップで写真を撮ることができた。女の体を腕以外も調べたが、ほかに文字は見つからなかった。

「科学捜査研究所の人間がここへ写真を撮りに来ます」ダービーは体を調べてから言った。「また拘束を解いてもらわなければならないかもしれません」

「鎮静剤がきいているうちはかまいません。さっき訊こうと思っていたんですが、この人があなたを襲おうとしなかった理由はわかっているんですか？」

「たぶん、わたしが誰かに似ていたせいだと思います」ダービーは名刺をとり出し、家の電話番号を書くと、それを医者に手渡した。「これは自宅の番号です。この人が目を覚ましたら、遅い時間でもかまわないので、連絡をいただけると助かります。携帯電話の電源も入れておきますから」

「この人にこんなことをした人間を見つけたら――」医者は言った。「当然だけど、そのくそ野郎を散々な目に遭わせてやってほしいわ」

# 15

ダービーはメアリー・ベスのために書類仕事を引き受けた。ICUから外へ出ると、携帯電話の電源を入れ、メッセージをたしかめた。シェイラから電話してくれというメッセージがまたはいっていた。娘の身を心配しているのだ。母親の声の調子からそれはわかった。もうひとつのメッセージはバンヴィルからだった。

携帯電話の電池は切れかかっていた。ダービーはふたつの自動販売機が並んでいる壁に公衆電話があるのを見つけた。廊下の反対側にはICUの待合室があった。固いプラスティック製の椅子と人の手の汗で皺《しわ》くちゃになった雑誌が置かれた狭い一角だ。ロザリオを持った男が床を見つめ、隅につり下げられたテレビの下では女が泣いている。テレビではイラクにおける戦争のニュースが流れていた。

バンヴィルが電話に出ると、ダービーはその日の出来事を報告した。

「私もそう思うね。たしかにその文字は方向を示すもののようだ」ダービーが話し終えると、バンヴィルは言った。「その中で数字はどういう意味を持つのだろう」

「何かの略かもしれません」

「それで、解読できる唯一の人間はまだ鎮静剤で眠っているわけだ」

「目を覚ましたら、連絡をくれるよう、医者に頼んでおきました。あなたが尋問するときには、わたしも立ち会いたいと思っています」

「たぶん、そうしてもらったほうがいいな。彼女の気を鎮める役に立つかもしれない。すぐに目を覚ましてくれることを祈ろう」

「聞いたところでは、わたしはニュース番組に出ずっぱりのようですね」

「きみが身元不明の女性のいるポーチの下へもぐっていくところを映像におさめた記者がいたんだ」バンヴィルは言った。「きっと犯人は死ぬほどびくびくしているだろうよ」

「キャロルの母親の様子はどうです？」

「こういった状況に置かれた母親だったらみな同じだろうといった様子さ」バンヴィルは答えた。「リンの警察がリトル・ベイビー・クールの最後にわかっている住所を訪ねたが、本人はもうそこには住んでいなかった。まったくな、仮釈放の保護観察官に知らせることもせずにだ。リンの警察に足跡のことを知らせるよ」

「そのことについて相談があるんですが」ダービーは言って、足跡の専門家を雇いたいと思っている理由を説明した。

「考えてみなくちゃならないな」とバンヴィルは答えた。

「フェデックスの最終の集荷は七時です。エンメリッヒは明日朝一番で仕事にとりかかると言っています」

「あたりが出ないかもしれないことに賭けるにはあまりに大金だな」

「キャロルはどうしてほしいでしょうね？」

「きみが被害者とファーストネームで呼び合う仲とは知らなかったよ」バンヴィルは言った。「また連絡する」

ダイアルトーンが耳に突き刺さった。ダービーは顔を真っ赤にして受話器を置いた。漂わせた目がふと、ロザリオを持っている男に止まった。

一瞬、手にロザリオを持っている十四歳の自分の姿が脳裡に浮かんだ。すり切れたカーペットの上を行ったり来たりしながら、母が手術医との話を終えてＩＣＵから出てくるのを待っている自分。お父さんは大丈夫。ビッグ・レッドは前にも数知れず大変な目に遭ってきた。今度もきっと切り抜ける。神は必ず善をたすく。

今、三十八歳になったダービーはもっと利口になっていた。

家で自分を待っている母のことを思い出し、胸にぽっかりと冷たい穴が開いているのを感じながら、ダービーはエレヴェーターへと向かった。

16

ダニエル・ボイルはロザリオを指にはさんでこすり合わせながら、レイチェル・スワンソンをポーチの下から助け出した魅力的な赤毛の科学捜査官が角を曲がって姿を消すのを見送った。彼女が公衆電話の受話器を手にとったときに席を替えていたため、電話の内容はほぼすべて聞こえた。ほっとしたことに、キッチンの床に残してきた足跡を警察は見つけたらしかった。

廊下の血痕をCODISにかければ、アール・スラヴィックに行きあたるのはまちがいない。スラヴィックはコロラドではじまった一連の女性失踪事件でFBIに追われていた。

スラヴィックが今はニューハンプシャー州ルイストンの住民であることをFBIは知らない。警察をスラヴィックの家へ導くことに決めたときに、ニューイングランドで行方不明となっている何人かの女性たちと彼を結びつけるいくつかの貴重な証拠とともに、スラヴィックのオフィスのクローゼットから、十一サイズのライザーのハイキング・ブーツが見つかるようにしてきたのだった。

ボイルの頭を悩ませているのは、レイチェルの腕の書き込みだった。その数字や文字が何を意味するものか、彼には見当がついたが、レイチェルが目を覚まして口を開かないかぎり、警察にはまるでわけのわからないものであるはずだった。

レイチェルがすでに一度目を覚まし、看護師を攻撃したことは知っていた。再度目覚めたときには、何か抗精神病薬のようなもので意識がはっきりするだけ状態を安定させられるかもしれない。そうなったら、レイチェルはあの地下室で自分やほかの女たちの身に何が起こったのか、警察に話すこともできるかもしれない。

ボイルはまだ、レイチェルがどうやって逃げ出したのかわからなかった。キャロルをつかまえに出たときには、頑丈な手錠をきちんと締め、ゴム製のさるぐつわもしっかりと口にはめてあったはずだ。おまけにレイチェルは病に冒されていた。どこにも行くはずはなかったのだ。

戻ってくると、ヴァンの後ろのドアが開いていた。さるぐつわと手錠は床に落ちていた。

これまで逃げた者は誰もいない。

ボイルはロザリオをさらにきつくつかんだ。またもレイチェルを見くびっていたわけだ。あの女がどれほど小賢《こざか》しいか忘れていたのだ。それは皮肉なことに、彼女の究極の魅力のひとつだったのだが。レイチェルは彼の母親によく似ていた。

二週間あまり前、レイチェルは病気のふりをして、何日も食事をとらなかった。状態をたしかめるために独房にはいっていくと、突然襲いかかってきた彼女に鼻を折られ、床に倒された。そして、意識を失うまで頭を蹴られつづけた。

彼女がポケットからとっていった鍵は地下室のドアの南京錠を開けるものではなかった。鍵はオフィスにあったのだ。レイチェルを見つけたのもそこだった。オフィスじゅうを引っくり返して、別の鍵束と、おそらくは携帯電話を探しまわっていた。たぶんそのときに手錠の鍵を見つけていたのだ。なくなっていることには気づかなかったが。あのときめちゃくちゃにされたオフィスの片付けは今もつづいている。

レイチェルのことは独房に閉じ込めたままにしておくべきだったのだ。もとの計画通り、ベラムへはひとりで行くべきだった。キャロルをつかまえ、一日家に戻り、それから再度レイチェルを埋めに出かけるべきだったのだ。

それなのに、母のそばにレイチェルを埋めるという考えにとりつかれてしまったのだった。母はサルモン・ブルック池のまわりに広がるベラムの森に眠っていた。かつて埋葬地にしていたその場所へはもう何年も行っていなかった。じっさい、あまりに長い時間が経ってしまったため、どこに母を埋めたのか忘れてしまったほどだ。

埋葬場所はすべて地図に記していた。母の死体を埋めた場所を示す地図も最近作ったのだが、それが見あたらなくなっていた。生まれつき方向感覚があまり優れていなかったため、母を埋めた場所も記憶だけを頼りに探さなければならなかった。その場所を見つけるのに四時間近くかかり、さらにそこを掘るのに一時間かかった。母の墓を見つけて森を出てから、レイチェルを母の隣に埋めるという考えに何日もとりつかれ、それを頭から追い払うことができなかった。今、原則よりも願望を優先させたせいで、レイチェルはマサチューセッツ総合病院のベッドに横たわっている。

ＩＣＵのドアが開き、肩の長さの黒髪とダークブラウンの目をした人目をひく美貌の女が出てきた。完璧な顔立ちとしみひとつない肌の若い女。ゆったりとしているが スタイリッシュなジーンズ、はやりの黒いハイヒール、やわらかくて平らな腹を強調するようなぴったりとしたシャツという装いだ。ボイルが推測するに、二十代前半といった年ごろだろう。若い女は待合室に出てくると、ティッシュの箱を手にとった。箱は空だった。女は空箱をごみ箱に放った。待合室で悲嘆に暮れていた男たちはみな彼女に目を向けている。

女は自分に称賛の目が向けられていることを意識していた。腰を下ろす代わりに、コートのボタンをかけ、男たちに背を向けた。ボイルの母も、気に入らない男たちにうっとりと見つめられているのに気づくと、そういう態度をとったものだ。それがハンサムな男であれば、じっと見つめ返してやる。金持ちであれば、体を与えてやる。

若い女は胸の前で腕を組み、ＩＣＵの扉を見つめていた。誰かを待っているのだ。夫ではない。指に指輪はなかった。おそらくボーイフレンドだろう。いや、ボーイフレンドであればいっしょに出てきたはずだ。

見るからに動揺した様子だったが、泣いてはいなかった。ここでは――ここにいる人たちの前では泣かないのだ。

この女を泣かせることはできる。懇願させることも。あの気取った態度を、ワスプらしい外見を、蛇が脱皮するよりすばやくかなぐり捨てさせることもできるはずだ。

彼は隣にあったティッシュの箱を手にとり、立ち上がって女に歩み寄った。香水のにおいがした。香水のつけ方が下手な女もたまにいるが、この女は上手だった。

ボイルは箱を差し出した。女は振り向き、邪魔されたことに嫌な顔をした。が、彼のスーツとネクタイ、しゃれた靴が目にはいって、多少表情がやわらいだ。彼は結婚指輪とロレックスの腕時計もつけていた。プロフェッショナルでまともな人間に見え、信頼できる人間に見えた。

「お邪魔するつもりはないんだが」ボイルは言った。「これをお使いになったらいいと思ってね。私のほうはすでにひと箱使いきってしまったから」

束の間ためらってから、女はティッシュを受けとり、そっと目の端にあてた。化粧を崩したくなかったのだ。礼は言わなかった。

「あそこにどなたか？」女はＩＣＵの扉のほうへ顎をしゃくった。

「母が」とボイルは答えた。

「ご病気で？」

「癌で」

「どこの？」

「膵臓《すいぞう》の」

「うちの父は肺癌です」

「お気の毒に」ボイルは言った。「煙草を吸う方だったんですか？」

「一日二パック吸っていました。わたしはやめるつもりです。神かけて」女は自分のことばを強調するように十字を切った。「無作法に見えたらごめんなさい。ただ、こうやって待つのが耐えられなくて。父が、その、逝くのを待つのに疲れてしまったんです。こんなふうに言うと冷たく聞こえるかもしれませんが、あんなに苦しんでいるんですもの。それから、医者を待つのもうんざりです。あの人たちは待たせるのが大好きなのよ。今もお医者様をお待ちしているところです」

「おっしゃりたいことはわかりますよ。私もほかに頼る家族がいればと思うんだが、ひとりっ子でね。父もずいぶん前に亡くなっているし」

「わたしも同様です。父はたったひとりの家族なんです。父が逝ってしまったら」

――女は気を落ち着けようと深々と息を吸った――「わたしはひとりぼっちになってしまいます」

「旦那さんは？」

「いません。ボーイフレンドも、母も、子供も。天涯孤独なんです」

ボイルは地下室の空いている独房を思い浮かべ、この女なら、姿を消しても誰も悲しまないだろうかと考えた。これほどに美しい女をつかまえたことはかつてない。体格もちょうどいい感じだった。地下室では太った女のほうが長く生き延びる。やせた女が長くもったためしはなかった。キャロルのようにとても若い女は別だが。

「お住まいはこのあたりですか？」ボイルは訊いた。「近所でお見かけしたような気がするから訊いたんだが。うちは通り向こうのビーコン・ヒルなんです」

「わたしはウェストンです。でも、ボストンにもよく来ていますから。ビーコン・ヒルに住んでいる友だちもいます。お名前は？」

「ジョン・スミスです。あなたは？」

「ジェニファー・モンゴメリーです」

「お父上はテッド・モンゴメリーじゃないですよね？　不動産開発業者の。うちの近所にいくつかビルを持っている人なんだが」

「いいえ、父は香水の会社を経営していました」

父親の名前と住所を調べることは簡単だろう。

ＩＣＵの扉が開いた。医者が出てきてジェニファー・モンゴメリーの姿を見つけ、近寄ってきた。

「お大事に」とボイルは言い、ＩＣＵの扉が閉まる前に中にはいった。

それから急いでまわりを確認した。受付デスクのところには監視カメラが設置されている。ＩＣＵの患者それぞれを監視している医療機器が隅にある。廊下の一番奥にあるレイチェルの部屋の前に置かれた椅子には制服警官がすわっていた。監視カメラは気にならなかった。次に来るときには変装して来ればいい。

カウンターの奥にいた看護師が彼を見ていた。「何かご用ですか？」

「ティッシュの箱をもらえますか？　いとこがかなり動揺していまして」

「ええ、もちろん」

看護師がティッシュの箱をとろうと後ろに手を伸ばしているすきに、ボイルは見舞客が入室の際にサインするクリップボードの名前を記憶した。指紋を残さずにサインする方法を考えなくてはならない。

ボイルはティッシュの箱を受けとって礼を言った。「ミスター・モンゴメリーの部屋はどこです？　明日、ビデオを届けに来たいんですが」

「二十二号室です。ＶＨＳをお持ちになってください。ここにはＤＶＤプレーヤーはありませんから」

モンゴメリーの部屋を確認すると、レイチェルの部屋の三つ手前だった。願ってもない。

ボイルはＩＣＵを出て廊下を渡った。ティッシュの箱はごみ箱に放った。

エレヴェーターを待つあいだ、ジェニファー・モンゴメリーのことを考えた。若い女だった。それは大事だ。若いほうが長持ちする。四十代後半から五十代はじめの女たちはそれほど長持ちしなかった。歳をとった女を連れ帰るのは気が進まなかったが、警察に関連を見抜かれないように、年代、肌の色、体型において、ありとあらゆるタイプを拉致する必要があった。犠牲者を無作為に選ぶのが重要だったのだ。ボイルは警察の捜査方法については詳しく調べていた。それについて書かれた本も多く、インターネットもある。情報はいたるところで手にはいった。

赤毛の科学捜査官が頭に浮かんだ。法の執行機関に属する人間をつかまえたことはない。あの赤毛はまちがいなく闘士だ。レイチェルと同じように。

エレヴェーターの扉が開いた。ボイルはズボンのポケットに手を突っ込み、クロロフォルムをしみ込ませた布を入れてあるビニールのサンドウィッチ用袋の口を指で探った。外出先で誰かを連れ去ろうと思い立った場合に備えて、いつも持ち歩いているものだ。何年も前、年若い少女をその友人の家でつかまえたあの晩以来、どのポケットにも必ず袋を入れるようにしていた。その少女の友人には森の中で姿を見られたのだった——

彼は足を止めた。あの赤毛、あの印象的なグリーンの目……いや、まさか同じ人物のはずはない。

ボイルは物思いを振り払った。そうした思いにふけるのは家に帰るまでお預けだ。彼は地下室でジェニファー・モンゴメリーにどんなすばらしいことをしてやれるかと、また想像しはじめた。

17

ダービーはクランモア家と通りをはさんで反対側に停めてあるパトカーの後ろに車をつけた。通りは不気味なほど静まり返っている。メディアが大騒ぎしているだろうと踏んでいたのに。

「みんなどこへ消えたの？」ダービーは運転席でうとうとしていた制服警官に訊いた。

「ダウンタウンです。記者会見があって。母親もそこに同席しています」

「ちょっと現場を見てくるわ」

「手が必要だったら呼んでください」

今朝は家とポーチの下のスペースを調べるのに大半の時間を費やしたのだった。家の敷地の外も懐中電灯を使って調べたのだが、何も見つからなかった。

それでも今、地面や茂みを調べながら、見落とされていた何か突破口となるような証拠が見つからないものかと内心期待していた。二度ほどつぶさに調べ、その努力に対して得たものは、ブーツとパンツの裾についた泥だけだった。

ドライヴウェイに戻ってキャロルのボーイフレンドの車のそばに立つと、深呼吸して苛立《いらだ》ちを抑えた。薄れゆく日の光が窓や水たまりを濃く深い赤に染めている。

そう、あなたがドライヴウェイに車を寄せて家にはいったのはわかっている。おそらくは鍵を使って。錠前を壊した形跡はないから。そしてボーイフレンドを撃ち、キャロルをつかまえてキッチンのドアの内側でしばしもみ合った。遅い時間で、雨も激しく、雷鳴も轟いていたけれど、足をばたつかせたり叫んだりしている少女を外に引きずり出す危険は冒せなかった。誰かが目を覚まして窓辺へ寄るかもしれなかったから。そこで、連れ出す前にキャロルの意識を失わせた。彼女のことは肩に担いで運んだ――そのほうが動くのも動きやすく、両手も自由に使えたはずだから。ポーチの階段を駆け下りると、ヴァンへ向かった。ヴァンを使ったのは人目をひかず、ひとつならず人間の体を運べるからだ。後ろのドアを開けると、キャロルを身元不明者の横に押し込もうとした――ただ、身元不明者はそこからいなくなっていたけれど。

ダービーの頭に、キャロルを連れ去った犯人がパニックに襲われ、激しく降り注ぐ雨に打たれながら、身元不明の女性を探してドライヴウェイを駆け下りる情景が浮かんだ。

犯人はどこまで探しに行っただろう？　時間的にはどのぐらい？　車であたりを探

しまわったりもしたのだろうか？　あきらめて帰途につく決心をしたのはなぜだろう？

ふと別の考えが浮かび、ダービーはシャツのポケットに入れてあった手帳とペンをとり出した。犯人がそばに残っていて、身元不明者がポーチの外へ連れ出されるのを見ていたとしたらどうだろう？　救急車のあとをつけていたとしたら？　ダービーは身元不明者の警護を増やすようバンヴィルに助言と手帳にメモした。

身元不明者がほんの数メートルしか離れていない、ポーチの下のごみバケツの陰に隠れていたと知ったときには、犯人はどんな反応を見せたのだろう。

どうして身元不明者はヴァンに乗っていたのか？

考えられる答え――病気だった彼女を犯人は始末するつもりだった。

しかし、死体をどこへ捨てるつもりだったのだろう？

いや、死体を捨てはしない。誰にも見つからない場所に埋めるつもりだったのだ。計画では、まずキャロルを連れ去り、つぎにベラムのどこかに身元不明者を埋めることになっていたのだろうか？

危険が大きすぎる。キャロルが目を覚ましたらどうする？　キャロルをつかまえたら、すぐに家に連れ帰りたいはずだ。

もしかしたら、気が変わって身元不明者を埋葬しないことにし、その代わりにキャロルを拉致することにしたのかもしれない。

ダービーはポーチへと場所を移した。白い小さなドアは現場保存用のテープで封印されている。ダービーはそのひんやりと湿った木のドアに額を押しつけた。

今度はほんとうにうまくだましたのよ、テリー。ヴァンに乗せられたときに、あいつが何をするつもりかはわかっていた。だから、心の準備をしていたの。

車のドアが閉まる音がした。振り返ると、ダイアン・クランモアが額にはいった娘の写真を抱えてドライヴウェイをのぼってくるところだった。

ダイアン・クランモアは三十代なかばから後半といった年恰好の女だった。髪を脱色し、厚化粧をしている。ボストンの高級なバーでたまに見かける女たちにどこか似ていた。精一杯魅力的で洗練された女を装い、自分のみじめな仕事や、それ以上にみじめな人生から救い出してくれる男を探しに、チェルシーやサウス・ボストンから来ている女たち。

キャロルの母親はダービーが首から下げているバッジに気がついた。「科学捜査研究所の方ね」と声をかけてきた。

「そうです」

「少しお話ししてもいいかしら？」女の目は泣いたせいで腫れて充血していた。

先ほどダービーが話をした制服警官が今はドライヴウェイに立っていた。「ミス・クランモア、よろしければ――」

「わたしはここから動かないわよ」キャロルの母親は言った。「この人に少し訊きたいことがあるんです。わたしには捜査の状況を知る権利があるんだから。そうじゃないなんて二度と言わないで。あなたたちに邪険にされることには反吐《へど》が出そうなほどうんざりよ」

「大丈夫よ」ダービーは制服警官に言った。「一分だけ時間をちょうだい」

警官は帽子を直して歩み去った。

「ありがとう」キャロルの母は言った。「さあ、娘の誘拐事件の捜査が今どうなっているのか教えてちょうだい」

「鋭意捜査中です」

「それって、警察用語で、『あんたたちにはこれっぽっちも教えてやる気はない』って意味でしょう。行方不明になっているのはわたしの娘よ。わたしの娘なの。そう聞いてもあなたたちはなんとも思わないの？」

「ミス・クランモア、我々もできるだけのことをして――」

「お願い、お願いよ。またそうやってごまかさないで。今日一日、聞かされるのはそればっかり。みな精一杯やっています。みな手がかりを追っています――そう、あなたたちのやり方はよくわかってる。わたしのほうは訊かれたことに全部答えたわ。今度はわたしが訊く番よ。まずはポーチの下で見つけた女の人について教えてくれてもいい」

「バンヴィル捜査官とお話しになったほうがいいかと――」

「娘が死んでいたとしたらどうなの？　その場合は誰かがわたしに教えてくれるの？」

ダイアン・クランモアは声を詰まらせた。胸には娘の写真をしっかりと抱きしめている。

「お気持ちお察しします」とダービーは言った。

「お子さんはいるの？」

「いいえ」

「だったら、どうしてそこでそうやって、わたしの気持ちがわかるだなんて言えるの？」

「おっしゃる通りでしょうね」ダービーは言った。「わかるはずはありません」

「自分の子供を持ったら、子供への愛情を知ったら……それは心では持ち切れないほどの愛よ。まるで胸の内側で破裂してしまうのではないかと思うほど。そういうものなの。子供が傷ついているんじゃないか、助けてくれと自分を呼んでいるんじゃないかと想像したりすると、何千倍も辛く感じるわ。あなたには絶対にわからない。あなたたちにとってはただの仕事だもの。あの子が死んで見つかったって、あなたたちはみなふつうに家に帰れる。わたしはどうなるの？　教えて、わたしはどうなるの？」

ダービーには言うことばが見つからなかったが、何かを言うべきだとは思った。

「お気の毒に」

そのことばはキャロルの母の耳には届かなかった。すでに背を向けて歩み去っていたからだ。

18

ダービーが自宅のキッチンに足を踏み入れると、そこではシェイラの看護人のティナがトレイに食べ物を並べるのに忙しくしていた。

「どんな様子？」

「悪くない一日だったわ。あなたをテレビで見たってお友だちが大勢電話してきたのよ。わたしも見たわ。ポーチの下にもぐっていくなんて、すごい勇気だったわね」

母に病気の診断結果を告げられた日のことが思い出された。本人のシェイラは気をしっかりもって腕を鋼のようにきつく組み合わせていたのに、聞かされたダービーのほうは泣き崩れたのだった。

定期健診で医者がほくろを見つけたのが発端だった。ボストンの外科医が腕から皮膚癌のかなり大きな塊と広範囲のリンパ節をとり去ったが、すでに肺の内部に転移していた黒色腫をとり去ることはできなかった。

効き目がないとわかっていたため、シェイラは化学療法を拒否した。ふたつの実験的な治療は失敗に終わった。あとは時間の問題だった。

ダービーはバックパックをキッチンの椅子の上に置いた。裏口のドアのそばには、きちんとたたまれた衣服のはいったふたつの段ボール箱が積み重ねてあった。そこにピンクのカシミアのセーターがはいっていた。そのセーターは去年のクリスマスにダービーが母への贈り物として買ったものだ。

ダービーはセーターを箱から引っ張り出した。ビッグ・レッドのクローゼットの前に立つ母の姿が脳裡に浮かび、胸が引き裂かれる思いがした。葬儀が終わって一ヵ月ほど過ぎたときのことだ。シェイラは涙をこらえながら、ビッグ・レッドのフランネルのシャツに触れ、何かに嚙まれたかのようにはっと手を引っ込めたのだった。

「今日、いくつかクローゼットの中身を整理なさったのよ」看護人は言った。「家に帰るときにセント・パイアス教会に届けてほしいと頼まれたわ。資金集めのバザー用だって」

ダービーはうなずいた。衣服の整理をすることが悲しみをまぎらわす母親なりのやり方であることはわかっていた。

「わたしが届けておくわ」とダービーは言った。

「ほんとうに？　わたしは別にかまわないのよ」

「仕事に行く途中、セント・パイアスのそばを通るから」

「届ける前に、ポケットの中身をたしかめたほうがいいかもしれないわ。これを見つけたの」看護人はダービーにそばかすの散った色白の女性の写真を手渡した。髪はブロンドで、鮮やかなブルーの目をしている。写真はピクニックのときに撮ったものらしかった。

ダービーにはまったく見覚えのない女性だった。彼女は写真を母親の食事のトレイの上に置いた。「ありがとう、ティナ」

シェイラはベッドの上で身を起こし、ジョン・コナリーのミステリーの新作を読んでいた。ふたつのスタンドがやわらかい光を放っていることをダービーはありがたく思った。その明かりのもとでは、母の顔もそれほど病み疲れ、やせ衰えたものには見えなかったからだ。顔以外の部分は毛布でしっかりとくるまれている。

ダービーは食事のトレイを母の膝の上に置くと、モルヒネの点滴の落ち方をたしかめた。

「悪くない一日だったそうね」

シェイラは写真を手にとった。「これをどこで？」

「寄付にまわされた服のポケットからティナが見つけたのよ。誰の写真？」

「シンディ・グリーンリーフのお嬢さんのレジーナよ」シェイラは答えた。「あなたとはいい遊び友達だった。あなたが五歳ぐらいのときにミネソタに引っ越してしまったけど。これはシンディがクリスマスカードといっしょに送ってくれた写真だわ」

シェイラは写真をごみ箱に放り、テレビの後ろの壁をちらりと見やった。

診断を受けてから、シェイラは階下《した》に飾ってあった写真やアルバムに貼ってあった写真を額に入れ、ベッドから見える位置に壁を埋め尽くすように飾っていた。

壁の写真はダービーにキャロル・クランモアの部屋の外の壁を思い出させた。キャロルの母親のことも頭に浮かんだ。子供を持つということは、心では持ち切れないほどの愛だと言ったことばも。子供への愛情は心を占め、心を覆いつくすほどのものなのだ。それは死んで葬られるまで心をとらえて離さない。

「ポーチの下であなたが見つけた女性は栄養失調みたいだったわね」シェイラが言った。

「間近で見るともっとひどいのよ。体じゅうにすり傷や切り傷があるの。青あざも」

「いったいその人はどうしたの？」

「わからないわ。身元も、どこの人かもわからない。マサチューセッツ総合病院で手当てを受けていて、今は鎮静剤を投与されて眠ってる」

「症状はわかっているの？」

「敗血症にかかっているそうよ」ダービーは身元不明者の担当医と話したことと、病院での出来事について、母に話して聞かせた。

「敗血症の生存率は患者の健康状態に左右されるのよ。患者の免疫システムや、感染に対して抗生物質がどれだけ効くかといったことにね」シェイラは言った。「身元不明の女性の血圧が下がってるって言ってたけど、体内組織の機能が衰えはじめているのね。敗血症のショック状態におちいっていると言ってもいいわ。お医者さんはむずかしい症状に対処しているわけね。鎮静剤を投与しつつ、敗血症の治療もしなくちゃならないんだもの」

「つまり、回復の見込みは思わしくないということね」

「ええ、そう」

「目を覚ましてくれるといいんだけど。キャロルの居場所を知ってるかもしれないのよ。例の姿を消したティーンエージャーだけど。キャロル・クランモアっていうの」

「その名前はニュースで見たわ。何か手がかりはあるの？」

「残念ながらあまりないわ。希望的観測では、すぐに何か見つかると思うけど」希望的観測。希望。希望はあまりに薄かった。そのせいで神経がすり切れ、傷つきやすくなっていた。

ダービーは父の古いリクライニング・チェアに腰を下ろした。夜に母のベッドのそばで眠れるようにと、階下《した》から持ってきたものだ。

最初は母が目を覚まして何かほしがったときにそばにいてやりたいと思ったのだが、今はお別れをするときが来たら、腕に抱いてできるよう、そばについていたかった。

「一時間ほど前にキャロルのお母さんに出くわしたの」ダービーは言った。「話をして、どれほど辛い思いをしているかわかって、メラニーのお母さんを思い出したわ。メルがいなくなってはじめてのクリスマスを覚えてる？　ショッピングモールか何かに出かけるためにふたりで車に乗っていて、メルのご両親を見かけたでしょう？　寒いなか、メルの写真を貼ったベニヤ板をイースト・ダンスタブル・ロードの公衆電話ボックスに釘で打ちつけていたわ」

シェイラはうなずいた。そのときのことを思い出し、青白い顔がこわばった。

「町の誰もがヴィクター・グレイディのことを知っていた。それでも、メルのご両親は希望を捨てず、真実と向き合うことを拒んで、厳しい寒さのなか、あそこに立っていたのよ」ダービーは言った。「わたしは車を停めてほしかったけど、ママは停まらずに行き過ぎたわ」

「あなたにあれ以上辛い思いをさせたくなかったのよ。もう充分大変な目に遭ったんだから」

ダービーは車のサイドミラーに映ったミセス・クルーズの姿を思い出した。強風に背を向け、飛ばされないようにメラニーの写真のはいったちらしを胸にしっかりと抱きしめていた姿を。メラニーの母親の姿はどんどん小さくなり、やがて消えた。あのときダービーは車のドアを開けて駆け戻り、ふたりを手伝いたいと思ったのだった。

ヘレナ・クルーズの娘への愛情は二十年以上経った今も変わらず強いものなのだろうか？　それとも、どうにかそれを抑え、胸を刺すような激しいものから、もっと楽に抱けるものへと変えるすべを学んだのだろうか？

「あなたにできることは何もなかったわ」とシェイラは言った。

「わかってる。メルの身にあんなことが起こって、ご両親がわたしを責めていたのもわかってる。今でもきっとそうだわ」

「メラニーがあんな目に遭ったのはあなたのせいじゃないわ」

ダービーはうなずいた。「ダイアン・クランモアの表情を見て……何か力になってあげたいと思わずにいられなかった」

「力になってるわよ」

「でも、充分だとは思えないの」

「思えることなんかないでしょうよ」とシェイラは言った。

## 19

ダニエル・ボイルは地下室のドアの鍵を開け、机をまわり込んでいくつかのコンピューターのモニターとコスチュームを着せているマネキンの横を通り過ぎた。めあてのものは隣の部屋にあった。彼は鍵をとり出し、ファイル・キャビネットの鍵をはずした。

吊り下げ式のファイル・フォルダーは年代順に並べられており、最近のものほどすぐ手にとれるように前に置いてあった。古いファイルは下の引き出しにはいっている。ベラムと記されたファイルはずっと後ろにあった。

ヴィクター・グレイディに関する黄ばんだ新聞記事の切り抜きをめくると、ファイルからほこりが舞い上がった。ファイルの後ろのほうに、ポラロイド写真の束があった。

写真は色褪《あ》せていたが、メラニー・クルーズの顔ははっきりわかった。ワインセラーの鍵のかかった鉄格子の向こうに立っている。ほかの五枚の写真は彼が彼女に対してしたことを示していた。写真をじっと見つめているうちに、自分の一物が固くなりつつあるのをボイルは感じた。

撮った写真はこのほかにもあった。ベラムの森の地面の上に死んで横たわるメラニーの写真。そうした写真は彼女を埋めた場所を示す地図といっしょに火事で燃えてしまったが。ボイルは火事のことは覚えていたが、メラニー・クルーズやほかの女たちをどこに埋めたかは思い出せなかった。

彼はダークレッドの髪と鮮やかなグリーンの目をしたティーンエージャーの少女の写真の束を手にとると、ゴムをはずして最初の一枚をめくった。

ティーンエージャーの名前はダービー・マコーミックと言った。病院で見かけた科学捜査官と驚くほどよく似ている。

しかし、はたして同じ人物だろうか？

ボイルは携帯電話をとり出し、番号案内にかけてボストン科学捜査研究所の番号を訊いた。オペレーターがつないでくれた。一分も経たないうちに、科学捜査研究所の自動応答システムが内部の人間と連絡をとる方法を説明していた。やり方はふたつ。その人物の内線番号を打ち込むか、ラストネームの最初の四文字を打ち込むか。

ボイルは文字を打ち込み、サマンサ・ケントという名前の体格のよいブロンド女の写真の束をめくった。この女は食べることを拒んだのだった。そのため徐々に弱り、病気になった。そこで、ベラムの森へ連れていって絞め殺そうとしたのだが、ダービー・マコーミックとそのふたりの友人――メラニー・クルーズと後に玄関ホールで死んだブロンドの少女――に邪魔されたのだった。そのブロンドの少女の名前を思い出そうとしているところで、ヴォイスメールのメッセージが聞こえてきた。

「こちらダービー・マコーミックのオフィスです。現在席を離れているか、ほかの電話に出ているため――」

ボイルは電話を切り、壁に背を預けた。

20

ボイルは長年にわたって狩ってたのしんだ女たちの写真を一面に貼りつけた壁を見上げた。何時間もここでこうして女たちの顔を眺め、それぞれに対してしたことを思い返すことがたまにあった。たのしい暇つぶしというわけだ。

アリシア・クロスの古い写真が下の隅のほうに追いやられていた。実家の裏にある森の反対側、ふたつ向こうの通りに住んでいた少女だ。ボイルはひと気のない長い道で自転車に乗っているアリシアの横に車をつけ、十二歳の彼女に、病院へ連れてくるようお母さんから頼まれたと告げたのだった。お父さんが大きな自動車事故に遭ったと言って。動揺したアリシアは自転車を道端に置いて車に乗り込んできた。

少女は恐怖のあまり抗うこともできなかった。抗うには体も小さすぎた。ボイルは十五歳で力も強かったのだ。

それから丸々一週間というもの——彼の母がパリでの一ヵ月におよぶヴァカンスへ出かけて二週目のことだ——警察とボランティアによる森や周辺地域の捜索がつづいた。ボイルは寝室の窓からその様子を眺めていた。三日ほど、警察と近所のボランティアが彼の家をとり囲む森を捜索していたのだ。長い夏の午後、窓辺にすわって、娘の名を何度も呼ぶアリシアの母の声に興奮を覚えていたときのことが思い出された。

夜には地下のワインセラーへ降りて、アリシアのいましめをほどいた。真っ暗な地下室で彼女を追いまわすこともあった。地下には隠れる場所がたくさんあったのだ。そうすることもたのしかったが、彼女の首を絞めたときに感じた、めくるめくほどの熱い興奮には比べるべくもなかった。

アリシアを殺した晩、ボイルは眠れなかった。アリシアの首を絞めるのはなんとも言えずすばらしかったが、その目に浮かんだ恐怖を眺めるほどの満足は与えてくれなかった。首にまわされたロープを弱々しく引っかきながら、アリシアは目を床に落ちたロザリオに向けていた。

ボイルはとてつもなく大きな力を感じた——人を殺す力ではない。そう、そんな単純なものではない。両手につかんでいるのは運命を変え、好きなように形づくる力だった。まわりの世界を望み通りの形に変える力。両手につかんでいるのは神の力だった。

翌朝早く、まだあたりが暗いうちに、ボイルはシャベルを持って森へ向かった。死体を運び出そうと家に戻ると、キッチンに母親が立っていた。パリ旅行から早く帰ってきたのだ。母はその理由を語らず、息子が衣服を泥まみれにし、汗だくになっているわけを訊こうともしなかった。ただ息子に荷物と買い物の袋を彼女の寝室へ運ぶように命じ、その日はずっと寝て過ごした。

その晩遅く、ボイルはアリシアの死体を掘った穴におさめた。死体を見下ろして立ちながら、奇妙な悲しみにとらわれた。殺すべきではなかった。首を絞めるのも意識を失うぐらいにしておけばよかったのだ。そうすれば、彼女が目覚めたときにまた一から、何度でも好きなだけたのしめたものを。

背後で小枝を踏みしだく音がした。振り返ると、母だった。月明かりに顔がはっきりと見えた。そこには怒りも悲しみも失望もなかった。うつろな顔。

「急いで埋めなさい」とだけ母は言った。

家へ戻る長い道のりのあいだ、母は口を開かなかった。ボイルはこれからどうなるのだろうと考えながら歩いていた。二年前、猫の首を絞めているのを見つかったときには、自分の部屋に追いやられた。母は彼が眠るのを見計らって部屋に来ると、ベルトのバックルのついているほうでしたたかに打ちすえた。そのときの傷痕は今でも残っている。

母は玄関の鍵を閉めた。「家に監禁していたの？」

彼はうなずいた。

「どこで？」

彼は案内した。アリシアのロザリオが床に落ちていた。ポケットから落ちたにちがいない。

「拾って」と母は命じた。

彼は従った。立ち上がったときには、母はワインセラーの扉に鍵をかけていた。そこに二週間ほど閉じ込められているあいだ、用を足すのにはアリシアが使っていたのと同じ汚水桶《おけ》を使った。眠るときには冷たいコンクリートの床に横たわった。母は一度も顔を見せなかった。食べ物を運んできてもくれなかった。

決してなくならないひんやりとした闇にひとり閉じ込められながら、ボイルは泣きもしなければ、母を呼びもしなかった。次に何をしてやろうかと考えて、その時間を有効に使った。

母に関してはいくつかすばらしい考えが浮かんだ。

ある日、声が聞こえて目が覚めた。つづきになっている部屋には通風孔があり、そこから、階上《うえ》で母が誰かに話をしているのが聞こえてきた——きっと警察だ。母が通報したのだ。パニックに襲われそうになったが、そこで祖母の声が聞こえてきて、パニックは消え去った。

「いつまでも下に閉じ込めておくわけにもいかないでしょう」オフィーリア・ボイルの声。

「いいわ」母の声。「ダニエルを連れ帰ってよ。前から思っていたんだけど、あの子には父親と過ごす時間も必要だわ。わたしがダニエルをクラブかオフィスに連れていく？」

父親についてボイルは、自分が生まれる前に自動車事故で死んだと聞かされていた。

「ダニエルがこういうことをしたのははじめてじゃないのよ」母が言った。「去年の夏にこのあたりからいなくなった動物たちのことは話したでしょう。真夜中にあの子がマーシャ・エリクソンの部屋をのぞき込んでいたのをつかまったときのことも忘れるわけにはいかないわ」

ボイルは母のいとこのリチャード・ファウラーのことを思い出した。リチャードはマーシャの友人だった。彼女の家には何度も忍び込んだことがあり、金やレースの下着などを盗んでいた。マーシャのビールに睡眠薬を入れたのもリチャードだった。マーシャが意識を失うと、リチャードはボイルに電話をかけて呼び出した。ふたりはマーシャの寝室で彼女を相手にすばらしい夜を過ごした。彼女の両親はその週末、出かけていて留守だった。

その週末以降、マーシャにしたことを思い出しては、よく真夜中に目を覚ましたものだ。何度か家を忍び出て、彼女の寝室の窓をのぞき込み、彼女にしてやりたいと新たに思いついたすばらしいことを思い巡らしながら、寝顔を眺めることもあった。今度は意識がはっきりしているときにやってやるのだ。相手が抵抗するときのほうがたのしいものだから。リチャードが車の後部座席で首を絞めた娼婦のことが頭に浮かんだ。娼婦は神に祈ることも命乞いすることもなく、持てる力のかぎりを尽くして抵抗した。ボイルが石を持って戻ってこなければ、リチャードはひどい怪我を負わされていたかもしれない。

祖母の声にボイルははっと白昼夢から覚めた。「ダニエルのことはあなたの問題よ、カッサンドラ。あなたが自分で考えなければ――」

「あの子にいなくなってほしいのよ」

「その機会はあったじゃないの」祖母が言った。「スイスに簡単な処置で処分してくれる医者がいるって話はしたはずよ。でも、あなたはきっぱりと断った。わたしたちをゆするつもりだったから」

「お母さん、わたしはお母さんに守ってほしかっただけなのよ。お父さんがベッドにはいってきて、手をわたしの――」

「わたしはもう充分罰せられたはずよ、カッサンドラ。あなたがこの状況をうまく利用してきたのもたしかだしね。望みはすべてかなえてあげたじゃないの。真新しい家を建てて、ほしいものは何でも買ってあげた。高級車だって買ったわ。気前よく要求された額のお金をあげるだけじゃなく、ほしいと言うものは何でもあげた。お金を使いはたしたからって、もうこれ以上出すつもりはないわよ」

「また忘れているみたいだけど、わたしを妊娠させたのはお父さんよ」ボイルの母は言った。「階下《した》にいるあれはあなたの息子であって、わたしの息子じゃないわ」

「カッサンドラ――」

「どこかへやってちょうだい」母は言った。「でなけりゃ、わたしがどうにかするわ」

何日か経って、扉を開けたのは祖母だった。祖母はボイルにシャワーを浴びてよそいきのスーツに着替えるように言った。彼はそれに従った。祖母は車に乗るように言った。彼は従った。四時間後、祖母いわく、〝問題児〟専門の兵学校の前で車を停めると、祖母は何があっても家に電話をしてはいけないといいましめた。金銭的な問題は自分が全部処理するからと。そう言って、秘密の電話番号をくれた。

ボイルがその番号に電話をかけることはなかった。唯一話をしたのは、彼と話をしたがった唯一の人物、リチャードだった。

ヴァーモント州立マウント・シルヴァー・アカデミーで二年過ごすあいだに、ボイルは規律というものを学んだ。卒業すると、陸軍に志願した。軍隊では、内心の欲望は超新星さながらに真っ赤に燃えていたにもかかわらず、計画や秩序を重んじることを学んだ。今のこの状況についても、同じように自制をきかせなければならない。

四十四歳になるダニエル・ボイルは元の部屋へ戻り、棚の上に据えられた六台のモニターが放つ緑の光をじっと見つめた。レイチェル・スワンソンの独房は真っ暗だった。ほかの五つの独房には人の姿があった。みな眠っている。キャロル・クランモアはそろそろ目を覚ましそうだったが。

21

ボイルの携帯電話が鳴った。リチャードからだった。後ろで車の音がしている。リチャードが公衆電話からかけてきているのだ。いつも公衆電話からだった。常に注意を怠らない人間なのだ。

「レイチェルのことを考えていたんだが——」リチャードは言った。「まだスラヴィックのコルト・コマンダーはそこにあるか？」

「ある」

「よし。じゃあ、よく聞いてくれ。キャロルをベラムへ連れ帰ってもらいたい」

「嫌だ」

「ダニー、彼女のことは処分しなきゃならない」

「したくない」

「キャロルを車に乗せてベラムへ戻るんだ」

「嫌だね」

「森の中へ連れていって後頭部に一発ぶち込むんだ。それで、開けた場所に死体を置いてくる。すぐに見つかるようにしたいからな」

「あの娘《こ》のことは残しておきたい」とボイルは言い張った。

「撃ったら、彼女の衣服と爪の中にスラヴィックの血を残しておくんだ。撃たれる前に抵抗したと警察に思わせるためにな。警察が来て捜査すれば、その血がスラヴィックのものであることがわかるはずだ。おまえがキャロルの家に残してきた血とも一致する」

「キャロルともうしばらく遊ぼうぜ。はじめて地下室を見たときに、女の子たちがどんな反応を示すか知ってるだろう」

「危険を冒すわけにはいかない。地下室には証拠として採取されるものが多すぎる。死体が発見されたときに、レイチェルとつながるものが見つかるのはごめんだからな」

「レイチェルについてはどうする？」

「まだ考えているところだ」

「今、マサチューセッツ総合病院にいる。病室の番号もわかっている」

「まずそこへ行ってみるから、それから話そう。二時間ほどしてから会おう」

「ちょっと待ってくれ。話しておかなきゃならないことがある」ボイルは言った。

「ヴィクター・グレイディのことだが」

「グレイディ？　グレイディが今回のことに何の関係がある？」

「おれがサマンサ・ケントを絞め殺すのを目撃した三人の女の子たちの名前を覚えているかい？」

「そのうちふたりが死んだことは知っている」

「あの赤毛のことを言ってるんだ。ダービー・マコーミックさ」

リチャードは答えなかった。

「森の中にバックパックを置いていった子だよ」ボイルは言った。「あんたもその子の家に行って、手をハンマーで殴られたじゃないか——」

「誰のことかはわかる」

「今、その子がボストンの科学捜査研究所の科学捜査官になっているのは知っていたかい？」

リチャードは答えなかった。

「キャロル・クランモアの件を担当している」ボイルはつづけた。

「グレイディの件は解決した」

「あの赤毛が今回のことを嗅ぎまわっているのが気に入らない」

「グレイディのことは忘れるんだな。やつが死んで事件は解決したんだから。キャロルの準備をするんだ」

「今夜だけ置いておこうぜ。ひと晩でいいから――」

「準備するんだ」リチャードはそう言って電話を切った。

ボイルは一瞬ためらっただけで行動を開始した。

ヴェストの下につけたショルダー・ホルスターにコルト・コマンダーを装着し、サイレンサーとスタンガンをすぐにとり出せるようにヴェストの右胸ポケットに忍ばせた。クロロフォルムをしみ込ませた布を入れたビニールの袋はすでに両方のポケットにはいっている。頭のメモには、キャロルに切りつけて血をとることと書きつけた。それをスラヴィックの自宅に残してくるつもりだったのだ。いとも簡単なことだ。スラヴィックの自宅や物置の合い鍵は一セット手に入れていた。

ファイル・キャビネットの鍵を閉めようとしたところで、引き出しを再度開け、エースの包帯を縫い合わせて作った古いマスクをとり出した。もう何年もそのマスクをつけることはなかった。笑みを浮かべながら、ボイルは顔にマスクをつけ、壁にかかっているロープを手にとった。

## 22

キャロル・クランモアは寝台の上に身を起こしていた。体にはごわごわの毛布がかけられており、むき出しの肌がこすれて痛かった。目が覚めてどのぐらいになるかはわからなかった。もうトニーのシャツを着ていないことはわかった。今身につけているのは、柔軟剤のにおいがするぴちぴちのスウェットパンツとぶかぶかのスウェットシャツだった。

服を脱いだ覚えはなかった。唯一覚えているのは、心に何度も繰り返し浮かんだ情景だ——誰かが嫌なにおいの布を口に押しあててくる情景。

キャロルは両手を髪の中に突っ込んだ。わたしの身にこんなことが起こるなんて。今日は学校へ行っているはずだったのに。トニーとランチを食べて、放課後、カリーといっしょにショッピングモールへ行く予定だった。今日はアバクロンビー&フィッチが大きなセールを催す予定で、そのためにベビーシッターのバイトでお金を貯めていたのだから。悪いことなど何もしていないのに、こんなところにいるなんておかしい。ああ、神様、どうしてわたしの身にこんなことが？

巨大な津波のようにパニックが襲ってくる感じだった。キャロルは大きく息を吸った。不安と恐怖が全身を駆け抜け、喉に迫ってくる。彼女はそれを吐き出すように真っ暗な部屋へ向かって叫んだ。喉がひりひりして、詰まっていたものが何もなくなるまで叫びつづけた。

暗闇はなくならなかった。キャロルは目を閉じ、神に祈った。心から祈った。目を開けると、まだ暗闇の中だった。おまけに用を足したくなった。漆黒の闇に包まれたこの部屋のどこかにトイレが隠されているのだろうか？

キャロルは寝台から足を振りおろそうとして、何か固いものの端が足にあたるのを感じた。手を伸ばし、その物体の輪郭に沿って手を這わせてみる。ラップに包まれたサンドウィッチと缶入りソーダの載ったプラスティックのトレイだ。誰が自分をここへ連れてきたにしろ、その人は着替えをさせてベッドに寝かしつけるだけでなく、寒くないように毛布でくるんでくれ、食べ物を運んできてくれたのだ。

キャロルは頰から涙をぬぐった。ラップをとり去ると、サンドウィッチにかぶりついた。ピーナッツ・バターとジャムのサンドウィッチ。それをソーダで胃に流し込んだ。お気に入りのマウンテン・デューだった。

キャロルは食べながらしばし考えを巡らした。自分を拉致したのは父親だろうか。

これまで会ったことはない。名前も知らない。母はその人を〝精子提供者〟と呼び、それ以上は教えてくれなかった。

拉致したのが父親だとしたら——ニュースでしばしばとり上げられるように、そうしたことはよくあることだ——明かりのまったくない部屋に閉じ込めたりはしないだろう。いや、ここへ連れてきたのは父親ではない。誰かほかの人だ。

キャロルは壁のどこかに明かりのスイッチがあるのだろうかと思いながら、マウンテン・デューを飲み干した。

後ろの壁は床と同じざらざらとした紙やすりのような手触りだった。たぶんコンクリートだろう。キャロルは寝台の上の壁に手を這わせたが、明かりのスイッチは見つけられなかった。だからといって、この部屋にスイッチがひとつもないということはないはずだ。

キャロルは落ち着きをとり戻した。ようし、ここが寝台の端ね。選択肢はふたつ。左か右か。彼女は左に行くことにし、歩数を数えながら、明かりのスイッチを探して手を壁に這わせた。十八歩行ったところで別の壁に突きあたり、左へ曲がるしかなかった。

そこから九歩で何か固いものにむこうずねをぶつけた。手を下ろして探ってみると、冷たくすべすべしたものに触れた。曲線に沿って手を這わせると、手に水が触れ、それが何かわかった——トイレだ。よかった。用は足したかったが、まだ我慢できる。このまま探索をつづけよう。

十歩進むと、洗面台があった。

さらに八歩。探っていた手がシャワーの蛇口をつかんだ。少しだけ蛇口をまわすと、パイプの中を水が流れる音がして、頭と顔に水がかかった。閉じ込められているこの小さな寒い部屋には、寝台とトイレと洗面台とシャワーがあるのだ。明かりのスイッチもきっとその辺にあるはずだ。誘拐犯だって、わたしをこのままずっと真っ暗な中に置いておいたりはしないのでは？　ああ、神様、明かりのスイッチが見つかりますように。

さらに六歩でまた別の壁に突きあたり、それに沿って十歩進んだ。壁は左につづいていた。キャロルは壁に手を這わせ、歩数を数えながら進んだ。一、二、三、四——ちょっと待って、ここに表面がざらざらした固くて冷たいものがある。金属のようだ。キャロルは金属に沿って上下左右に手を這わせた。

それは扉だったが、これまで知っているどんな扉ともちがった。この扉はとても幅が広く、鋼鉄製だった。ドアノブも取っ手もない。トニーがここにいてくれたら、これがどんなものかわかるだろうに。彼の父親は酒を飲むのに忙しくしていないときは大工だった。それもとても腕のいい——

トニー。彼もここへ連れてこられたのだろうか？

「トニー？　トニー、どこにいるの？」

キャロルは寒々とした闇の中に突っ立ったまま、耳の奥でどくどくと脈打つ血管越しにじっと耳を澄ました。

どこか遠くから声が聞こえてくる。まるで水の中にいるようにぼやけた声だ。

キャロルはまたトニーの名前を、声をかぎりに叫び、冷たい鋼鉄の扉に耳を押しあてた。誰かが応答しようとしている。向こうに誰かがいるのだ。しかし、声ははるか遠くのものに聞こえた。

潜在意識からある考えが浮かび上がってきて、キャロル自身を驚かせた。モールス信号。歴史の時間に教科書に出てきた。モールス信号の発し方は知らなかったが、試してみることぐらいはできる。

そこで、扉を二度叩いて耳を澄ました。

応答はなかった。

もう一度。

二度叩いて耳を澄ます。

扉を二度叩く音が返ってきた。かすかだが、はっきりと聞こえた。

扉についたパネルがさっと開き、ぼんやりとした光が射し込んだ。外から汚い包帯に覆われた顔が彼女を見つめていた。目は黒い布に隠されている。

鋼鉄の扉が横に開き、キャロルは悲鳴をあげながら暗闇の中にあとずさった。

23

ボイルが銃を抜いてキャロルの部屋にはいろうとしたところで、何年かぶりに母の声が聞こえた。

殺すことはないわ、ダニエル。わたしが力を貸してあげる。

マスクの下で息が熱くなり、嫌なにおいを発した。キャロルは寝台の下に追い込まれ、命乞いをしている。ボイルはキャロルを失いたくなかった——女たちの誰も失いたくなかった。今はまだ。これだけ綿密に計画を立て、苦労して実行したあとでは。

この子を処分する必要はないわ、ダニエル。ほかのみんなもここに置いておいていいのよ。

どうやって？

わざわざ教えてあげる必要がある？　あなたが家に戻ってきたときに、あなたとリチャードとで、わたしにあんなことをしたというのに？　長いこと秘密を守ってあげたのに、あなたはわたしを森に生き埋めにしてそれに報いたわ。そのときに言ったはずよ。わたしを葬り去ることなどできないって。言った通りだったでしょう。わたしを思い出させる女たちをみんな殺したとしても、わたしはまだあなたのそばにいるわ。永遠にね、ダニエル。警察を呼んであなたを連行してもらってもいいのよ。警察に見つかるはずはない。手がかりはすべてアール・スラヴィックにつながっているのだから。すでに彼のコンピューターに写真も仕込んでおいた。ＦＢＩが調べればたどれるように、地図も彼のコンピューターから印刷したものだ。電話を一本かけてやれば、警察はスラヴィックの家を訪ねることだろう。

それでも、レイチェルの問題は解決しないんじゃないの？

あの女は何も知らない。何も——

彼女はあなたのオフィスにはいり込んだのよ、忘れたの？　ファイル・キャビネットをあさったわ。そこで何を見つけたかはわからない。

おれの顔は見ていないはずだ。それに、おれにはスラヴィックの血がある。こっそり作った合い鍵でやつの家に忍び込み、眠っているやつの顔にクロロフォルムをしみ込ませた布を押しつけて血をとり、寝室の茶色のカーペットの繊維を拾ってきた。

あなたってほんとうに頭がいいのね、ダニエル。でも、レイチェルのことでは失敗したわ。彼女のほうがあなたよりも賢かった。目を覚ましたら——目を覚ますことはわかっているでしょう——そうしたら、警察に知っていることを全部話すわ。それで警察がここへ来てあなたを連れていくのよ。あなたはこれから死ぬまで、狭く暗い部屋に閉じ込められて過ごすことになる。

そんなことにはならない。必要とあらば、自分で自分の命を絶つから。

キャロルを殺す必要はないけれど、レイチェルのことは殺さなければならないわ。目を覚ます前に息の根を止めなければならない。レイチェルの問題をどうやって解決すればいいか、わたしにはわかっている。教えてほしい？

ああ。

ああって何が？

ああ、頼む。教えてください。

言われた通りにする？

ああ。

ドアを閉めて。

ボイルはそれに従った。

オフィスに戻って。

やはり従う。

すわって。さあ、いい子ね。あなたがしなくちゃならないのは……

ボイルは母の指示にじっと耳を傾けた。母の言う通りであることはわかっていたので、疑問を投げかけることはなかった。母はいつも正しいのだ。

母が説明を終えると、ボイルは立ち上がって部屋を行ったり来たりしはじめた。何度か足を止め、電話機をじっと見つめた。リチャードに電話したかったが、携帯電話には電話するなときつくいましめられていた。リチャードがここへ来てこれからどうするか指示してくれるまで待たなければならないことはわかっていたが、待つことなどできそうもなかった。ひどく興奮していたからだ。今すぐリチャードと話をしなければならない。

ボイルは受話器を手にとってリチャードの携帯電話の番号をダイアルした。リチャードは出なかった。ボイルは一度切ってまたダイアルした。四回鳴らしたところでリチャードが出た。怒っている声だ。

「この番号には絶対にかけるなと言ったはずだ——」

「どうしても話をしたくて」ボイルは言った。「大事なことなんだ」

「こちらからかけ直す」

待つのは責め苦だった。ボイルは椅子にすわったまま、前後に体を揺らし、リチャードの電話を待ってじっと電話機を見つめていた。二十分後、電話が鳴った。

「レイチェルのこともスラヴィックに結びつけることができる」とボイルは言った。

「どうやって？」

「スラヴィックはアーリアン・ブラザーフッドの一員だ。アーカンソーにある〝神の手〟の施設に住んでいたころ、十八歳の女を誘拐しようとして失敗した。女が面通しでやつを確認できていれば、刑務所に送られていたはずだ。やつは連中の武器訓練施設で訓練を受け、銃の訓練も受けていた。黒人の教会やユダヤ教の会堂を焼夷弾で攻撃したこともある」

「そんなことはみなわかっている」

「スラヴィックはニューハンプシャーで独自の地下運動を組織しようとしている」ボイルは言った。「そのアジトにおれは忍びこんだことがある。やつは戸棚に肥料爆弾を隠し、地下には手作りの爆弾——プラスティック爆弾を山ほど持っていた。それを使って警察の気をそらし、レイチェルに近づくことができるはずだ」

「病院を爆破すると？」

「爆発が起これば、即座に大騒ぎとなる。みなテロリストの攻撃だと思うはずだ。また九・一一の再現となるわけさ。誰も彼もが逃げまわっておれたちに注意を向ける者などいなくなる。そのあいだにどっちかが中にはいり込み、レイチェルを殺すんだ。点滴の管に空気を入れてやれば、心停止状態になる。自然死に見せかけられるさ」

リチャードは答えなかった。いい傾向だ。考えているわけだ。

「病院に爆弾を仕掛ければ、レイチェルの息の根を止めるだけでなく、FBIをより早くこの件に引っ張り出せるはずだ」ボイルは言った。「スラヴィックのDNAをCODISにかけて一致するものがあれば、FBIが稲妻ほどもすばやく現れて捜査を引き継ぐことになるだろうよ」

「おまえの言う通りだな。スラヴィックの身元がメディアに知られれば、FBIは対外的な対応に大変な思いをすることだろう。今スラヴィックはどこにいる？　自宅か？」

「週末をヴァーモントで過ごしているよ。自分の地下活動組織への志願者と面接するために」ボイルは言った。「やつのポルシェにはまだGPS装置が積まれたままだ。

知りたきゃ、たった今やつがどこにいるか正確に教えてやれるぜ」

「さっき言った計画を実行するつもりなら、居場所を移さなければならないぞ——それも、急いで」

「いずれにしても、また居場所は移すつもりだったんだ。カリフォルニアへ戻ろうかと思っていた」

「ロス・アンジェルスには戻れないぞ。向こうではまだおまえを探している」

「ラ・ホヤとか、もっと上等な場所を考えていたよ。この機会を利用してダービー・マコーミックも消すべきだと思う。事故に見せかけてな。おれに考えがある」

「おれがそっちへ行ってから、話を詰めよう」

「キャロルはどうする？　置いておいていいかい？」

「今のところはな。ただ、まだ独房からは出すなよ」

「あんたが来るのを待つよ」ボイルは言った。「そうしたら、いっしょに遊べるからな」

ダービーは昔使っていた寝室を仮の仕事場にしていた。ベッドがあった場所には父の机が置かれている。机は正面の庭を見晴らすふたつの窓のほうを向いていた。帰宅前に証拠の報告書と写真のコピーを作ってきていた。写真のほうは机の上の壁にかけたコルクボードにピンで留め、証拠のファイルを持って椅子に腰を落ち着けた。

しばらくのあいだ、音という音が気になった。階下《した》から聞こえてくる古い柱時計のチクタクいう音、廊下の向こうで母親がかすかにいびきをかいている音。が、やがてダービーはファイルに没頭しはじめた。

二時間後、頭の中が混乱し、思考がぶつかり合う気がした。時刻は十一時になろうとしていた。ダービーは休憩することに決め、お茶を淹《い》れに階下《した》へ降りた。

服を入れた箱はまだドアのそばにあった。ピンクのセーターが目にはいり、また別の記憶が蘇った。十四歳のとき、父の葬儀があった週末、家にひとりでいて、葉巻の香りのしみついたダウン・ヴェストに顔を押しつけたときの記憶。

ダービーは穴の開いたジーンズの下からセーターを引っ張り出し、床にすわり込んだ。冷蔵庫のブーンという音がキッチンに響いている。指でカシミアの手触りをたしかめてみる。すぐにこれも母の形見となるのだ。香水のにおいがかすかにしみついた衣服や、思い出を閉じ込めた写真とともに。

目はメラニーが命乞いをしていた場所にじっと向けていた。それから、ステイシーの血のしみを隠すために塗り直された壁に。ヴィクター・グレイディもまた、この壁の中に永遠に封印されたのだった。父の思い出が封印されたのと同じように。ダービーには理解できなかった。どうして母は、このまったく性質の異なる、しかし同じように強烈なふたつの幽霊たちと張り合いながら、日々部屋から部屋へ動きまわることができるのだろう。

車がラップ・ミュージックをとどろかせながら、猛スピードで行き過ぎた。

ダービーは自分が立っているのに気がついた。セーターを拾い上げようと手を伸ばすと、指が震えていた。汗をかいていたが、その理由はわからなかった。

午前零時になろうとしていた。少し眠ったほうがいい。明日の朝早く、クープとふたりでクランモアの家に向かうことになっていた。何時間か眠って生気をとり戻した目で見れば、見過ごしたり、気づかなかったものを見つけられるかもしれない。

二階に上がり、リクライニング・チェアに横たわった。上掛けをかけても寒かった。ようやく眠りに落ちると、入り組んだ暗い廊下と形を変える部屋を持つ家の夢を見た。家の扉はすべて真っ黒な穴へと通じていた。

キャロル・クランモアも夢を見ていた。

母が寝室の入り口に立ち、そろそろ起きて学校へ行く準備をする時間だと言っている。まばたきをして目を開け、漆黒の闇を見つめたときにも、まだ母の顔に浮かんだ笑みが見えていた。ちくちくする毛布にくるまれているのを感じ、自分がどこにいて、自分の身に何が起こったのかを思い出した。

パニックに襲われそうになったが、やがて、奇妙なことにパニックは消え去った。そう思うと不思議だったが、まだ眠くてたまらなかった。こんなひどい疲れを感じたのは、昨年の夏、ファルマスのスタン・ペトリーの家で週末を通して催されたパーティー以来だ。あのときは明け方まで飲みつづけ、昼はビーチでタッチ・フットボールをして過ごしたのだった。

キャロルはまた食べ物のことを考えた。あれに薬がはいっていたのだろうか？　サンドウィッチを食べたときに口の中にかすかに粉っぽい味が残ったのはたしかだ。食べているあいだも妙な味ではあった。マスクの男がドアを閉めてしばらくしたころに、自分でも驚くほどのひどい疲れに襲われたのだった。疲れて眠いなどあり得ない。恐怖に神経をとがらせていてしかるべきだ。それでも、目を開けていることもできないほどだった。また用を足したくもなっていた。それも切実に。

キャロルは寝台の下から這い出し、すばやく右手を差し出して壁を探った。あった。別の壁につきあたるまで何歩だった？　八歩？　十歩？　キャロルは目をしばたき、消えない暗闇に目をみはりながら、よろよろと前に進んだ。目の見えない人はきっとこんな感じなのだろう。

トイレを見つけて腰を下ろした。まったく何の脈絡もなく、自分の部屋の机が脳裡に浮かんだ。机からは窓の外のみすぼらしい通りと、金色や赤や黄色に変わる美しい紅葉が見渡せた。今はいったい何時だろう。昼間なのか、夜なのか。雨はまだ降っているのだろうか？

水を流すときには、気分もましになっていた。目もさえてきた。そうなってはじめて、恐怖と直面しなければならなくなった。

何か打つ手を考えなければならない。ここへわたしを連れてきた男はきっとまたやってくる。あの男と素手で戦うことはできない。おそらく、この部屋にも何か使えるものがあるはずだ――ベッドはどうだろう。鋼鉄の管でできている。もしかしたら、分解して管のひとつをバットのように振りまわし、男を失神させられるかもしれない。

キャロルは暗闇を手探りしながら進み、自分と同じようにここに閉じ込められている人物について考えた。それがトニーでありますようにと神に祈った。たぶん、トニーが目を覚まし、部屋の中を歩きまわって、何か身を守る道具を探しているのだ――頭が固いものにぶつかり、キャロルは倒れそうになりながらあとずさった。口から悲鳴がもれた。

壁ではない。絶対に。壁のようにざらざらとした固い表面ではない。では、何なのだろう？　洗面台でもない。そうしたものとはちがう、何かこれまで気づかなかったものだ。何だろう？　それが何であれ、行く手をふさいでいるのはたしかだ。

暗闇の中で小さな緑の点が光った。すぐ目の前だ。

マスクをした男がカメラをかまえて立っていた。

フラッシュがたかれ、白い光がキャロルの目を刺した。目がくらんでキャロルはよろよろとあとずさった。そして、シンクにぶつかって床に倒れた。

さらにフラッシュ。

キャロルは這って逃れようとした。目の前で明るい光の点が踊って消えた。またフラッシュ。頭が壁の隅にあたった。もう逃げ場はない。

## 25

ダービーは翌朝早く、まだ暗いうちに車で家を出た。

六人ほどの制服警官がクーリッジ・ロードで交通整理に忙しくしていた。州警察の車や刑事の乗った覆面パトカー、報道陣のヴァンなどが次第に数を増し、キャロル・クランモアの家の近くの通りをふさぎつつあったせいだ。ボランティアもかなりの人数が集まり、キャロルの写真の載ったちらしを近所に配ってまわる準備をしていた。

ダービーの注意は捜索救助犬のリードを持っている州警察の一隊にひきつけられた。彼らが出動しているのは驚きだった。州全体での予算削減によって、捜索救助犬は失踪や誘拐事件ではふつう出動要請されないものだったからだ。

「犬の費用は誰が持つのかな？」とクープが言った。

「きっと、サラ・サリヴァン基金よ」サラ・サリヴァンは何年か前にヒルで誘拐されたベラムの少女の名前だった。地元の建設業者である父親のマイク・サリヴァンが、行方不明者の捜索にかかる追加経費をまかなう基金を設立していた。

ダービーは警官たちが道路の封鎖を解くのを待たなければならなかった。角を曲がると、記者やテレビ局スタッフの一団が科学捜査研究所の車両を見つけて近寄り、大声で質問を浴びせてきた。

ようやく現場となった家に到着するころには、耳鳴りがしていた。ダービーは玄関のドアを閉めて道具を階下《した》のホールに置いた。階段を昇るにつれ、銅に似た血のにおいがきつくなった。

ダイアンの寝室は先日の晩と変わらず、きちんと片づいていた。ドレッサーの引き出しのひとつが半分開いており、それはクローゼットのドアも同様だった。床には金庫が置かれている。重要な書類を入れておくのに使う耐火性の携帯型のものだ。おそらく、自宅が犯罪現場として捜査されるあいだの着替えをとりにキャロルの母が来たのだろう。ダービーの頭に自分の寝室に立つかつての自分の姿が浮かんだ。刑事が入り口のところで見守るなか、ホテルに泊まるあいだの着替えを荷造りする自分の姿。

キャロルの部屋に足を踏み入れると、窓から夜明け前の金色の光が見えた。窓の表面は指紋採取用の粉で覆われている。ダービーは、クーリッジ・ロードから絶えず聞こえてくる警笛の音を圧するような犬の鳴き声や質問する記者たちの叫び声を耳に入れまいとした。

「じっさい、何を探すんだい？」とクープが訊いた。

「わからない」

「まあ、いいさ。捜査の的を絞る助けにはなるだろうから」

クローゼットには、ティーンエージャーらしい衣服が針金のハンガーにかけられていた。シャツやパンツの中には、古着屋やガレージセールでよく使われるようなステッカーやタグのついたものもいくつかあった。靴やスニーカーは季節で分けられてきちんと二列に並べられている――夏用のスニーカーやサンダルは奥に置かれ、前列には秋や冬用のブーツや靴が置かれていた。

机のそばにある窓からは、金網を張ったフェンスや、洗濯ひもが裏口のポーチから一本の木にわたされた隣家の裏庭が見下ろせた。すぐ下の雑草の生い茂った空き地には、木製の梯子《はしご》が半分泥に埋まって放置されており、つぶれたビールの空き缶や煙草の吸い殻が地面に散らばっている。キャロルはこの光景をどんな思いで眺めたのだろう。こうしたものにとりつかれないよう、どうやって頭から払いのけていたのだろう。

机の上はきれいに片づいていた。さまざまな色の色鉛筆がガラスの瓶の中に入れられている。真ん中の引き出しには階下《した》にあった茶色の椅子にすわって本を読んでいるボーイフレンドの姿を炭でスケッチしたまずまずのデッサンがはいっていた。補修のガムテープは絵には描かれていなかった。

絵の下にあったフォルダーには成功した女性たちの経歴を特集した雑誌や新聞の切り抜きがおさめられていた。何行か赤インクでアンダーラインを引いている部分もあり、余白には、〝重要〟とか、〝覚えておくこと〟といったメモが書いてあった。フォルダーの内側には黒インクの太字ペンで、〝成功した女性の陰には必ずやその人自身がいる〟と書いてあった。

三穴のリング・バインダーがあり、美の秘訣についての記事がファイルされていた。〝運動〟とインデックスをつけたところには、ダイエットに関する記事がおさめられていて、やる気を鼓舞するためか、大きな丸いサングラスをかけた極めて細身のえせセレブの写真が貼られていた。

「おもしろいけど、ここにいてもおれはあまり役には立ちそうもないな。キッチンをもう一度見てくるよ。何か見つかったら階下《した》に声をかけてくれ」

キャロルのベッドのシーツははがされて袋に入れられていた。ダービーはへこんだマットレスに腰を下ろし、窓の外へ目を向けた。テレビカメラが並んでいる。キャロルを拉致した犯人はニュースを見ているだろうか。

じっさい、わたしは何を探しているのかしら？　キャロル・クランモアと行方不明になっているほかの女性たちの共通点は何だろう？

キャロルもテリー・マストランジェロも外見はよく言ってもごくふつうだ。写真に写ったテリーは、シングルマザーにありがちな疲れきったくすんだ印象だった。キャロルはそれよりも六歳若く、高校三年生で、ふたりの中ではましな容姿だったが、体はまだ発育途中で、青白いそばかすだらけの顔の中で鋭いブルーの目が目立っていた。

そう、それは肉体的な魅力ではない。ダービーには確信できた。このふたりの女性に共通するのは、外見以上の何か、目に見えない何かだ。

問題はキャロルについて、廊下に飾ってある額入りの写真と袋に集めた証拠品以上には何もわからないことだった。テリー・マストランジェロに関してはまったく何も知らなかった。今のところ、どちらの女性も写真にとらえられた肖像でしかない。

テリー・マストランジェロはシングルマザー。

ダイアン・クランモアもシングルマザー。

狙われていたのはキャロルの母だったのか？

明らかにダイアン・クランモアはテリーよりも十は年上だが、誘拐犯が標的を選ぶ際に、歳は関係ないようだった。立ち上がってキャロルの母の寝室へ戻ろうとしながら、ダービーの頭の中ではまだその考えが巡っていた。

ダイアンはベッドの上掛けとシーツにかなり金をかけていた。高級な宝石もいくつか持っていたが、盗むほどの価値はないものだ。クローゼットの中には着古した衣服が下がっている。どうやら靴には多少散財しているようだった。

ベッドの奥にある安っぽい本棚の上には、赤ん坊のころのキャロルの写真がフレームに入れて飾ってあった。ふたつの本棚は図書館の本の安売りで手に入れたらしいペーパーバックのロマンス小説で埋まっていた。下のほうの棚に置かれた本や小間物はほこりをかぶっている——三冊の黒い革表紙のアルバム以外は。アルバムは動かした形跡があった。

ダイアンが昨晩とり出したのだろうか？　そうだとしたら、どうしてまた戻したのか？　おそらく、別のキャロルの写真がほしかったのだ。ちらしに印刷するために。

ダービーはゴム手袋をはめてカーペットを敷いた床に腰を落ちつけ、一番下の棚を調べはじめた。

その奥に、砂糖のパックの半分ぐらいの大きさしかない、黒いプラスティック製の小箱が傍目《はため》にはわからないようにとりつけられていた。片側から六ミリほど突き出しているのはアンテナだ。

盗聴器。

シャツのポケットからペンライトをとり出すと、ダービーは仰向けに寝そべって黒い箱を調べた。マジックテープで棚の板にしっかりと留められている。コードがないところをみると、おそらくは電池式だろう。

電池を長持ちさせるために、遠隔操作で電源を入れたり切ったりできる装置が市場に出まわっていた。声に反応するものもある。周波数は装置によってちがう。この装置の仕様を知る必要があった。

ダービーは製造業者名と型式を見つけられないかと目を寄せた。見えるところにはなかった。製造業者の刻印は板に留められている面についているのだろう。もしくは、装置の裏側か。見つけるためには装置をマジックテープからはがす必要があった。音を立てずにそれをする方法はない。

今犯人がこれを聞いているとすれば、音が聞こえてしまい、こっちが盗聴器を見つけたことがばれてしまう。

ダービーはよろめきながら立ち上がり、急いでキャロルの部屋の捜索に戻った。

## 26

キャロルのベッドの下から、ベッドのフレームにとりつけられていた第二の盗聴器が見つかった。最初に見つかったのと同様、この装置も製造業者名や型式が見えないようにとりつけられていた。

盗聴器がふたつ。家の中にはあといくつ仕掛けられているのだろう。

これでもうひとつ考えなければならないことができた。キャロルを連れ去った犯人がわざわざ家の中に盗聴器を仕掛けたとすれば、警察の無線や携帯電話をモニターしていることも考えられるのではないか？　ラジオ・シャックでは警察の無線受信機も売っている。それなりの機材を持っていれば、携帯電話の電波を傍受することも簡単なはずだ。

クープはキッチンにいた。ダービーは彼の注意をひき、唇に指をあてると、たった今見つけたことを彼のクリップボードに書いた。

クープはうなずくと、キッチンの捜索にとりかかった。ダービーは外に出た。

ブラッドハウンド犬とそのハンドラーは森を捜索中で、心地よい暖かい空気に犬の吠える声が響いていた。ダービーは玄関のポーチに立ち、バンヴィルの番号をダイアルした。男がひとり、足を引きずりながら電柱に近寄り、ガンタッカーでキャロルの写真が載ったちらしを電柱に留めているのが見えた。キャロルを誘拐した犯人は今、車の中で耳を澄ましているのだろうか。

昨年クープと組んで担当した件で、ＦＢＩが使った監視用の装置が頭に浮かんだ。その装置は大きくてかさばるものだった。キャロルの誘拐犯が同様の装置を使っているとすれば、ヴァンの荷台ほどのスペースが必要なはずだ。

バンヴィルが電話に出た。

「今どこですか？」とダービーは訊いた。

「リンから戻るところだ」バンヴィルは答えた。「今朝早く例のＬＢＣについて連絡をもらってね。ここ二ヵ月ほどガールフレンドの家に入りびたりだったんだ。足のサイズは九で、ブーツは持っていない。クランモアの女の子が連れ去られた晩にいっしょにいたと断言する証人がふたりいる。やつのことは容疑者リストからはずして問題ないと思う。このあたりに住む小児性愛者のリストはまとめてある。今、署のほうにあるはずだ」

「ベラムにはいつごろ戻ってきますか？」

「もう着いてるよ。何かあったのか?」

「現在地を教えてください」

「エッジェル・ロードのマックスにコーヒーを飲みに寄ったところだ」

その店はダービーも知っていた。「そこにいてください。十分で行きます」

クランモアの家を出る前にクープの様子をたしかめてから、カフェまで歩いていくことに決めてまた外に出た。渋滞の中を車で行くよりも早いはずだ。歩いているあいだ、考えをまとめることもできるだろう。

ダニエル・ボイルは通りの反対側から、ダービー・マコーミックが顔をうつむけ、手をウィンドブレーカーのポケットに突っ込んで、足早にクーリッジ・ロードを歩いていくのを見ていた。いったいどこへ行くのだろうと訝《いぶか》りながら。

ここ一時間ほど、ボイルはちらしを車のワイパーの下にたくし込んだり、郵便箱に入れたりして、近所の家々に配って歩いていた。そうしながら、ダービーとその相棒の家の中での動きをヘッドフォンで聞いていた。ポケットにはいっているiPodは、じつは六チャンネル式の受信機で、チャンネルを合わせることで家の中に仕込んである六つの盗聴器が拾う音を聞くことができた。

キャロルの部屋でダービーとその相棒が交わしたおしゃべりも聞いていた。相棒が部屋を出ていくと、ダービーは引き出しを開けたりしてしばし部屋の中で動きまわっていたが、やがて母親の寝室へと戻っていった。母親の寝室ではおおいに動きまわる音がした。とくに盗聴器を仕掛けておいた本棚の一番下の棚あたりで。

それからダービーはキャロルの寝室に戻り、三十分かそこら探しまわってから、階下《した》のキッチンへ降りた。ダービーと相棒のあいだで会話は交わされなかった。数分後、彼女は玄関のポーチに立ち、携帯電話で電話をかけていた。

電話をかけるのになぜ外に出る必要がある？　新たな証拠となるような興味深いものを見つけたとしたら、どうして家の中で電話をかけない？　どうして外に出てこなければならない？

盗聴器は誰も探さないような場所をよく考えて仕掛けておいた。それが見つかったのだろうか？

何かを見つけたことは明らかだ。電話をしている彼女はびくびくしているような、もしくは興奮しているような様子だった。誘拐犯がボランティアに混じってそこにいるのはわかっているとでもいうように、絶えず通りを見まわしていた。こっちが足を引きずりながら電柱へ近寄り、ちらしを留めるのもじっと見つめていた。足を引きずずっていたのは、家の近くにいたかったからだ。ちらしを分配した警官もそれをあやしいとは思わなかった。

ボイルはダービーが右へ曲がってドラモンド・アヴェニューへ出るのをじっと見つめた。ついていってどこへ行くのかたしかめたかった。

だめだ。危険すぎる。こちらの姿は見られている。安全を考えてこの場を去るべきだ。

ボイルは受信機のチャンネルをキッチンの盗聴器に合わせると、足を引きずりながら車へ戻った。聞こえてきたのは足音だけだった。

ｉＰｏｄの受信音は次第に小さくなった。車に積んである機械のほうが幅広い電波を受信できる。きっと警察はヴァンを探すはずだ。そう考えて、最近買ったばかりの中古のアストン・マーティン・ラゴンダに乗ってきたのだった。祖父であり父であった人が所有していたのと同じ車だ。エンジンとトランスミッションは真新しいものだったが、車体はどう見ても塗り直しが必要な状態だった。塗装がところどころはげてまだらになっている。錆のひどい部分はとくにそうだった。

ボイルは新品のブラックベリー（通信機能を内蔵した携帯端末）を手にとった。前の晩、リチャードがくれたものだ。無線受信機を使ってモニターしている警察などに電波を傍受されないように、音声を暗号化できる機能を備えた装置だ。盗品をプログラムし直したものなので、電話会社に通話記録を調べられることもない。

「ダービーはどうしている?」

「まだ歩いている」リチャードが言った。「おまえが家の中に仕掛けた盗聴器を見つけたんじゃないかな」

「おれも同じことを考えていた。どうしたらいい?」

「盗聴器は見つかったと考えたほうがいいと思う。どこで買ったものだ?」

「買ったものじゃない。みな手作りだ」

「よし。だったら、そこから足がつくことはないな。余分に作ったものはないのか?」

「ある」

「それをスラヴィックの家に置いてくるべきだな」

「まだこの計画を進めるつもりか?」

「もちろんだ」リチャードは言った。「警察の捜査をかく乱しなきゃならないからな。あとで連絡する」

ボイルは車のエンジンをかけ、静かな通りを探して騒がしい現場から離れた。

二十分後、車はもっと高級な住宅地を走っていた。ここでは車が路肩に停まっていることも、生活保護を受けている母親たちが玄関ポーチに腰を下ろしていることもない。手入れの行き届いた芝生やきちんと塗装された家々が並ぶ界隈《かいわい》だ。

ひとつひとつ家をよく見ながら、ボイルは記憶を呼び起こしていた。ダービーが暮らしていた家もそう遠くないところにあるはずだ。彼女の母はまだあそこに住んでいるのだろうか。それをたしかめるのはむずかしくないはずだ。

あそこにしよう、あの白い家。スクリーン・ドアの奥のドアは開いていた。誰かが家にいるのだ。

ボイルは通りの端まで車を走らせた。それから手袋をはめ、座席の下からクッション入りの封筒をとり出した。窓を開けると、車をUターンさせ、その封筒を白い家の玄関ポーチへつづく階段に放った。

幹線道路へ出るころには、ボイルはリラックスし、冷静になっていた。計画は動き出した。あとはフェデックスかUPSのトラックと死体を手に入れるだけだ。

# 27

ダービーは奥の隅のブースでコーヒーカップをもてあそんでいるバンヴィルを見つけた。赤いビニール張りのブースのそばには誰もいなかった。狭い駐車場に向いた窓にはキャロル・クランモアの写真を貼った掲示板がテープで留められている。

「キャロルの家でいくつか盗聴器を見つけました」ダービーは腰を下ろして言った。「仕掛けられてまもないものだと思います。どれもほこりをかぶっていませんでしたから」

「盗聴器をいくつかと言ったな。いくつ見つかったんだ?」

「今のところ、四つです。母親の寝室にひとつ、キャロルの部屋にひとつ、キッチンの棚の上にふたつ。製造業者や型式はわかりません。そうしたことはおそらく裏に刻印されていると思われます。それぞれマジックテープで留められていたので、調べられませんでした。音を立てずテープをはがす方法はないので」

「テープをはがして、それを聞かれたら、盗聴器が発見されたことを犯人に知られてしまうというわけか」

「それが問題です。盗聴器をとり去ろうとしたら、相手に察知されてしまうでしょう。指紋をとろうとしても、指紋採取用のブラシの音がマイクにはいり、やはり聞かれてしまいます。それにたとえ指紋が見つかったとしても、それを写しとるのに、テープを使わなければなりません」

ダービーはつづけて言った。「もうひとつ考慮に入れるべきは電源の問題です。盗聴器は電池で作動するものでした。犯人は一日じゅう電源をオンにしておくわけにはいきません。ですから、遠隔操作を行っている可能性も高いと思われます。電池をもたせるために、電源を入れたり切ったりするわけです。装置の製造業者と型式さえわかれば、簡単にグーグルで調べて仕様を知ることはできます。そうすれば、遠隔操作が行われているとして、電池がどのぐらいもつものか予測がつくでしょう。電波の届く範囲もわかるでしょうし。そうした装置のなかには一キロも離れたところまで電波の届くものもあります。どれをとっても、壁や窓はまったくノイズを生じることなく通過します」

「盗聴装置についてそんなに詳しいのはなぜだ？」

「最初に携わった重要案件がギャングの一件でした。ＦＢＩのおかげで、盗聴器についてすばらしい講義を受けることができました。あの家で見た感じから言って、装置はさほど性能のいいものではないでしょう。手製かもしれません」

「きみの口からFBIということばが出てくるとはおもしろいな。じつは今朝、ボストン支局からメッセージを受けとってね。特別捜査官がこの町にいて、私と話をしたいと言ってきている」

「何のために？」

「まだ話はしていない」

「犯人はキャロルを家から連れ出し、ヴァンの後部に押し込めようと、ドアを開けてはじめて、あの身元不明の女性がいなくなっているのに気づいたのでしょう。彼女を探しまわっても見つからず、ある時点でそのまま去ることに決めました。ただ、その前に中へ戻って、我々の家の中での動きを知るために、慎重に場所を選んで盗聴器を仕掛けたわけです。昨晩も我々の会話を聞いていたと考えてまちがいないでしょう。今、身元不明者の病室の警護には何人配置していますか？」

「今のところはひとりだ」

「人員を増やしてください。それから、ＩＣＵにはいってくる人間全員の身元を確認させるんです」

「それはもうしている。身元不明者がマサチューセッツ総合病院にいることをメディアが察知したからな。病院の前から生中継もしていたよ。ニュースで盛んに伝えている」

「それで、身元不明の女性の様子は？」

「今朝九時にはまだ鎮静剤で眠っていた」

「キャロル・クランモアの捜索を手伝っているボランティア全員の名前をリストにまとめさせるといいと思うんですけど。運転免許証も確認して、町の人間じゃない者がまじっていないか調べるんです。テリー・マストランジェロの家族は見つかりました？」

「まだ探しているところだ」バンヴィルはコーヒーカップを受け皿に戻した。「きみが見つけた装置だが、犯人が使っていると思われる受信機の種類について、何か思いあたるものはないかね？」

「盗聴器の周波数から言って、FM受信機のような単純なものである可能性もあります。ウォークマンに似せた受信機もあるそうですが、それだとやはり、受信できる範囲はかなりかぎられると思います。そういった装置を使っているとしたら、犯人は家に近いところにいなければならないはずです。もっと遠くで受信しようと思ったら、より高性能の装置が必要となり、そういった機器はかさばるので隠すのがむずかしくなるでしょう」

「つまり、犯人はたった今もクランモア家の近くに停めたヴァンの中に潜んでいるかもしれないというわけか」

「パトカーに命じて近所を一掃させようなんて言わないでくださいね」とダービーは言った。キャロルを連れ去った犯人が検問に気づいたら、瞬時もためらうことなくこの地域を離れることだろう。パニックに襲われてキャロルを殺すこともあり得る。

「そうしたいのは山々だが、危険が大きすぎるな」バンヴィルは言った。「いや、私が考えていたのは、その事実をどうやって利用したらいいかということだ」

「罠《わな》を仕掛けるんです」

「すでに何か考えがあるという口ぶりだな」

「まず、受信機の受信範囲を調べなければ。それから、検問所を設け、犯人が逃げる可能性のあるすべての道をふさぐんです。クープとわたしにあの家のどこかの部屋で証拠をでっちあげるという話をさせてください。それでそのあいだに周波数を割り出すんです」

「悪くない計画だな。ただし、周波数を割り出すといっても、こっちにはそういった機器がない」

「ＦＢＩにはあります。ＦＢＩが介入してくれれば、盗聴器が発している周波数を見極めて割り出すことができるはずです。この計画はすぐに実行に移す必要があります。仕掛けられた盗聴器が電池式であることはほぼまちがいありません。電池が切れるまで、あと一日か二日でしょう」

バンヴィルは窓の外へじっと目を向けた。人々がカフェにはいってこようとしている。その顔からは何の感情もうかがえなかった。驚きも、悲しみも、ありとあらゆる感情がいつもの無表情という仮面の下に注意深く隠されていた。

「今朝、〈ボストン・ヘラルド〉の記者につかまって訊かれたよ。キャロル・クランモアとテリー・マストランジェロという名前の行方不明女性とのあいだのつながりについて、何かコメントはないかと」

「なんですって」

「教えてくれ。こうなると、ほかのもろもろのことに加えて、情報の漏洩《ろうえい》にも対処しなければならない」バンヴィルは目をダービーに向けていた。「マストランジェロについてはほかに誰が知っている？」

「科学捜査研究所の人間は全員知ってるわ」ダービーは言った。「そちらは？」

「その情報については何人かの担当捜査官以外にはもらさないようにしている。問題は、行方不明者の捜索においては――とくにこれほど大規模なものになると――みな競って特ダネをとろうと必死になるということだ。記者たちは内部情報を最初にスクープしたいと思い、おしみなく金を遣う。どれほどの金額を提示されるか聞いたら驚くよ」

「あなたにももちかけてくる人間がいるんですか?」

「私にはない。連中も馬鹿ではないからな。ただ、署の中には、子供の養育費に余分な金が入り用だったり、新しい車に目をつけていたりする人間も多い。盗聴器についてｈは科学捜査研究所であと誰が知っている?」

「今のところ、わたしとクープだけです」

「しばらくほかには知らせないでくれ」

「うちのボスが現状を説明しろと言っています」ダービーは言った。「今の命令に従うと、わたしは困った立場に置かれることになるわ」

「彼には盗聴器を見つけたのは私ということにしよう。きみはそれについて何も知らない」

「記者をうまく使ってはどうです? 科学捜査研究所が、そう、明日の晩、ある重要な証拠を探すために家じゅうを捜索することになっていると偽情報を流すんです。そうすれば、犯人が盗聴するのはまちがいないはずです」

「私も同じことを考えていた。何本か電話をかけさせてくれ。それからきみの話を聞こう。クランモアの家まで車で送ろうか？」

「コーヒーを買って歩いて戻ります。外気にあたると頭が働くので」

コーヒーを買う列に並んでいるときに携帯電話が鳴った。リーランドからだった。

「今日の午前一時にAFISで身元不明者の指紋にあたりがあった。名前はレイチェル・スワンソン。ニューハンプシャー州ダーラム在住。姿を消したときには二十三歳だったそうだ」

「行方不明になってどのぐらいになるんです？」

「ほぼ七年だ。まだ詳細はわからない。いくつかおおまかなことだけだ。家の捜索では何か見つかったか？」

「何も」ダービーはリーランドに嘘をつきたくなかったが、これはバンヴィルの捜査案件で、その進め方を決めるのはバンヴィルだった。

「大部屋にニール・ジョゼフがいたんで、その一件のファイルを引き出してもらい、国家犯罪情報センター《NCIC》のデータを調べてもらった」リーランドは言った。「ニューハンプシャー州警察の科学捜査研究所の人間とはすでに話した。証拠資料をファックスしてくれるそうだ」

「すぐに戻ります」

## 28

昼までには、ダービーはレイチェル・スワンソンの失踪に関し、わかっている事実にほぼすべて目を通していた。

二〇〇一年の元旦、日付が変わってまもなく、二十三歳のレイチェル・スワンソンはニューハンプシャー州ナシュアに住む仲のよい友人たちに別れを告げ、一時間かけてダーラムの自宅に戻った。その家にはボーイフレンドのチャド・バーンスタインと移り住んだばかりだったが、ボーイフレンドは具合が悪くてパーティーには参加していなかった。隣人のリサ・ディングルが午前二時ごろに大晦日のパーティーから戻ってきたところで、レイチェルのホンダ・アコードが彼女の自宅のドライヴウェイに乗り入れるのを目にした。レイチェルは隣人に手を振り、裏のドアから自宅にはいっていった。

一時間後、不眠症のディングルがベッドで本を読んでいると、車のエンジンがかかる音がした。本から目を上げて外を見やると、チャド・バーンスタインの黒いBMWがドライヴウェイからバックで出ていくところだった。

五日後、リサ・ディングルは、バーンスタインもそのガールフレンドも姿を消したことを知り、警察に通報した。

警察はバーンスタインに注目した。その三十六歳のソフトウェア・エンジニアはかつて結婚していたことがあり、元の妻は夫だった男から受けた暴力について、嬉々として警察に語った。彼女には元の夫が女を傷つけることをいとわない男だとわかっており、警察もそれを知っていた。元の妻が九一一に三度も通報したことがあったからだ。最後に言い争いをしたときには、チャドがナイフを持ち出してきて、殺すぞと脅すまでしたのだった。

バーンスタインは仕事で全国各地へ出張に出かけていた。年に三度会社のロンドン支社へも出張した。バーンスタインの家をくまなく捜索した結果、パスポートがなくなっているのがわかった。BMWも発見されなかった。

一時十五分前に、ニューハンプシャー州警察の科学捜査研究所がその件に関する報告書をファックスしてきた。家には押し入った形跡はなかったが、裏の窓の外にある花壇からブーツの足跡が見つかった。十一サイズの男物のブーツだった。足跡の型がとってあり、ダービーが話をした科学捜査官は、比較サンプルを今日のフェデックスで送付すると約束してくれた。

「つまり、チャド・バーンスタインを撃つ代わりに、犯人はボーイフレンドのことも拉致することにしたわけだ」クープがダービーに言った。ふたりはパブリック・ガーデンをジョギングしていた。小春日和を利用して頭をはっきりさせることにしたのだ。「ここで問題はそれはなぜかということだ」

「決まったパターンを作らないようにするためよ」ダービーが言った。「それと、この犯人は頭がいいわね。あちこちちがう州で女性を拉致している。そうすれば、捜査官がNCICやVICAPをあたっても、女性が行方不明になっているというだけで共通点を見つけられないわ。女性が姿を消すというのは日常茶飯事でしょう？」

「おまけに犯罪の実行の仕方もさまざまだ。テリー・マストランジェロは家の外で拉致された。レイチェル・スワンソンは帰宅したときにつかまった。それから、ボーイフレンドとともにどこかへ連れ去られた。今回犯人はキャロル・クランモアの家に侵入し、ボーイフレンドを撃って彼女を連れ去った」

「レイチェル・スワンソンが逃げなければ、きっと見当ちがいの捜査をしていたでしょうね」

「なあ、ずっと不思議だったんだが、この男はこういうことをいつからやっていたんだろう？」

「少なくとも七年はつづけてきたことはわかっているわ」ダービーが答えた。「今考えなくちゃならないのは、犯人が何の目的で女性たちを連れ去ったかってことよ。家の中に残っていた血液とＣＯＤＩＳで一致するものがあるといいんだけど」

「レイチェル・スワンソンの腕に書いてあった文字についてあれこれ考えてみたんだが、パターンは見えてこない。何か思いついたことはないかい？」

「前に話したことだけよ。何かの方向を示すものだって」

ふたりは階段を駆け上がり、スワン・ボートを見下ろす橋を渡ると、ボストン・コモンへ向かった。ダービーはクープについていくために足を速めなければならなかった。

二十分後、ダービーはホットドッグの屋台を見つけて足を止めた。「気を失う前に何か食べなくちゃ」と言った。「あなたも何か要る？」

「水を一本」

ダービーがオニオンの載ったチリドッグとコーラを注文するあいだ、クープはぴちぴちのスパンデックスのスパッツに身を包んでジョギングしていた女と世間話をしていた。キャリア・ウーマン風の装いをした女がふたり、ベンチで昼食をとっているのにダービーは気がついた。ふたりともクープをじっと見つめている。キャロルを誘拐した犯人も同じことをしていたのだろうか。パブリック・ガーデンのような場所のベンチに腰を下ろし、誰か目をひく人間が現れるのを待っていたのか。

そんな単純なことなの？　犠牲者選びが行きあたりばったりに行われたのではないことをダービーは祈った。三人の女性たちにたったひとつでも共通点があってくれれば。

ダービーはクープに水を渡し、噴水のまわりに植えられた色とりどりの菊を眺められるよう配されたベンチにすわった。しばらくしてクープもベンチにやってきた。

「このホットドッグに何が足りないかわかる？」とダービーが訊いた。

「本物の肉かい？」

「ううん、フリトスよ」

「そんなものを食べていて、象なみのケツにならないのは驚きだな」

「あなたの言う通りだわ、クープ。たぶん、あなたの前のガールフレンドのようにレタスばっかり食べるべきなのね。クリスマス・パーティーで彼女が気を失ったのは最高だったわ」

「美食にふけるように言ったんだけどね。セロリのスティックにランチ・ドレッシングをつけろと」

「まじめな話、そんなに軽薄で罪の意識を感じたりはしないの？」

「感じてるさ。毎晩泣きながら眠りにつくんだ」クープは目を閉じ、ベンチの背にもたれて午後の最後の陽射しを顔に浴びた。

ダービーは首を振った。ごみをまとめると、ごみ箱へ持っていった。

「失礼ですけど」数分前にクープと話していたきれいなブロンド女性だった。「こんなことを訊いて、ひどく厚かましいと思われたくないんですけど、あなたが今いっしょにすわっている男性はボーイフレンドですか？」

ダービーは口の中の食べ物を呑み込み、「彼がカミングアウトするまではね」と答えた。

「どうして見た目のいい男たちってみんなゲイなの？」

「そのほうが世のためだからよ。あの人のはカクテル・ウィンナー程度だし。名前はジャクソン・クーパー。チャールズタウンに住んでるわ。お友だちみんなに警告してあげてね」

戻ってきたダービーをクープが睨《にら》んだ。「ふたりで何を話していたんだい？」

「チアーズへの行き方を訊かれたの」

「ダーブ、きみはたしかベラム出身だったね」

「残念ながらそうよ」

「〝恐怖の夏〟のことは覚えてるかい？」

彼女はうなずいた。「ヴィクター・グレイディのせいで六人の女性が姿を消した夏」

「その犠牲者のひとりがチャールズタウン出身だったんだ。パメラ・ドリスコルという名前の女の子だった」クープは言った。「うちの姉のキムの友だちだったんだ。ある晩、パーティーがあって、パムは歩いて帰宅する途中に姿を消した。パムは……彼女はほんとうにいい人だった。とても内気だったけどね。八重歯を気にして、笑うときには口を手で覆っていた。うちに遊びに来るたびに、おれにハーシーズのキスチョコをお土産に持ってきてくれた。彼女が姉の部屋でデュラン・デュランを聴きながら、サイモン・ル・ボンはすてきと言ってくすくす笑っている姿を今でも思い出すよ」

「わたしはベース担当のほうが恰好いいと思っていたわ」

「おれはあまりいいとは思わなかったな」クープの顔がまじめになった。「パムがいなくなったときには、町の誰もが、夜に子供さらいがうろついていると思ったものだ。うちの母は異常なほど心配して姉の部屋を二階に移したほどだ。警報装置もとりつけたがったが、うちにはそんな金はなかった。そこで、親父を説得して家じゅうの鍵をとり換えさせ、さらに差し錠までつけさせた。夜中に目が覚めて物音が聞こえると、母がドアや窓にちゃんと鍵がかかっているかたしかめに階下《した》に降りている音だとわかったものさ。姉はどこへ行くにもひとりで出かけることはなくなった。できなくなったんだ。パムの身に起こったことを受けて、チャールズタウンで夜間外出禁止令が施行されたからさ」

クープは顔の汗をぬぐった。「グレイディの犠牲者にベラム出身の人がひとりいなかったかい？」

「犠牲者はふたりだったわ」ダービーは言った。「メラニー・クルーズとステイシー・スティーヴンズよ」

「知り合いだった？」

「いっしょに学校へ行っていた仲だった。メラニーとは――親友だった」

「じゃあ、おれの言いたいこともわかるだろう」クープは言った。「今のこの件で思い出すのはそういうことさ。あのとき感じたのと似たような恐怖だ」

ふたりは署までジョギングで戻り、シャワーを浴びた。ダービーが髪を乾かしていると、携帯電話が鳴った。かけてきたのはマサチューセッツ総合病院のドクター・ハスコックだった。

悲鳴が聞こえ、声がよく聞きとれなかった。

「何ておっしゃったんです？」とダービーは訊いた。

「身元不明の女性が目を覚ましたんです。テリーという名前の人物を大声で呼んでいます」

29

ダービーはＩＣＵの扉の外に追加で配置された制服警官がふたりいるのを見てほっとした。

「医者が中で待っていますよ」ぽっちゃりした警官がゆがんだ笑みを浮かべて言った。「おたのしみに」

それはどういう意味だろうと首をかしげつつ中にはいると、禿《は》げかかった長身の男が角にあるレイチェル・スワンソンの病室の外の壁にもたれて身をかがめ、ドクター・ハスコックとひそひそと会話を交わしているのが見えた。男の名前はドクター・トーマス・ロンボーグ。この病院の精神医学部の部長で、異常犯罪行動に関するベストセラーを何冊か書いていた。

「くそっ」クープはポケットを叩いて言った。

「どうしたの？」

「思い上がったくそ野郎を撃退するスプレーを持ってくるのを忘れた」

「お行儀よくしていてよ」

ダービーは廊下の端から聞こえてくる痛々しい叫び声を聞いて身を縮めた。「テリー！」

それぞれざっと紹介が終わり、ロンボーグがまず口を開いた。

「身元不明の女性には、落ち着かせるために軽い鎮静剤を打ってあります。お聞きになっておわかりのように、あまり効果はないようですが。ドクター・ハスコックも同じ意見なのですが、今の健康状態から見て、抗精神病薬を投与するのはまだ危険すぎると思います。精神状態を診断できるようになるまでは処方するのもどうかと思いますね。ドクター・ハスコックから聞いたのですが、身元不明の女性はあなたをテリーという名前の人物だと思い込んでいるそうですね？」

「先日、ポーチの下で見つけたときはそうでした」ダービーは言った。「あの女性の名前はレイチェル・スワンソンです」

「テリーとは実在の人物なんですか？」

「ええ、そうです。詳しくお話しすることはできないんですが、テリーとレイチェルは知り合ってかなり経つようです」

「少なくとも、ふたりがどういう関係だったのか、大まかに話してはもらえませんか？　診断をくだし、可能な処置を決めるのに役立つかもしれませんから」

「同じ精神的外傷に耐えた同士です」とダービーは答えた。

「どんな？」

「それはわかりません」

「それで、レイチェル・スワンソンは？　彼女について何か話していただけることはありませんか？」

「治療の助けになるようなことは何も」ダービーは言った。「彼女は何か話しましたか？　テリーを求めて叫ぶ以外に」

「私の知るところでは何も」ロンボーグはドクター・ハスコックに目を向けたが、彼女も首を横に振った。

「テリー、どこにいるの？」

「病室にはいって、彼女がまた話をしてくれるかどうかやってみたいんですが」とダービーは言った。

「質問なさるときには、同席させてもらいます」とロンボーグが言った。

「先生がそばにいたら――誰かがいっしょにいたら、レイチェルは話さないでしょう。わたしとふたりだけになるまで口を開かないわ」

「でしたら、ドアの外で聞いています」

「すみませんが、それも認められません」ダービーは言った。「理由がどうあれ、あの女性はわたしを信頼してくれているんです。その信頼をあやうくすることは何であってもしたくありません」

ロンボーグは身をこわばらせた。目の下の黒いくまは、病院の前で待ちかまえているテレビカメラでの映りをよくするために、明るい色のコンシーラーで隠されていた。

「会話は録音しますか？」とロンボーグは訊いた。

「ええ」

「お帰りになる前にそのテープのコピーをいただきたい」

「こちらで内容をたしかめてからお渡しします」

「こんなことは例外中の例外であるのはもちろん、病院の規則にも反するものです」

「テ―――リ―――！」

「ドクター・ロンボーグ、言い争いたくはありません。ただ、病室にはいってレイチェルの気を鎮めてやりたいんです」ダービーは言った。「どうしたらいいと思います？」

「むずかしいですね。この件についても、彼女が心に傷を負った状況についても、詳しい情報をいただいていませんから。患者は拘束を解いてほしくてひどく興奮している状態です。どういう状況になっても、拘束を解くことは許可できません。このあいだうまくいったからといって、今度も従順とはかぎらないかもしれない。看護師のことも攻撃しましたしね」

「ええ、知っています。ドクター・ハスコックに昨日の一件は聞きました」

「今朝の出来事について言ってるんですよ」ロンボーグは言った。「レイチェル・スワンソンがまだ鎮静剤で眠っていると思って、看護師が包帯を換えようと彼女の顔の上に手を伸ばしたら、その腕に嚙みついたんです。そういえば、彼女が自分の腕に書いた数字や文字はいったい何なんです？」

「わかりません」さあさあ、うっとうしいくそ野郎、わたしを中に入れてよ。

「我々が彼女を助けるためにここにいるとわからせてもらわなければなりません。どこかに監禁されていると思っているようですから。私に言えるのはそれだけです」

レイチェル・スワンソンは助けを求めて叫んでおり、ベッドが揺れてどすんどすんと音を立てていた。

「病室のドアの前に立っている白衣のふたりは精神科の付添人です」ロンボーグは言った。「必要とあらば、患者を拘束する方法は彼らがわかっています」

「いいでしょう。ただ、彼らにしても、ほかの誰かにしても、窓から中をのぞかないようにしてもらいたいんですが。怖がらせてしまうといけませんから」ダービーはマイクロカセット・レコーダーをとり出した。シャツのポケットに楽々と隠せるほど小型の機器で、未使用の九十分テープがはいっていた。

「早く中にはいりたくてじりじりしていらっしゃるのはわかっています」ロンボーグは言った。「ただ、これだけはご理解いただきたい。あなたの身に何かあっても、病院側としては責任持てません。その点はよろしいですか？」

ダービーはうなずいた。録音ボタンを押すと、レコーダーをシャツのポケットに忍ばせた。

ドアまでの距離がひどく遠く感じられた。

冷たい鉄の取っ手をつかみ、ダービーは記憶や思考やイメージの断片の中から、襲いかかってくる不安に対してしっかりと踏みとどまるよすがとなるものを探した。メラニーの事件後、はじめて家に戻ってきたあの夏、家の中には害をおよぼすようなものは何もないと言って、母が手をとってくれ、いっしょに家の中を歩いてくれた。今ここに母はいない。手をとってくれる人もいない。キャロル・クランモアにも手をとってくれる人はいない。

ダービーは深く息を吸い、息を止めてドアを開けた。

## 30

レイチェル・スワンソンの体は汗でびっしょりだった。目をきつく閉じて、祈りを捧げるようにぶつぶつと何かつぶやいている。

ダービーはゆっくりと静かに歩を運び、ベッドに近づいた。レイチェル・スワンソンは目を開けず、身動きもしなかった。ダービーはベッドのそばまで来ると、レイチエルがぜいぜいと喉を絞められているような声でつぶやくことばを聞きとろうと、身をかがめた。

「1、R、L、3、R、L」

レイチェルは腕に書いたのと同じような文字や数字を祈るように口に出していた。

「2、L、R、2、R、L、R、R、S、L――ちがう、R、最後はR」

ダービーはテープ・レコーダーを枕の上に置いた。それからしばらく、レイチェル・スワンソンが6まで数えてまた最初から繰り返すのに耳を傾けた。

「レイチェル、わたしよ。テリーよ」

レイチェル・スワンソンの目がはっと開き、焦点が合った。「テリー、ああ、よかった、見つけてくれたのね」レイチェルは拘束帯を引っ張った。「つかまったの。今度はがっちりつかまったわ」

「あいつはここにはいないわよ」

「いいえ、いるわ。見たもの」

「ここにはあなたとわたししかいないわ。もう大丈夫よ」

「昨日の晩、ここへ来て、この手錠をかけていったのよ」

「ここは病院よ」ダービーは言った。「あなたは……誤って看護師に襲いかかってしまったの」

「わたし、また注射されて、眠らされたの。あいつがこの独房をのぞいてるのを見たのよ」

「ここは病院よ。ここの人たちはあなたを助けたいと思ってる――わたしだってそう」

レイチェルは枕から頭を持ち上げた。歯のほとんどない、なんともいたましい笑みに、ダービーは叫び出したくなった。

「あいつが何を探しているのかわかってるの」レイチェルは手足の拘束帯を引っ張りながら言った。「オフィスから盗ってやったのよ。埋めてしまったから、あいつには見つからない」

「何を埋めたの？」

「見せてあげる。でも、この手錠をはずすのに手を貸してもらわなくちゃならないわ。手錠の鍵が見つからないの。きっと落としてしまったんだと思う」

「レイチェル、わたしのこと、信頼してくれる？」

「お願い、もうわたし……」レイチェルは泣き出した。「これ以上闘えない。何も残ってないのよ」

「もう闘わなくていいのよ。安心していいの。今は病院にいるんだから。ここにいるのはあなたがよくなるように力を貸してくれる人たちよ」

レイチェル・スワンソンは聞いていなかった。頭をゆっくりと枕に戻すと、目を閉じた。

このままではどうしようもない。何か別の方法をとらなくては。

ダービーは手をレイチェルの手に滑り込ませた。骨ばった指は生気がなく、肌はざらざらしていた。

「わたしが守ってあげる、レイチェル。あいつがどこにいるのか教えて。わたしが見つけてあげるわ」

「言ったでしょう、ここにいるのよ」

「あいつの名前は？」

「名前は知らないわ」

「どんな顔なの？」

「顔がないのよ。いつも顔を変えているから」

「どういう意味？」

レイチェルは震え出した。

「大丈夫よ」ダービーは力づけた。「わたしがそばにいるわ。あなたのこと、誰にも傷つけさせたりしない」

「あなたもあそこにいたじゃない。あいつがポーラやマーシーに何をしたか見たでしょう」

「そうね。でも、よく思い出せないの。何があったか教えて」

レイチェルの下唇が震えた。答えは発せられなかった。

「あなたの腕に文字や数字が書かれているのを見たわ」ダービーは言った。「文字は方向でしょう？　Lが左《レフト》でRが右《ライト》」

レイチェルは目を開けた。「右へ行こうが、左へ行こうが、まっすぐ進もうが、同じことよ。どれも行き止まり。忘れたの？」

「でも、あなたは出口を見つけた」

「ここには出口なんてないわ。あるのは隠れる場所だけ」

「数字はどういう意味なの？」

「あいつが戻ってくる前に鍵を見つけなきゃならない。ベッドの下を見て。落としたかもしれないから」

「レイチェル、わたし――」

「鍵を見つけて！」

ダービーは床の上を探すふりをしながら、拘束を解かれれば、レイチェルもっと知っていることを教えてくれるだろうかと考えた。が、ロンボーグがそれを許可することはないだろう——病室内に自分が立ち会い、付添人がそばに控えていないところでは。

「あった、テリー？」

「まだ見つからないわ」

頭を働かせるの。この機会を逃してはだめ。考えるのよ。

「急いで、いつドアが開くかしれないわ」とレイチェルが言った。

ドアの外には誰も立っていなかった。ドアの近くにも人影は見えなかった。嫌でたまらない考えではあったが、あのもったいぶったロンボーグのやつに相談して何かいい知恵はないか訊いてみたいとさえ思った。

「見つからないわ」とダービーは言った。

「あるはずよ。落としたばかりなんだから」

「誰か呼んでくる」

レイチェル・スワンソンは拘束帯を引っ張った。「わたしをあいつとふたりにしないで。わたしをまたひとりにしないでよ！」

ダービーはレイチェルの手をつかんだ。「大丈夫よ。あいつに手出しはさせないから。約束する」

「置いていかないで、テリー、お願い、置いていかないで」

「置いていったりしないわ。どこにも行かない」ダービーは足で椅子を引き寄せて腰を下ろした。頭を働かせるの。

いいわ、レイチェルは自分たちがまだ監禁されていると思っている。その勘違いに話を合わせよう。

「ここにはほかに誰がいるの？」

「誰も残ってないわ」レイチェルは言った。「ポーラとマーシーは死んだし、チャドは……」レイチェルはまた泣き出した。

「チャドはどうしたの？」

レイチェルは答えようとしなかった。

「ポーラとマーシー」ダービーは言った。「ラストネームは何だった？　思い出せないんだけど」

やはり答えはない。

「ほかにも誰かいるはずよ」ダービーは言った。「名前はキャロル。キャロル・クランモア」

「キャロルなんて名前の人はここにはいないわ」

「十六歳の子よ。助けてあげなくちゃ」

「会ってないわ。新しい子？」

「どこにいるの？」

頭を働かせるの。台無しにしてはだめ。

「助けてって叫んでるのが聞こえたわ」ダービーは言った。「でも、姿は見えなかった」

「きっと反対側にいるのよ。ここへ入れられてどのぐらいになるの？」

「一日とちょっと」

「じゃあ、まだ眠っているわね。最初にここへ連れてこられたときには、みんな眠らされるの。食事に薬がはいっていて。それからしばらくはドアも開かない。まだ時間があるわね」

「あいつに何をされるかしら？」

「強い子？　闘える子なの？」

「怯えているわ」ダービーは言った。「助けてあげなくちゃ」

「ドアが開く前に行ってあげなくちゃだめよ。この手錠をはずしてくれなくちゃならないわ」

「ドアが開いたらどうなるの？」

「この手錠をはずしてよ、テリー」

「はずすわ、だから教えて――」

「助けてあげたじゃない、テリー。何度も隠れる場所を教えてあげたし、何度も守ってあげた。今度はあなたが助けてくれる番よ。このくそ手錠を今すぐはずして」

「はずすわ。でも、その前にキャロルに声をかけて、どうしたらいいか教えてあげましょう」

レイチェル・スワンソンは天井にじっと目を向けた。

「キャロルにはわたしたちの助けが必要なのよ、レイチェル。どうしたらいいのか教えてあげて」

大きな音を立ててテープが終わった。レイチェルは動かなかった。目を向けようともしなかった。ただじっと天井を見つめるばかりだった。

ダービーはテープを裏返し、また録音ボタンを押した。

録音してもしかたなかった。それ以降、レイチェル・スワンソンは頑として口をきこうとしなかったからだ。

31

ダービーは興奮と恐怖に駆られ、希望に浮き立つ思いで走った。ペンと紙を見つけなくてはと焦る思いでドアを押し開けた。今、何もかも書きとめておかなければ、すべて頭から消えてしまうのではないかと不安だった。が、急ぐ必要はないのだとみずからに言い聞かせた。会話はすべてテープに録音されているのだから。

レイチェル・スワンソンの病室の前にいる人の数は倍増していた。ダービーはクープを探して人々の顔を見まわした。いた。廊下の一番端にある受付エリアの向こうで電話している。ダービーがそばへ寄ったところでちょうど電話が終わった。

「研究所からだ」クープは言った。「リーランドがバンヴィルから連絡を受けた。ダイアン・クランモアと宛名が書かれた包みがベラムのある家の玄関で見つかった。キャロルの住まいから二十分ほどのところだ。差出人としてキャロルの名前もあったそうだ。わかっているかぎりでは、置いていった人間について目撃者はいない」

「包みの中には何が？」

「まだわからない。今、研究所へ運ばれているところだ」

「あなたには研究所に戻って包みを待ってもらいたいわ。それで、メアリー・ベスにあとふたりの名前を検索してもらって。ポーラとマーシーよ。ラストネームはわからない。検索の範囲はニューイングランドにしぼるように言って」

「それで、きみはどうする？」

「ロンボーグと話をしなくちゃ」

「お行儀よくしろよ」とクープは言った。

ロンボーグは相変わらず不機嫌だった。一時的にレイチェル・スワンソンの拘束を解くのはどうかというダービーの提案に耳を傾けながら、胸の前で腕を組んでいた。

「絶対にそんなことを許可するわけにはいきません」とロンボーグは言った。

「精神科の施設に移したらどうです？　そこなら設備も整っているし、モニターで監視もできます」患者を監視するカメラを備えた病室があることはダービーも知っていた。

ロンボーグはその話に食いつくかに見えたが、ドクター・ハスコックが首を振った。

「敗血症の症状を抑えられるまでは動かすわけにはいきません」ハスコックは言っ

た。「抗生物質が効いているようですが、容体が急変することもあり得ます。これから四十八時間が山となるでしょう」

「キャロル・クランモアにはそれだけの時間がないかもしれないわ」とダービーは言った。

「それはわかっていますし、その行方不明の少女を見つけるのに、できるかぎりお力になれたらと思います」ハスコックは言った。「それでも、わたしが第一に責任を負っているのはわたしの患者です。敗血症の症状を改善できるまでは彼女を動かすのを許すわけにはいきません。拘束を解くことも許可できません。点滴を打っていますから。今の精神状態だと、おそらく点滴の針を抜いてしまうことでしょう」

「短時間だけ解くわけにはいきませんか？　たとえば、一時間だけでも」ダービーは必死だった。わずかな可能性にもしがみつきたい思いだった。

「危険すぎます」ハスコックは言った。「まずは敗血症を治さなければなりません。残念ですが」

女子トイレでひとりになると、ダービーは肌の感覚がなくなるまで、顔に冷たい水をかけた。

それから濡れた手を冷たい陶器でできたシンクの端に走らせた。メルがいなくなった最初の年、ダービーはよく物に触れ、その感触をたしかめた。自分がまだ生きていると確信するために。手を乾かしながら、キャロルが知恵のまわる子で、生き残る道を見つけていてくれるようにと祈った。

　トイレから出ると、ダービーは角を曲がってエレヴェーターへ向かおうとした。マシュー・バンヴィルが待合室にいた。その隣にぱりっとしたスーツ姿で立っていたのは、特別捜査官のエヴァン・マニングだった。

## 32

　時の流れはエヴァン・マニングに優しかったようだ。短く刈ったブラウンの髪は少し白くなっていたが、体はほっそりと引き締まっており、思慮深そうな顔はまだハンサムだった。

　これだけの時間が経っても、ダービーは彼の顔が持つ秘められた激しさを覚えていた。今彼女を見つめているエヴァン・マニングの顔にも、同じ表情が浮かんでいる。

　バンヴィルがふたりを引き合わせた。「ダービー、こちら、捜査支援課《ISU》のマニング特別捜査官だ」

「ダービー」エヴァンが言った。「ダービー・マコーミックか？」

「またお会いできて光栄です、マニング特別捜査官」ダービーは差し出された手を握った。

「信じられないな」エヴァンは言った。「きみはまったく変わらない」

「ふたりが知り合いなのはどうしてだい？」とバンヴィルが訊いた。

「マニング特別捜査官とは、ヴィクター・グレイディの件を捜査されているときにお会いしました」とダービーは答えた。

「一九八四年に女性たちを誘拐した自動車整備工のことかい？」

「その男です」

「一九八四年か」バンヴィルは言った。「そのころきみは、そう、十四歳ぐらいか？」

「十五でした。グレイディの犠牲者のうち、ふたりと知り合いだったんです」

「そのうちひとりは殺されたんじゃなかったか？　たしか、犯人がへまなやり方で誘拐しようとして、年若い少女を撃ったはずだが」

「刺したんです」瞬時にステイシー・スティーヴンズの血が飛び散った玄関の壁が脳裡に蘇った。「ほかの女性たちについては、ほぼまちがいなくグレイディに絞殺されています」

「絞殺されたとどうしてわかる？　警察の捜査でも死体は見つからなかったはずだが」

「グレイディはその……犠牲者とのやりとりを録音していたんです。いくつかのテープに首を絞められた際に発するような音が残っていました——少なくとも、新聞にはそう書いてありました」ダービーは同意を求めるようにエヴァンに目を向けた。

「グレイディは地下に隠した金庫に録音テープをおさめていたんだ」エヴァンは言った。「火事の熱でほとんどのテープが駄目になってしまったが」

バンヴィルは説明に納得してうなずいた。「マニング特別捜査官はＩＳＵのボストン支部の新しい本部長だ。今朝早く、レイチェル・スワンソンの指紋の照合が行われたときに、彼のところにＡＦＩＳから通知が行った。我々に自分のところの設備を、何でも好きに使ってくれと言ってくれている」

「きみはレイチェル・スワンソンと話をしてきたそうだが」エヴァンは言った。「何か役に立ちそうな話は聞き出せたかい？」

「さらにふたり、行方不明の女性の名前が出ました。今それを調べようとしているところです。会話はすべてここに録音されています」ダービーはテープ・レコーダーを掲げてみせた。「今科学捜査研究所に向かっている包みについては？」

「クッション封筒にはいった小包だ」バンヴィルが言った。「中に何がはいっているかは見当もつかない」

「これから研究所に向かいます。レイチェルは当面わたしとは口をききそうもないですから」ダービーはエヴァンのほうを振り返った。「レイチェル・スワンソンの指紋についてFBIに連絡が行ったのはなぜです？」

「研究所へ着いたら何もかも説明しよう。駐車場に車がある。送らせてもらえるかな？」

ダービーは指示を求めるようにバンヴィルに目を向けた。

「これまでわかったことについては、すでにマニング捜査官には説明済みだ」バンヴィルは言った。「ここの片がついたら、すぐに私も研究所に寄るよ」

33

「科学捜査官になってどのぐらいだね？」エレヴェーターの扉が閉まると、エヴァンが訊いた。

「約八年です」ダービーは答えた。「一年ほどニューヨークで研修を受けて、ボストンの科学捜査研究所に空きが出たので、応募して今の職に就きました。ボストンに赴任してどのぐらいになるんです？」

「約六ヵ月だ。気分転換が必要だったんでね」

「燃え尽き症候群ですか？」

「危険なほどそれに近かった。最後に担当した事件のせいで参りそうになってね」

「どの件です？」

「マイルズ・ハミルトンだ」

「全米ナンバーワンの異常犯罪者」ダービーは言った。かつてはティーンエージャーの異常犯罪者で、今は精神科の病院に入れられているその男は、二十人以上の若い女性を殺したとされていた。「おたくの心理分析官が証拠を捏造した可能性があるということで、再審が請求されるかもしれないと噂を聞きました」

「それについては私は何も知らない」

「ハミルトンの再審はありますか？」

「私に言わせてもらえば、ないだろうね」

エレヴェーターの扉がチャイムとともに開いた。エヴァンは裏口から出ようと言った。報道関係者たちも裏口にはいなかったからだ。

明るく強い陽射しを受けながら、ふたりは通りを走って渡り、駐車場へ向かった。車がケンブリッジ・ストリートに差しかかるまで、エヴァンは口を開かなかった。

「バンヴィルによれば、きみが盗聴器を見つけたそうだが」

「そんなにやすやすと彼の口を割らせたなんて驚きだわ」ダービーは言った。「もっと抵抗すると思ってました」

「バンヴィルはスポットライトを浴びているからね。クランモアの娘が死体で発見されたときに、あらゆる手を尽くしたと言えるようにしなきゃならないのさ」

「死んでいるとは思いません」

「どうしてだね？」

「レイチェル・スワンソンはほぼ七年も生かされていたんです。テリー・マストランジェロは二年。そう考えれば、多少の猶予はあるはずです」

「自分が誘拐した女性のひとりが今病院にいるんだ。頭のいいやつだったら、クランモアの娘を殺して絶対に見つからないところに埋め、町を離れているんじゃないかね」

「そうだとしたら、どうしてわざわざ盗聴器など仕掛けるんです？」

「たぶん、我々がどれだけのことをつかんでいるかたしかめてから、今後の計画を練り直そうとしているんだろう」エヴァンは言った。「きみはどう思う？」

「犯人は非常に計画的で慎重で几帳面な人物のようです。拉致した女性たちのことも時間をかけて観察していたのではないかと思われます。彼女たちの習慣や日常生活を知るために。たぶん、キャロルの家の合い鍵も手に入れていたのでしょう。それから、犠牲者たちを誰の目にも耳にも触れない秘密の場所へ連れていくんです」

「それで、連れていった女性たちをどうしようというんだ？」

「わかりません」

「性的な目的だと思うかね？」

「それを証明するものはありません。こういった事件には、必ずや性的な要素がからむものですが。被害者の家で見つかった証拠についてはバンヴィルから聞いていますか？」

エヴァンはうなずいた。「塗料のかけらについては、まだうちの研究所で照合中だ」

「キャロルを誘拐した犯人が封筒にはいった何かを置いていったことには驚かなかったようですね」

「犯人は主導権を握ろうとしているのさ。追いつめられるとたいていの異常犯罪者はそういう行動をとる」

「この件の犯人はそういった人物だと思うんですか？　異常犯罪者だと？」

「はっきりとは言えない。分類はあまり好きじゃないんでね」

「あなたのように心理分析をする人たちは分類に命をかけているんだと思ってました。それと、頭文字に。おたくの指紋識別システムもそうですよね。ＡＦＩＳ。それから、ＣＯＤＩＳもあるし――」

「人間の行動をすべて分類できるとはかぎらない」エヴァンは言った。「きみの追っている男が衝動的に女性たちを誘拐した可能性について考えたことは？」

「いかなる種類の人間の行動にも、裏にはその行動に走る理由というものがあるはずです」

「どうしてこういう分野のことに興味を持つようになったんだね？」

「わたしの心理を分析しているんですか、マニング特別捜査官？」

「質問に答えてないよ」

「大学で犯罪心理学の講座をとったんです。それで、すっかり夢中になって」

「バンヴィルによれば、きみは犯罪心理学で博士課程へ進んだらしいね」

「まだ博士号は取得していません」ダービーは答えた。「博士論文を書かなくちゃならないので」

「テーマは？」

「実例を選んで分析しなくてはならないんです」

「それで、きみはグレイディ事件を選んだ」

「それも考えました」

「なぜためらっている？」

「グレイディ事件のファイルにはいくつか欠けている部分があるからです」ダービーは言った。「ベラムの事件を担当したリガーズという刑事があまり詳しいメモを残してなくて」

「驚くことでもないね。頭が悪いだけじゃなく、怠慢な男だったから。わかっていることを話してごらん。隙間を埋めてあげられるかどうかやってみよう」

「証拠に関するファイルを閲覧することはできました。グレイディがわたしの家の裏の森に捨てたクロロフォルムをしみ込ませた布や、寝室のドアに残したダークブルーの繊維などについて。ＦＢＩの科学捜査研究所の報告書も読みました。繊維が見つかった布の製造業者が特定されたとありました。それによって捜査範囲がマサチューセッツと、ニューハンプシャーと、ロードアイランドの自動車整備工場にせばめられたと。見つかった青い繊維の布が、グレイディの勤め先であるノース・アンドーヴァーの自動車整備工場で使われていたつなぎと同じブランドのものであることがわかったからです」

「そういったことはあとになって、グレイディが死んでからわかったことだ」

「それも報告書にありました」ダービーは言った。「それから、グレイディの前歴についても。彼は二度のレイプ未遂事件を起こしていた」

「その通り」

「ファイルによれば、リガーズの捜査で十人あまりの容疑者が浮かび上がったそうですね。グレイディが第一容疑者になったのはなぜですか？」

「グレイディについて事件の専用電話に密告があったのさ。通報者はグレイディの職場である自動車整備工場の顧客で、グレイディの車の床に真珠のネックレスが落ちていて、どうやらそのネックレスには血がついているようだと言ってきた」

「でも、その人はどうして九一一に通報しなかったんです？　なぜ専用番号に電話を？」

「行方不明の女性のひとり、タラ・ハーディーが最後に目撃されたときに、ピンクのカーディガンを着て真珠のネックレスをしていたからさ」エヴァンは答えた。「その写真が何週間にもわたって新聞に載った。テレビも盛んにその写真を流していた。通報者は自分の見たネックレスが彼女のものではないかと思ったんだ。通報が多くて専用電話はパンク寸前だったよ。みな報奨金を狙っていたわけだ」

「それで、どうなったんです？」

「手柄を立てたいと思ったリガーズが、自分でグレイディの家探しをした。それで、行方不明女性たちが着ていた衣服を何枚か見つけ、捜索令状をとるために家をあとにした。困ったことに、リガーズが勝手に家にはいったのをグレイディの隣人が目撃していた」

「そうなると、見つけた証拠が法廷で認められない可能性が出てくる」

「リガーズが規則にのっとって動いてくれていたら、おそらくグレイディが自殺する前に逮捕できただろうね」

「彼が自殺したことには驚かなかったんですか？」

「最初は驚いたさ。しかしたぶん、リガーズに家探しされて、グレイディはすっかり怯えてしまったんだな。やつが自殺した日、我々は捜索令状を持って職場だった自動車整備工場を訪ねた。やつは四方から倒れてくる壁に押しつぶされそうな感じがして、楽な逃げ道を選んだんだろう」

「ファイルによると、リガーズは火事を気にしていました」ダービーは言った。「誰かがグレイディを殺して証拠隠滅のために火をつけたのではないかと思ったんです」

「火事のことは私も気になった。それよりも、グレイディがみずからの命を絶つのに使ったものが気になった。二二口径だ」

「おっしゃってる意味がわからないわ」

「警官はふつう、二二口径を威嚇に使う。二二口径が発射される音を聞いたことがあるかい？　小さなパンという音で、ほとんど聞こえないほどだ。誰かがグレイディの家に忍び込んでやつを撃ったとしても、誰にも聞こえない。ラジオやテレビがついていたらなおさらだ。グレイディが殺されたのではないかという噂もあった。きっときみも聞いたことがあると思うが」

「いいえ」

「火事の晩、私はグレイディの家にいた」エヴァンは言った。「家を見張っていたんだ。誰かが忍び込んだとしたら、姿を見たはずだ」

グレイディの家はダービーも一度、夜に見に行ったことがあった。家に戻ってきて一ヵ月ほど経ったころに、ひとりで行ってみたのだ。焼け焦げた骨組みだけになった家を見れば、悪夢を払拭できるかもしれないと思ったのだが、そうはいかなかった。

「ひとつ答えていただける質問があります」とダービーは言った。

「発見されたテープにメラニー・クルーズの声がはいっていたかどうか知りたいんだね」

「録音されたテープは分析のため、FBIの研究所に送られました。ボストン市警にコピーが渡されることはなかった」

「火事の熱でほとんどのテープが溶けたり破損したりしたんだ。音声を修復するのには何ヵ月もかかった。犠牲者の家族からは比較のために音声のサンプルをもらっていたんだが、メラニーの両親は家で撮ったビデオを提出してくれた。録音テープの状態がひどく、一致するとはっきりとは言えなかったが、うちの音声の専門家によれば、十中八九、テープに録音されている声はメラニー・クルーズのものだろうということだった。ご両親はそうは思わなかったようだが」

「ご両親がテープを聞いたんですか？」

「どうしてもとおっしゃったのでね。メラニーが……彼女が助けを求めている部分のテープをまわした。お母さんはテープを止めて、『これはうちの娘ではありません』とおっしゃった。娘はまだ生きているのだから、見つけてもらわなければならないとね」

ダービーのまぶたの裏に、冷たい風に背を向け、メルの写真入りのちらしが飛ばされないように胸にきつく抱いて立つヘレナ・クルーズの姿が浮かんだ。

「テープのメルは何か言っていましたか？」

「あまり多くは」エヴァンは言った。「ほとんどは悲鳴だった」

「痛くて？」

「いや、怖がっていた」

それだけでないことはダービーにもわかった。「メルは何て言っていたんです？」

エヴァンはためらった。

「教えてください」ダービーは食い下がった。

「こう言いつづけていた。『ナイフをどこかへやって、お願い、もうこれ以上切らないで』」

ダービーの頭の中でさまざまな情景が浮かんでは消えた。メラニーの恐怖に駆られた顔。マスカラが落ちて黒くなった涙が頬を伝っている。キッチンの床に横たわるステイシー・スティーヴンズ。喉をつかむ指のあいだから血が噴き出している。森にいた男に切りつけられ、メラニーが悲鳴をあげている。

腕で胸を抱き、ダービーは窓外をすばやく行きすぎる車に目を向けた。心はあの寒い冬の夕方の血清学研究所へと戻っていた。グレイディ事件の証拠がはいった箱がカウンターの上に載っている。メラニーに使われた布を手にとったときのことが思い出された。自分が階下《した》へ降りていたら、きっと自分に対して使われていたにちがいない布。

「グレイディ事件を掘り下げて博士論文を書くと決心したら、知らせてくれ」エヴァンは言った。「録音テープも含め、こちらにあるすべてをコピーしてあげよう」

「ご親切、ありがたくお受けします」

「レイチェル・スワンソンと何を話したのか、教えてくれ」

それからの二十分、ダービーはポーチの下ではじめて彼女に遭遇したときのことから、病室での出来事にいたるまでを事細かに物語った。

エヴァンは口をはさまなかった。自分だけの物思いにふけっているようだった。この人は仕事において鋭すぎるほどの切れ者にちがいないとダービーは思った。異常なほど鋭敏であることは恵まれたことかもしれないが、きっと孤独でもあるだろう。

「バンヴィルは罠を仕掛けるのにメディアを利用することを考えている」とエヴァンが言った。

「賛成できないという口ぶりですね」

「計画が失敗に終わって犯人が逃げたら——犯人がはめられたと思ったら——ためらうことなくキャロル・クランモアを殺すだろうからね」

34

九・一一事件以来、ボストン市警本部に届けられる小包や手紙は地下に持ち込まれ、レントゲン照射を受けることになっていた。

ダービーは制服警官や刑事たちであふれ返った照明の明るい大理石のロビーを行ったり来たりしていた。そうやって歩きまわることで、頭をはっきりさせ、神経を集中させることができた。

二十分後には、中型の茶色のクッション封筒の包みを手に階段を駆け昇っていた。エレヴェーターを待って時間を無駄にしたくなかったのだ。

封筒の表にはふたつの白いラベルが貼ってあった。中央に貼られたラベルにはダイアン・クランモアの名前と住所が書かれており、左上に貼られたものにはたったふたつの単語が書かれていた——〝キャロル・クランモア〟

どちらのラベルも同じ大きさで、どちらも文字はタイプライターで打たれたものだった。おそらくはインク・リボンを使う古い手動式のものだろう。文字のいくつかにインクがにじんでいる部分があるのがわかった。

クープが血清学研究所内で準備を整えていてくれた。彼といっしょにエヴァンとリーランド・プラットが待っていた。手にクリップボードを持ったクープがダービーのために脇に一歩下がった。

ダービーは油紙の上に封筒を置いた。封筒の大きさをはかってから、まずは科学捜査研究所のフィルムカメラで、次にデジタルカメラで写真を何枚か撮った。デジタルカメラで撮った写真はeメールに添付して、エヴァンの指示で待機しているFBIの科学捜査研究所に送られることになっていた。

ダービーは封筒を裏返し、製造業者名や特殊な記号が何かないかと探した。書かれていたのは〝No．7〟だけだった。

「折って糊づけする部分の内側に製造業者名が印刷されていることもたまにある」エヴァンが言った。「封を開けるときに調べてみてくれ」

ダービーは手袋をした指でふたをつまみ、封を開けた。小さな灰色のほこり――クッションとして使われる詰め物のかけら――が宙に舞った。ダービーは封筒を逆さにし、そっと中身を振り落とした。

油紙の上にたたまれた白いシャツが落ちた。

ダービーは封筒の口を大きく広げて中をのぞいたが、ほかには何もはいっていなかった。

シャツを広げると、冷たい恐怖がふくらんで腹全体に広がる気がした。シャツに包まれて三枚の写真がはいっていたのだ。

ダービーは写真を別の油紙の上に移した。そこには窓からやわらかな午後の陽射しが射し込んでいた。

その写真に写っていたのは、グレーのスウェットスーツを着たキャロル・クランモアだった。壁も床もコンクリートの部屋で両手を伸ばし、恐怖に顔をゆがめて歩いている。裸足の足元には排水孔があった。

もう一枚のキャロルは床にすわり込み、恐怖と驚きに丸くした目で、カメラをかまえる人物をじっと見つめていた。

最後の一枚は隅に追いつめられたキャロルの写真で、悲鳴をあげたまま凍りついた顔をしている。

エヴァンは冷たく刺すような目で写真を見下ろした。「キャロル・クランモアは目が見えないのか？」

「いいえ、ちがいます」ダービーは言った。「どうしてです？」

「歩き方や壁に突きあたっている様子から、もしかしたら目が見えないのかもしれないと思ったんだ。ちがうとしたら、犯人が暗闇の中でおどかしたんだな」

ダービーは最初の写真を手にとり、それがキャロルの真っ暗な独房をのぞき込む窓であるかのようにじっと見つめた。キャロルの顔に貼りついた恐怖を目にして、そのティーンエージャーの少女に親近感を抱いた。

写真を裏返してみると、三枚目の写真の裏に何本かのストロベリー・ブロンドの髪の毛がテープで留めてあった。キャロルの髪の毛だ。

ダービーは大きく息を吸った。いいわ、はじめましょう。

「クープ、写真の裏に文字があるの。右下の隅よ」ダービーは拡大鏡をあててその文字を読んだ。「ヘンリーのH、ピーターのP、1、7、9。処理済みスタンプはなし」

ダービーの横に立っていたクープは、「写真用のプリンターで印刷したものかもしれないな」と言った。「裏に書いてある文字と数字はおそらく写真用プリント用紙のストック・ナンバーだ」

ダービーは二枚目の写真の裏を調べた。同じように下の隅に同じ文字と数字があった。

「髪の毛をDNA班にまわしましょう」ダービーは言った。「クープ、封筒をお願い。わたしはシャツを調べるわ」

エヴァンはテープを聞くためにひとり会議室へ消えた。

Lサイズの男物の白いシャツはハンガーにかけられ、油紙で覆われたテーブルの上に吊るされた。ダービーはシャツにへらをあて、生地についているかもしれない証拠物をこすり落とそうとした。骨の折れる退屈な作業だった。全部にへらをあてるあいだ、大急ぎで終えてしまいたいという衝動と闘わなければならなかった。

「何かあったぞ」とパピーが言った。

白い紙の上に、ほこりや錆に混じって茶色の繊維が一本落ちていた。ダービーはそれをピンセットでつまみ上げ、グラシン紙の封筒に入れた。

次に、紙の上に落ちた証拠物に照明付き拡大レンズをあててみた。

「ここに黒い点があるわ。塗料のかけらかもしれない」ダービーは言った。「いくつかある」

もうすぐ五時になろうという時間だった。エヴァンはＦＢＩの科学捜査研究所のスタッフをさらに一時間待たせることにした。ダービーはグラシン紙の封筒を集め、それを研究所の各班に配ると、指紋を調べに行った。


クープは封筒にニンヒドリン（アミノ酸を検出するために用いる薬品。アミノ酸と反応すると青紫の色素を生成する）を用いていた。紙は黒っぽい紫に変色している。封筒は合わせ目に沿って慎重に切って開かれていた。

「表は指紋だらけだ」クープは言った。「照合のために、封筒を拾い上げた女性の指紋はもらってある。封筒の内側はきれいなものだ。指紋もついていない。犯人はラテックスの手袋をはめていたらしい。封筒の糊つきのふたに小さな手袋のあとが残っていたが、指紋はなかった」

「写真のほうはどう？」とダービーが訊いた。

「まったくきれいなものさ。テープやラベルの糊面にもしかしたらあたりがあるかもしれない。次にそれを調べるところだ」

「そう。ほかにわかったことは？」

「封筒の名称だけだ――テンペスト」クープは言った。「ふたの下に印刷されていた。わかったことはそれだけだ。メアリー・ベスがたった今電話してきたよ。下の失踪人捜索課にいるそうだ。レイチェル・スワンソンが口にしたふたつの名前について何かわかったらしい」

35

空腹でごろごろ鳴る胃を抱えたまま、ダービーは会議室のドアを開けた。

「――逆探知はできなかった」とバンヴィルがエヴァンに言っているところだった。

「何を逆探知するんです?」とダービーが訊いた。リーランドの隣に席をとると、ファイル・フォルダーを彼に手渡した。

「一時間前に、ダイアン・クランモアの自宅に電話があったそうだ」バンヴィルが答えた。「留守電が応答した。キャロルからで、母と話さなければならないので、十五分後にかけ直すということだった。それで、かけ直してきたんだが、逆探知できるだけ長くは通話しなかった。ダイアン・クランモアはそれが娘の声だったと確認している。うちの人間がそのテープのコピーを持ってきてくれたので、ちょうど今から聞くところだったんだ」

バンヴィルは小さなマイクロカセット・レコーダーの再生ボタンを押し、椅子の背にもたれた。エヴァンはノート型パソコンへの打ち込みを終えた。ダービーはテーブルの上で手を組み、数十センチ離れたところにあるレコーダーをじっと見つめた。

テープが再生され、受話器をとる音がした。「キャロル？　キャロル、わたしよ。元気なの？」

ダービーの耳に涙をこらえて咳払いするような音が聞こえてきた。

「キャロル、ねえ、あなたなの？」

「ママ、わたしよ。わたし……怪我させられたりはしてないわ」

ごくりと唾を呑む音。荒い息。

「今どこにいるの？」ダイアン・クランモアの声。「教えてくれる？」

「何も見えないの。暗すぎて」

「どこに……どうしたらいいかしら——キャロル、聞いて——」

「あの男がこの部屋の中にいるのよ。ナイフを持っているの」

「自分で自分の身を守るのよ。前に教えたように」

カチャリ。

バンヴィルはテープを止めた。

エヴァンはリーランドに目を向けた。「きみさえよければ、このテープはうちの研究所に送りたい。背後の音を明瞭にして、何か聞こえないかたしかめられるはずだ。封筒と写真も送らせてもらいたい。文書部に送れば、封筒のラベルに使われたタイプライターの型を特定し、ほかの事件で使われたものの中で一致するものがないか、調べられる」

リーランドは〝それは困る〟と言いたそうな顔をしていた。しかし、コーナーに追いつめられていて、そう答えることはできなかった。FBIの文書部は七つの異なる班からなっており、紙に関するありとあらゆる調査を行っていた。ボストン市警の科学捜査研究所ではまったく太刀打ちできない。

「わかったことをすべて知らせてくれるならば」とリーランドは言った。「連邦政府が情報交換の改善をはかってくれていると信じるよ」

「自分でたしかめてみることだな」エヴァンはテーブルの上に置かれた会議用電話に手を伸ばし、番号をダイアルした。

スピーカーフォンから呼出音が聞こえてきた。

声が答えた。「ピーター・トラヴィスです」

「ピーター、エヴァン・マニングだ。ボストン市警の科学捜査研究所からかけている。所長のリーランド・プラットと、本件の科学捜査官、ダービー・マコーミックもいっしょだ。さらに、本件の指揮をとっているベラム警察署のマシュー・バンヴィル捜査官も同席している。きみにひとつふたつ訊きたいことがあるそうだから、前置きなしに本題にはいるように伝えるよ」

「結構です」とトラヴィスは答えた。

「送ったデジタルカメラの画像はすべて届いたかい？」

「画面に呼び出したところです。封筒のラベルにタイプされた文字はあまり鮮明ではありませんね。タイプライターの型を特定したいとお考えでしたら、原物を送ってもらわなくちゃなりません」

「すぐに送る。まず写真からはじめよう」

「HP179はヒューレット・パッカード社が製造している写真紙の商標です。この写真紙はデジタル写真プリンター専用のものです。メモリーカードをスリットに入れるか、コンピューターやディスクからデジタル写真をとり込めば、八センチ×十二センチの写真がプリントできるというわけです」

「ここにある写真もそのサイズだ」

「写真からインクのサンプルをとって、インク・カートリッジの種類をしぼることはできますが、インク・カートリッジの市場は巨大ですからね」トラヴィスは言った。

「その方法ではトラヴェラーは見つからないでしょう」

「トラヴェラーって？」とダービーが訊いた。

「すぐにその話になる」エヴァンが言った。「つづけてくれ、ピーター」

「プリンターがわかっているなら、写真がそのプリンターで印刷されたものかどうか確認できますよ」

「プリンターはわかっていない。容疑者も特定されていないんだ。十六歳の少女が行方不明となっている。デジタル画像処理技術を用いて写真を分析してみるのはどうだ？」

「やり方としては悪くないですね。ただ、問題はデジタル写真の技術が、まったく証拠を残さずに写真を修整できるほど高度なものに進歩しているということです」

「つまり、犯人が写真から窓を消したりすることもできたということか」

「窓を消すこともできれば、足すこともできます——ソフトウェアの使い方がわかっていれば、何でも好きに付け加えたり削除したりできるんです。過去の事例から言って、犯人は足がつくようなものは何も残していないと思いますね。ただ、そちらの証拠リストに付け加えられるような証拠をひとつ見つけました。ちょっと待ってください」

しばし、ページをめくるような音が聞こえてきた。「ようし、あった」トラヴィスの声。「犯人が使った封筒ですが、メリルという小さな製紙会社のものと見てまちがいないでしょう。ニューハンプシャー州ホリスを本拠地としていた会社です。一九九五年に倒産しました。すでに製造されていない封筒です」

「つまり、犯人は自宅に封筒を買い置いているわけか」

「可能性は高いですね。証拠として加えていいと思います。ただ、原物を調べるまでは最終的な判断は控えたいですが」

「明日の朝には手元に届けるよ」とエヴァンが応じた。

「クランモアの家で見つかった足跡はトラヴェラーのものでした。靴はライザー・ギア社の製品で、アドヴェンチュラー・モデルです」

「それで、塗料のかけらについては？」

「あたりはありませんでした。うちのシステムにはないサンプルですね。こちらでわかったことは以上です。シャツから何かわかりましたか？」

エヴァンはダービーに目を向けた。

「茶色の繊維をひとつ採取しました」とダービーが答えた。「クランモア家の玄関ホールで見つかったのと同じ繊維です。写真の裏にテープで留められていた髪の毛はキャロル・クランモアのものと思われます。幸い、髪の根元の部分がついていましたので、DNA検査ができます。封筒の指紋については見込みなしですね。すべてぬぐいとられています」

「ピーターに何か質問は？」エヴァンが同席している面々を見まわした。

質問はなかった。

「ピーター、アレックス・ギャラガーに連絡をとって、録音テープを分析してほしいと頼んでくれ」エヴァンが言った。「今日そっちに送る荷物に同封しておくよ。私の携帯電話の番号はわかっているかい？」

「ええ。連絡します」

エヴァンは電話を切った。

「レイチェル・スワンソンが病院で口にしたふたつの名前についてわかったことがあります」ダービーが言った。「失踪人捜索課で検索したところ、ニューイングランドでふたり、そうではないかと思われる人物が見つかりました」

リーランドはダービーにフォルダーを渡した。ダービーは最初のページをフォルダーからはずした。平凡な顔立ちにブロンドの巻き毛の女の写真。大学卒業時に撮った二十センチ×二十五センチの大きさのカラー写真だ。ダービーは写真をテーブルに置いて言った。

「この女性はコネティカット州グリニッチのマーシー・ウェイドです。二十六歳で、両親と同居していました。今年五月、ニューハンプシャー州立大学に通っている高校時代の友人に会うために車で出かけました。友人は大学のキャンパスから三キロほどのところに住んでいて、マーシーは日曜日の夜に車で帰途につきましたが、ルート九五で車が故障し、その後、姿を消しています」

ダービーがテーブルの上に置いた二ページ目は、二重顎《あご》にポートワインのしみをつけた丸々とした大柄な女の写真だった。

「こちらはポーラ・ヒバート。四十六歳のシングルマザーで、ロードアイランド州のバーリントンで公立高校の教師をしていました。近所の人に息子の世話を頼み、息子の喘息《ぜんそく》の薬を受けとりに出かけたそうです。それで、薬局へは行きましたが、家には帰ってきませんでした。彼女も車も見つかっていません。行方がわからなくなったのは昨年一月のことです。

二件とも詳細はわかりません。証拠の有無もわかりません」ダービーは言った。「どちらの州の科学捜査研究所も今日はもう終わっていますから。明日朝一番に電話をするつもりでいます。わかっているのは以上です。さて、マニング特別捜査官、トラヴェラーについて教えてもらえますか？」

## 36

エヴァンは自分のノート型パソコンをくるりとまわし、モニター部分が同席しているほかの面々のほうを向くようにした。

画面には、髪をブロンドに脱色したラテン系の女性の写真が出ていた。

「この女性はコロラド州デンヴァーのキンバリー・サンチェス」エヴァンが口を開いた。「一九九二年の夏に行方不明になった。ジョギングに出かけて戻らなかったんだ」

エヴァンはマウスをクリックしてさらに八人の女性の写真を呼び出した。みなラテン系かアフリカ系のアメリカ人で、歳のころは二十代なかばから三十代なかば。全員が最後に姿を目撃されたときには、ひとりで自分の車で去るか、バーを出るか、夜遅くに仕事場から帰るかしていた。最後の共通点は誰の死体も発見されていないことだった。

「コロラド州警察はひとつ幸運に恵まれた」エヴァンは言った。「最後の犠牲者がコロラド・ナンバーの黒いポルシェ・カレラに乗り込むのを、ナイトクラブを出ようとしたところで目撃した人間がいたんだ。その目撃者は、車の後ろのバンパーがへこんでいたことも覚えていた。

警察はコロラド周辺でポルシェを所有する人間をしぼり込んだ。そのひとりがデンヴァーのジョン・スミスだった。警察が尋問におもむくと、スミスは留守だった。四日経っても戻らず、警察は彼が借りている家の捜索を行った。スミスはすでにとんずらしたあとだった。逃げる前に家の中はすっかりきれいにされていたが、鑑識班はふたつの重要な証拠を見つけることができた。ごみ箱にあった少量の血液のサンプルとライザーのハイキング・ブーツの足跡だ。サイズは十一だった。それはほかの犠牲者の車が見つかった場所に残っていたブーツの足跡とぴったり一致した」

エヴァンがキーを叩くと、画面に無精ひげを生やした白人の写真が現れた。目は鮮やかなグリーンで、ヘロイン中毒者によく見られるような痛々しいほど細い顔をしている。

「これがジョン・スミス。コロラドの運転免許証の写真だ」エヴァンが言った。「その少し前の事故で、スミスのポルシェのバック・バンパーがへこんでいたことを隣人たちが証言している。隣人たちはほかにもあれこれ語ってくれた。スミスが夜頻繁に出かけることや、人づきあいが悪いことなど。何で生計を立てているかは誰も知らず、家の中にはいったことがある人もいなかった。何人かの隣人は彼の二の腕に派手な刺青があったことを覚えていた。三つ葉のクローバーと666という数字の刺青」

「アーリアン・ブラザーフッドの会員が入れる刺青ですね」とダービーが言った。

エヴァンはうなずいた。「デンヴァーで行方不明になった女性たちがラテン系かアフリカ系のアメリカ人だったことが、アーリアン・ブラザーフッドとのつながりを暗示している。当然ながら、ブラザーフッドの連中はミスター・スミスなどという男は知らないと言い張った。我々のコンピューターにもそんな名前は登録されていない。ジョン・スミスがトラヴェラーの本名かどうかもわからない」

「家の中で見つかった血液のサンプルですが――」ダービーは言った。「CODISで照合は行ったんですか？」

「もちろん。デンヴァーで行方不明になっている女性のひとりのものと一致した」エヴァンは答えた。「デンヴァーを出て、スミスはラス・ヴェガスに店替えした。一九九三年の暮れにかけてのことだ。ラス・ヴェガスでは獲物の選び方を変えた。それから八ヵ月のあいだ、十二人の女性と三人の男性が姿を消した。ヴェガスの警察は行方不明事件にあまり大きな関心は寄せなかった。ヴェガスで人が行方不明になるのは日常茶飯事だからだ。あそこへは、持てる悪癖にふけってつきに見放された人間が流れていく。誰もがやってきては去っていく場所なんだ」
「犠牲者は人種的にはどうだったんです？」
「女性はほとんどが白人だった」エヴァンは答えた。「男性はユダヤ人だ。女性の犠牲者のひとりについては、道端に車が残されていた。車のイグニションのワイヤーをいじった者がいて、幸い、現場には証拠が残されていた。ライザーのブーツの足跡だ。

私がこの件にかかわるようになったころには、ミスター・スミスはすでにアトランタに移っていた。二度目の店替えさ。一九九四年のことで、やつにはトラヴェラーという名前がつけられた。ブーツの足跡がＶＩＣＡＰに登録され、ＦＢＩが捜査を担当することになった」

エヴァンはすわったまま体を動かした。椅子のスプリングがきしんだ。「アトランタでのトラヴェラーの四番目の犠牲者であるキャリー・ウェザーズが黒いポルシェ・カレラに乗り込むところを目撃されている。目撃者によると、車はフェンダーにへこみがあり、メリーランドのナンバープレートをつけていたが、ナンバーはよく見えなかったそうだ。実になりそうなはじめての手がかりで、我々は地元のガソリンスタンドや整備工場に通達を出し、フェンダーのへこんだ黒いポルシェが給油や修理などに来ないか、目を光らせておいてくれと頼んだ。

ある晩、その地域のモービルのガソリンスタンドで働く従業員から通報があった。我々が車の登録を調べているときだった。説明にあてはまるポルシェが来ているという。助手席にはブロンドの女性が乗っている。女性は眠っていて、飲みすぎたんだと運転手は言っていた。私はその従業員にそいつを逃がさないでくれと頼み、科学捜査研究所の人間といっしょにガソリンスタンドに急行した。

ガソリンスタンドの従業員はえらく落ち着いた様子で、非常に協力的だった」エヴァンは言った。まるで台本でも読んでいるかのような、心ここにあらずの奇妙な声だった。「車のナンバーを電話の横にあるメモ用紙に書いておいたと言うので、私はその従業員のあとからガレージを通り抜けた。事務所にはいるときには彼は背後にいた。私は後頭部を殴られ、その後のことについては覚えていない。

病院で目覚めたときに、犯人がポンプからガソリンをまいて火をつけたことを知らされた。私はどうにか這って逃げたらしいんだが、脳震盪《のうしんとう》を起こしていたせいで、まるで記憶になかった。科学捜査研究所の人間とガソリンスタンドのほんとうの持ち主については、歯の治療記録によって確認されたそうだ。ふたりともコルト・コマンダーで撃たれていた」

「キャロル・クランモアのボーイフレンドが撃たれたのと同じ銃だわ」とダービーが言った。フォルダーの中に発射特性に関する報告書がはいっていた。「そのガソリンスタンドの従業員に見覚えは？」

「頭は丸刈りでがっしりした男だった」エヴァンは言った。「ジョン・スミスとは似ても似つかなかった。ジャケットを着ていたので、刺青も見えなかったし。こういった事件の犯人像にもしっくりこなかった。捜査についてあまり質問してこなかったからね。ふつう異常犯罪者は訊いてくるものなんだ。私の思いちがいであったのは明らかだが」

「犯人は前にも警察官を襲撃したことがあったんですか？」とダービーが訊いた。

「私の知るかぎりではなかったはずだ。ただ、ジョン・スミスがアーリアン・ブラザーフッドなどの白人至上主義グループの一員だとしたら、警察官や法の執行機関の人間を殺すというのは、グループ内での出世を意味する。名誉の勲章というわけだ」

「それでも、犯人があなたを狙ったのは――罠を仕掛けたのは奇妙ですね」とダービーは言った。

「追いつめられると異常犯罪者というのはそういうことをするものだ。もしくは、メッセージを伝えようとしたのかもしれないな。主導権を握っているのは自分のほうだという」

エヴァンの顔から表情が消え、ダービーは落ち着かない思いを感じた。「トラヴェラーは非常に頭がよく、周到に計画を立てる異常者だ」エヴァンは言った。「自分に注意をひかないように、女性を拉致するのもいくつもの州にまたがって行い、方法もさまざまだ。犠牲者の選び方もまったく無作為で、決まったパターンは見つけられない。何ヵ月も潜伏することもできる。つまり、抑制もかなりきくということだ。私が身をもって知ったように、綿密に練られた計画を実行している。

トラヴェラーのやることなすことが、今のこの状況で主導権を握っているのは自分のほうだと誇示するためのものだ。だからこそ、キャロルの母親に包みを送ったり、電話をかけたりもしたんだ。キャロルが自分の手の内にあり、いつでも自分の好きなときに彼女の命を奪えるんだということを我々に知らしめたかったのさ」

「だからこそ、仕掛けられている盗聴装置を使って犯人を罠にかける必要があるんです」ダービーは言った。

「餌《えさ》は？」

「あなたです」ダービーは答えた。「〈ヘラルド〉の記者を利用して、あなたがここへ来たのは、レイチェル・スワンソンが目を覚まして重要な証言をしたため、あなたが現場の家をひと目見たかったからだという情報を流すんです。そうすれば、トラヴェラーが盗聴装置に耳を傾けるのはまちがいありません」

「新聞に私の名前を見つけたら、パニックに襲われてキャロルやほかの女性たちを殺し、よそへ移ってしまおうと思うかもしれない。前にも同じことがあったからね」

「今回にかぎって、キャロルの家で犯人はミスを犯した」ダービーは言った。「血痕を残してしまったんです——それと、犠牲者のひとりも。レイチェル・スワンソンはトラヴェラーを見つける手がかりとなるかもしれません。よそへ移るにしても、レイチェルについて我々が何を知ったかたしかめるため、しばらくはそばを離れたくないはずです」

バンヴィルが時計に目を落として言った。「あと十五分で記者に電話をかけることになっている。助言があれば、何でも言ってくれ」

「敗血症の症状を抑えられるまで待ってもいいはずだ」エヴァンが言った。「それから、レイチェル・スワンソンを精神科病棟の設備の整った部屋に移し、拘束を解いて、ダービーにもう一度話をさせる」

「もう話してくれないかもしれません」ダービーは言った。「テープを聞いたでしょう。わたしに口をきくのをやめてしまったんです。ほかの犠牲者の家で盗聴装置が見つかったことは？」

「ない。今回がはじめてだ」

ダービーはバンヴィルに目を向けた。「ＦＢＩが重要な証拠を探して家を捜索するつもりでいるということにしたらどうでしょう。マニング捜査官が何を見つけたのか、トラヴェラーも知りたいと思うはずです。それで、トラヴェラーが現れたら、追いつめてつかまえるんです。逃げられないように全部の通りを封鎖して」

「現れなかったら？」とエヴァンが訊いた。

「キャロルは殺されるでしょう――すでに殺されてしまっているかもしれないけれど」ダービーは答えた。「盗聴装置を利用しなければ。それが目下のところ最善の策ですから」

エヴァンはバンヴィルに目を向けていた。「これはきみの事件だ。きみが決めてくれ」

バンヴィルは指で口をこすった。「監禁されていたふたりの女性、行方不明のティーンエージャーの女の子……ダービーの言う通りだ。その手でやってみよう」

37

ビーコン・ヒルの花屋はすべて、その日の営業を終えていた。ダービーは病院の見舞品売り場に残っているしおれかけた花から選ばなければならなかった。時間をかけてできるだけ明るい色の花を選び、悪くないアレンジメントをこしらえた。

ＩＣＵはしんと静まり返っていた。ドクター・ハスコックも勤務を終えて帰っていた。ダービーは看護師に中に入れてもらった。レイチェル・スワンソンの状態に変化はなかった。

花を病室に持ち込むことを許可してもらうまで、看護師と喧々囂々《けんけんごうごう》とやり合わなければならなかった。ダービーはテレビの下にある台に花を置いた。そうすれば、レイチェルが目を覚ましたときに花が目にはいるはずだ。花を見れば、もはや暗い部屋に閉じ込められているわけではないと確信できるかもしれない。今その暗い部屋にはキャロル・クランモアがいるはずだったが。

疲労困憊《こんぱい》して目を充血させ、ダービーは母の部屋へよろよろとはいっていった。シエイラは眠っていた。

奇妙な悲しみに胸をつかまれた。ここへ来る途中、母が起きていてくれればと願っていたからだ。話がしたかった。母を求める子供のわがままだ。いつかそんなわがままな気持ちを抱かなくなるときがくるのだろうか。

シェイラの目がまばたきとともに開いた。「ダービー……帰ってきたの、聞こえなかったわ」

「今着いたばかりよ。何かほしい？」

「氷水を少しもらえるとありがたいわ」

階下《した》へ降り、ダービーはプラスティックのコップに氷と水を入れて持ってきた。ベッドに腰かけると、母がストローで水を吸うあいだ、コップを持っていた。

「ずっと気分がよくなったわ」シェイラの目からくもりがとれ、焦点も合ったが、呼吸は苦しそうだった。「食事はしたの？　ティナが卵サラダのようなものを作ってくれたわよ」

「病院でサンドウィッチを食べたわ」

「病院に何の用だったの？」

「身元不明の女性のお見舞いよ」ダービーは答えた。「名前はレイチェル・スワンソン。今日目を覚ましたの」

「そのことについて、詳しく聞かせて」

「眠ったほうがいいわ。疲れた顔よ」

シェイラは手を振ってさえぎった。「これから死ぬまで眠って暮らすんだから」

母は勇気の源をどこで見つけたのだろうとダービーは思った。自分を待ち受けているものに対し、何を心の慰めとしているのだろうか。

ダービーは母が起き上がるのに手を貸した。シェイラが居心地のよい体勢になると、病院での出来事を話して聞かせた。

「キャロル・クランモアについては?」とシェイラが訊いた。

「まだ捜索中よ」ダービーは気がつくと母の手を握っていた。「でも、手がかりがないわけじゃない。彼女を連れ去った犯人を見つけるのに役立ちそうなものがあるの」

「それはよかったわ」

「ええ」

「だったら、どうして嬉しそうな顔をしないの?」

「やり方を誤ると、彼女が殺されてしまうからよ」

「それはどうしようもないことだわ」

「わかってる。でも、明日実行することにした計画はわたしが勧めたものなの。今、それがまちがいだったんじゃないかと思いはじめてる」

「何もかもうまくいくと請け合ってくれる人がほしいのね」

「お説教がはじまりそうね」

「あなたは生まれたその日からそうだったわ。何もかも自分の思い通りにならないとだめだった」

「それ、誰か否定した？」

シェイラはにやりとした。「あなたは努力家で――賢い人間よ。とても頭がいいわ。そのことを忘れちゃだめ」

「わたしたちが追っている犯人のほうが賢いわ。ずっと前から同じことを繰り返してきた人間なの。おまけに、キャロル以外にも女性を拉致していて、その人たちがまだ生きている可能性もあるわ。明日犯人をつかまえなければ、みんな殺されてしまうかもしれない」

母のまぶたがぴくぴくと動き、やがて閉じた。「ひとつだけ約束して」

「ええ、結婚しろということじゃなければ」

「それもあるけど」シェイラは言った。「うまくいかないことがあっても、自分を責めないと約束して。あなたにはどうしようもないことで自分を責めてはだめよ」

「ありがたいアドヴァイスだわ」ダービーは母の額にキスをすると、立ち上がった。

「その卵サラダを少し食べてみる。何かほしいものはある？」

「ガムがほしいわ。口の中がからからなの」

ダービーが戻ってくると、母は眠っていた。ダービーは母の脈をとった。脈はまだあった。

予備の寝室へ行くと、事件のファイルを読もうと試みた。しかし、目に浮かぶのは写真に写ったキャロル・クランモアの姿だけだった。両手を伸ばして暗い独房を歩くキャロル。壁にぶつかり、行き場を失って怯えるキャロル。

ダービーはファイルを閉じ、ウォークマンを持って寝椅子のところへ行った。レイチェル・スワンソンとの会話に耳を傾けながら、窓の外へ目を向けた。暗い空のもと、木々がそよ風に揺れている。キャロル・クランモアはあの向こうのどこかで、同じだけ耐えがたい暗闇と恐怖に耐えているのだ。

がんばるのよ、キャロル。闘う方法を見つけてがんばるの。

盗聴装置のことを思い出すと、胸の内に希望の灯がともる気がした。小さな灯ではあったが、ともったのはたしかだ。ダービーはウォークマンの電源を切り、毛布を体に巻きつけると、眠りが訪れるのを待った。

38

キャロル・クランモアは寝台の下の固い床の上に横向きに身を丸めて寝ていた。暖を求めてウールの毛布を体に巻きつけている。体の震えは止まっていたが、速い鼓動はおさまりそうもなかった。

マスクをした男に傷つけられることはなかった。ただ髪の毛を引っ張られて立たされ、抗うのをやめておとなしくしなければ、母親と話をさせてやらないぞと脅されたのだった。

男は後ろに立ち、何か鋭いものを喉にあててきた。ナイフだと男は言った。それから何を言ったらいいか指示し、同じように繰り返せと命じた。キャロルは指示に従った。もう一度同じことばを繰り返せと言われ、今度はそれがテープ・レコーダーに吹き込まれた。

テープがカチッと音を立てて切れたときにも、キャロルはまだ話しつづけていた。

男は突きつけていたナイフを離し、床にうつぶせに寝そべるように言った。キャロルは従った。目を閉じろと言われ、その通りにした。扉が開き、音を立てて閉まった。その大きな音が胸に震えを走らせた。鍵がカチリとかかる音がして、キャロルはまた恐ろしい暗闇の中にたったひとりとり残された。

いつのまにかうとうととしていた。頭には霧がかかったようで、毛布はよだれで濡れている。

キャロルは前に食べたサンドウィッチのことを考えた。あのサンドウィッチのせいで口の中におかしな味が残っていた。薬が仕込まれていたのだろうか？　どうしてマスクの男はわたしに薬を盛って眠らせようとするのだろう？

それに、どうしてあんな写真を撮ったのだろう？　声を録音したテープといっしょに母に送りつけて、身代金をとろうというのだろうか？　それも妙な話だ。映画やテレビでは、誘拐されるのは金持ちの子供と決まっている。うちの近所をひと目見れば、そこに住む人間が金持ちでないことはわかるだろう。だったら、どうしてあんな写真を撮ったのだろう？

キャロルにはわからなかったが、ひとつだけたしかなことがあった。マスクの男はきっとまたやってくる。そして、次こそは傷つけられるにちがいない。殺されるかもしれない。そのときにどうやって身を守ったらいいだろう？

この部屋に何か使えるものがないだろうか？

寝台の端に沿って指を動かすと、アルミニウムの管をきめの粗いポリエステルの生地がくるんでいるのがわかった。この管をはずす方法はないだろうか？　寝台を思いきり揺さぶってみたが寝台はびくともしなかった。どうして動かないの？

指が寝台の足を床に留めているブラケットとスクリューねじに触れた。寝台は床に固定されていたのだ。

キャロルはそれから一時間かけて、金属の管をはずそうと悪戦苦闘した。が、うまくいかなかった。

激しく動いたせいで動悸がし、新たな恐怖の波が襲ってきた。肌がうずうずするほどだった。キャロルは恐怖を払いのけようとした。頭をはっきりさせておかなければならない。考えなくては。ようし、ここにほかに何がある？

キャロルは部屋の中にあるものを思い描いた。シャワー、シンク、トイレ、寝台。必要なのは何かとがったもの。男を突き刺すのに使えるような——

トイレ。母のボーイフレンドがトイレのタンクの中にあるプラスティックの部品をとり換えるのを手伝ったことがあった。そのときタンクの中にあったものを思い出してみる——ハンドルとレバー。どちらも金属製だった。ハンドルには先のとがった長い金属の部品がついていた。それで皮膚に穴は開けられそうだ。男を刺すことはできるだろうが、たいしたダメージは与えられそうにない。

それでも目を突くことはできるはずだ。目が見えなくなって、わたしをつかまえられるかどうか、やってみるといい。

キャロルは部屋の隅へと手探りで移動した。トイレの縁に手が触れ、鳥肌が立った。手を伸ばしてトイレのシートにさわる。その指をタンクのほうへと動かす。トイレにはタンクがなかった。あるのは滴を垂らしている冷たい金属のパイプだけだ。

パニックが襲ってきた。頭の中で声が響いている。母の声によく似た声だ。恐怖を頭から払いのけ、落ち着いてよく考えなさいと言う声。

キャロルは考えたくなかった。よろよろと暗闇の中を進み、金属の扉を見つけた。

「トニー、わたしの声が聞こえる?」そう言ってこぶしで扉を叩いた。「トニー!どこにいるの?　答えて」

学校のベルが鳴っているような鋭い音が聞こえて、キャロルは思わず飛び上がった。

扉が開く――カタッ、カタッ、カタッ。

キャロルは寝台のところに走って戻り、下にもぐり込んで毛布をつかむと、それをねじってロープのようにした。何か先のとがったものを持って男がやってきたら、それで身を守ろうと思ったのだ。

マスクの男は部屋の中へはいってこなかった。

キャロルは薄暗い照明の廊下をじっと見つめた。独房の扉から三メートルほどのところに、水のはいった瓶とラップで包まれたサンドウィッチの載ったプラスティックのトレイが置いてあった。

男は角の向こうに隠れているのだろうか？

床に影は見えなかった。おそらく男は扉から離れたところに立ち、わたしが出ていくのを待っているのだ。わたしが出ていって食べ物を手にとるのを待っているのだろうか？　廊下へ出ていったら、マスクの男に襲われるのだろうか？

「ねえ？」

トニーの声ではない——これは女の声だ。かすかではあるが、はっきりと聞こえる。

「誰かいるの？」と女の声。

「いるわ」とキャロルは答えた。涙に濡れた目をぬぐい、扉を見つめて耳を澄まし、戦闘態勢を整えた。「わたしの名前はキャロルよ。キャロル・クランモア。どこにいるの？　あなたは誰？」

「わたしはマーシー・ウェイド。自分の部屋の中よ」

「こっちに出てきちゃだめよ」と別の女が叫んだ。

ほかに何人の女がここに閉じ込められているのだろう？

またベルが鳴った。扉が閉まろうとしている。

そのときだった。悲鳴が聞こえ出したのは。

## 39

ダービーの朝はベラム警察署ではじまった。時刻は午前六時。混み合った会議室の後ろにクープといっしょに立っていた。今日の〈ボストン・ヘラルド〉紙が見えるかぎりいたるところに置かれている。

キャロル・クランモアの事件が一面トップだった。〝少女はどこに？　警察が異常殺人容疑者を追跡〟

記事はすでに読んでいた。たいして実のある記事ではなかった。たくさんの写真のあいまに考察をはさんだだけのもの。カメラマンはポーチの階段の下で頭を抱えて泣き崩れるダイアン・クランモアの姿を写真にとらえていた。

餌が含まれているのは最後の段落だ。


捜査関係者に近い筋からの情報によると、警察は本件の見通しを大きく広げる鍵となるかもしれない重要な証拠を発見したそうだ。科学捜査研究所の担当官たちが、FBIの科学捜査分析官や捜査支援課のエヴァン・マニング特別捜査官の協力を得て、本日現場の家を徹底的に捜索する。


あとはトラヴェラーが姿を現すのを待つだけだ。

演壇にはバンヴィルが立っていた。いつもむっつりとした顔がとくに疲れて見えた。その背後の壁には、キャロルの家の周辺の地図を拡大したものが貼られていた。逃げ道となり得るルートすべてに赤いピンで印がつけられている。

ざわめきが静まると、バンヴィルは口を開いた。

「FBIのボストン支局から応援に来てくれた技術者が昨晩クランモアの家にはいり、仕掛けられた盗聴器が作動しており、同じ周波数で電波を発していることを確認した。装置は遠隔操作されているものだった。つまり、電池の減りを遅くするために電源を入れたり切ったりできるというわけだ。こういった装置の最大送信範囲はおおよそ半径八百メートルにまで達する。現在、電源はオフになっている。

家から半径八百メートル以内のおもなポイントに覆面車に乗った捜査官を配する。ほかの捜査官や警邏《けいら》警官はボランティアを装い、キャロル・クランモアの写真が載ったちらしを持って周辺に散り、車のナンバーを記録してまわる」

バンヴィルはつづけた。「犯人がヴァンの後部にいると決めつけることはできない。やつが使っている盗聴装置は高性能のものではない。車のシートの下に容易に隠せるものだ。聞くところによれば、受信機はウォークマンのような単純な機器に似せたものである可能性もあるらしい。その装置をカー・ステレオのシステムに組み込んでスピーカーから聞いていることすら考えられる。ヘッドフォンをしているか、車内にひとりですわっているかしている白人男性に注意を向ける必要がある。そういった人物がいたら、無線で連絡してもらいたい。先に知らせた周波数を使うことを忘れないように。携帯電話は使わないこと。

三台の配達用トラックを使って、周辺を巡回することになる。それぞれのトラック内では、電源がオンになったら電波を傍受できるように、ＦＢＩの技術者がモニターしている。彼らが電波をとらえるまで待つこと。電波をとらえたら、技術者からＳＷ

ATに行動開始の連絡がはいる。いかなる状況においても、単独で容疑者に近づいてはならない。容疑者の確保はSWATにまかせるように。マニング特別捜査官、何か付け加えたいことは？」

会議室の奥の隅に立っていたエヴァンは、一瞬靴の爪先に目を向け、それから集まった面々に向かって話しはじめた。

「警察とFBIのボストン支局とのあいだに多少軋轢《あつれき》があることはわかっている。FBIは応援を要請されたわけではない。私に関して言えば、本件はバンヴィル刑事の担当だと思っている。FBIは応援を要請され、そのためにここにいる。目的はみな同じ――キャロル・クランモアを見つけ出して家に帰すことだ。それについて誰がポイントをあげようが私は気にしない。そういう意味もこめて、今回の任務には、各自注意してあたってもらいたい。そのところは強調してもしすぎることはないほどだ。誰か、もしくは何かあやしいものを見つけたら、すぐに報告すること。チャンスは一度きりだ。容疑者に感づかれることは許されない。常に容疑者が目を光らせているものと思ってもらいたい。じっさいそうなのだから」

会議室に集まった誰もが重々しくうなずいたり、張りつめた目を見交わしたりした。

それから三十分ほど、バンヴィルが封鎖する街路や幹線道路について説明した。トラヴェラーが半径八百メートル以内のところで耳をそばだてていたとしたら、逃げ道はないはずだった。

会議が終わり、みな席を立った。

エヴァンが人込みをかき分けながら、部屋の後ろへとやってきた。

「長く待つことになるかもしれない」とダービーとクープに言った。「ふたりとも、科学捜査研究所へ戻って、茶色の繊維について何かわかったことはないか確認してきたらどうだ。こちらで何かわかったら、すぐに連絡する」

「うちのボスにこちらにいるように言われているんです」とクープが答えた。

「犯人が今朝盗聴するという保証はない」エヴァンは言った。「午後になるかもしれない。きみたちも今のうちに研究所でできることをしておいたほうがいい」

「こういう作戦はひどい混乱を招くものです。容疑者逮捕に先走ろうとする人も多いでしょうから。みな英雄になりたがるんです」ダービーが言った。「容疑者を見つけたら、現場保存に人が必要でしょう。容疑者を追いつめるために、できるだけの証拠を集める必要があるでしょうから」

エヴァンはうなずいた。「幸運を祈ろう。やつが餌に食いつくように」

ダービーはドアへ向かった。どこへ目を向けても見えるのはキャロルの笑顔だった。

40

ボストンの街に小糠雨《こぬかあめ》が降り、幹線道路は渋滞していた。

フェデラル・エクスプレスのトラックの運転席にすわったダニエル・ボイルは、ウインカーを出して左に曲がり、ゆっくりとランプをくだった。後ろに積んだ荷物の重みでショック・アブソーバーがうなるような音を立てた。

配達エリアにはふたりの警官が配置されていた。ボイルは鋼鉄製の長い覆いの手前で車を停めた。それが何であるかはわかっていた。スイッチひとつでその鋼鉄の覆いが開き、スパイクが現れて逃げようとする車のタイヤに穴を開ける仕組みになっているのだ。

太りすぎで二重顎の警官が雨の中を近づいてきた。ボイルは窓を開け、愛想のよい笑みを浮かべた。

「おはようございます。いつもの配達ルートとちがうんですが、今日だけ代理で受け持ちました。研究所に荷物が届いてます。どこへ行けばいいか教えてもらえますか？」

「まずサインしてもらわないとな」

ボイルはクリップボードを手にとった。手には革の運転用手袋をしていた。クリップボードに記された名前は〝ジョン・スミス〟だった。シャツのポケットに留められているラミネート加工されたフェデックスの写真入り身分証の名前と一致する名前だ。必要とあらば、その他の証明書も同じ名前で用意してあった。

ボイルはクリップボードを窓から返した。太った警官の相棒はトラックをぐるりと見てまわっていた。

「こっちの入り口からはいって、裏に停めるんだ――はっきりと標示が出てるからわかるよ」

太った警官が言った。「配達の出入りは裏のグレーのドアからだ。廊下を正面の受付へ行ってくれ。そこにいる人間が受けとりのサインをする。荷物を階上《うえ》まで運ぶ必要はない」

ボイルがブレーキから足を離そうとしたところで、もうひとりの警官が言った。

「おたくのトラックの後部だが、少し沈んでるぜ」

「ショック・アブソーバーがなくなってしまって——」ボイルは言った。「あと三つ配達を済ませたら、整備工場へ持っていく予定なんです。この調子で行ったら、今夜は六時まであがれませんよ。なんとも幸先《さいさき》のいい一日でしょう、ねえ?」

それ以上雨に濡れたくない太った警官は手を振って車を通した。

鋼鉄製の覆いを乗り越えるときに、トラックは大きく揺れた。ボイルは引き込み道から駐車場へ車を入れた。監視カメラは壁の高いところにいくつか設置され、駐車場全体が監視できるようになっている。ボイルはフェデックスの帽子を目深に引き下げた。

配達トラック用の駐車スペースは数多くあった。ボイルは階段に一番近いスペースを選んだ。

運転席を離れて後ろのドアから出ると、重い荷物を持って建物の中へはいった。

ペリスコープとマイクロ波送受信機を積んだ白い監視用のヴァンは、電話修理会社の車に見せかけたデザインだった。運転手もそれらしく装っている。

ダービーは後ろのドアの近くにあるカーペット敷きの座席にクープといっしょにすわっていた。向かい合った反対側の座席にふたり並んですわっているのは、ボストンのSWATの隊員だ。どちらも重装備の戦闘服姿で汗だくになっている。ひとりはガムを嚙んでしきりにふくらましており、もうひとりは胸に斜めがけした破壊力のありそうなヘッケラー&コッホMP7マシンガンをチェックしていた。

ヴァンが今どこを走っているのか、ダービーには見当もつかなかった。窓がまったくなかったからだ。狭い車内には男性用デオドラントとコーヒーのにおいが充満している。

バンヴィルは小さな作業机の前にボルトで留められた回転椅子に席をとっていた。FBIの技術者のひとりと声をひそめて何か話し合っている。今どんな状況なのだろうとダービーは思った。

剃り上げた大きな頭にヘッドフォンをつけたもうひとりのFBIの技術者は、家の中にいるエヴァンの声に耳を澄ましながら、ときおりノート型パソコンの画面をひたすら見つめている相棒に声をかけていた。ノート型パソコンは盗聴装置の周波数をモニターする近未来的な見かけの装置につながれていた。現在、盗聴装置の電源はオフになっている。

連絡が来ることになっていた。そして、FBIの技術者が電波をキャッチしたら、ボストンのSWATに行動開始の連絡をする。ボストンのSWATチームは非常に優秀だった。すばやく果敢に行動することだろう。

壁の電話が鳴り出した。ダービーは気を張りつめ、指をシートの端に食い込ませた。

バンヴィルが応えた。丸々一分ほど耳を傾けてから電話を切った。そして、首を振って言った。

「盗聴装置はまだオフのままだそうだ」

ダービーは汗ばんだてのひらをパンツで拭いた。さあ、来なさいよ。電源をオンにして。

ボストン市警の大理石のロビーは威風堂々たる造りだった。ボイルには監視カメラが自分をとらえ、一挙一動を記録していることがわかっていた。いたるところ警官だらけだ。ボイルは顔をうつむけながら、急いで受付のデスクへ向かった。

受付のデスクの奥で高い椅子にすわっている青い制服の受付係は、机の電気スタンドをつけて今日の〈ボストン・ヘラルド〉紙を読んでいた。ボイルは大きな荷物を木の机の上に置いた。

「階上《うえ》に持っていきましょうか？」ボイルは訊いた。「かなり重いですよ」

「いや、ここからはこっちで持っていくよ。サインが必要かい？」

「いいえ、結構」ボイルは言った。「お疲れさま」


ビリー・ランキンはまだフェデックスのトラックについて考えていた。車のことはよくわからなかったが、配達トラックの後部が沈んでいたのがショック・アブソーバーがなくなったためでないのはたしかな気がした。

ビリーの相棒のダン・シモンズはコーヒーをすすった。頭上の屋根に雨がやわらかくあたっている。

「駐車場のほうを見るのは八回目だな、ビリー」

「あのフェデックスのトラックさ。どうも見た感じが気に入らない」

「どういうことだ？」

「トラックの後ろの沈み方さ」ビリーは言った。「あれはショック・アブソーバーが吹っ飛んだわけじゃないと思う」

「そんなに気になるなら、見てきたらどうだ」

「そうするつもりだ」

41

ボイルは駐車場へつづくドアを開けた。正面の警備についていた警官で、トラックの後ろをじろじろ見ていたほうが運転席側のドアを調べていた。

笑顔を作って落ち着いて応じろ。

「どうかしましたか？」

「いつからおたくたちはトラックに鍵をかけるようになったんだ？　我々が信用できないのか？」警官はにやりとしたが、その笑みには警告するような翳《かげ》があった。

「習慣のなせるわざですよ」ボイルは笑みを返しながら答えた。「いつもはドーチェスター地区が担当でしてね。あそこの配達を受け持つようになってまもなく、荷物を届けているあいだにガキどもにトラックをめちゃめちゃにされたもんですから。そうやって受けた損害を誰が補償すると思います？」

「荷台をちょっと見てもいいかね？」

「もちろんです」ボイルは鍵を出そうと上着の内側に手を入れた。ショルダー・ホルスターにおさめられたコルト・コマンダーが指に触れた。

ボイルは後ろのドアの鍵を開けた。警官は前歯に舌を走らせながら、棚に並べられた箱を見まわした。警官がトラックの中にはいって箱を動かしてまわるまでするだろうかとボイルは考えた。肥料爆弾は棚の下に隠した大きな箱に詰めてある。危険を冒すつもりはまったくなかったからだ。

警官はトラックに突き入れていた首を出した。「そのショック・アブソーバーは見てもらったほうがいいな」

「すぐに修理工場に持っていきますよ」ボイルは言った。「お疲れさま」

十分後、ボイルは公道に戻り、ストロー・ドライヴに向かっていた。ヘッドフォンをつけると、配達した荷物を包んでいた茶色の紙の折り目にテープで留めてある小さな盗聴装置の周波数にｉＰｏｄを合わせた。

騒音や人々の話す声がざわざわと聞こえてくる。遠くの声、近くの声。

ヘッドフォン越しにある声が聞こえてきた。「ちぇっ、こいつは重いや」

次に、どさりという大きな音。また同じ声が言った。「おい、スタン、ちょっと手を貸してくれ。コンヴェヤー・ベルトからほかの郵便物を退《の》けてくれるかい？」

「何か食い物を買ってきてくれと言うのかと思ったぜ」

「あとでな。この荷物が研究所あてに届いたところなんだ。階上《うえ》に持っていってしまいたい」

ボイルはブラックベリーをとり出し、親指ですばやくメッセージを打ち込んだ。

「配達完了。これからレントゲンにかけられるところ。爆発テスト実行？」

ボイルは送信ボタンを押して待った。リチャードとじかに話せればいいのに。そのほうが運転しながらタイプするよりも絶対に速くてずっと楽なはずだ。

リチャードのメッセージが届いた。「レントゲンにマネキンが映り、研究所に急行ということになるはずだ」

リチャードの言う通りになるといいのだが。返信をタイプして送る。「病院まであと二十分ほどだ。ダービーは？」

五分後、リチャードからの返信が届いた。「ヴァンにSWATといっしょに乗っている。三十分ほど盗聴装置をオンにする予定。準備ができたら合図する」

ボイルはアクセルを踏み込んだ。

ボストン市警付きの三人のレントゲン技師のひとり、スタン・ペタースキーは操作盤の奥のスツールに腰をかけ、頭をはっきりさせるためにコーヒーをすすっていた。

昨晩は酒のことで妻とまた派手な喧嘩《けんか》をしたのだった。今彼は、頭がずきずきする二日酔いと、頭の中でがんがんと鳴り響く妻の怒鳴り声と、どちらが最悪か決めかねていた。

ジム・ビームをほんのひと口あおるだけで、どちらも鎮めることができるのに。しかし、それは通りの向こうのバーが開く昼飯時まで待たなければならない。

荷物がコンヴェヤー・ベルトで送られてきた。レントゲンの機械のところまで来るのを待って、全体像がモニターに映るまで少しずつ操作盤を動かした。モニター画面は目の高さのところにある。

スタンが急に立ち上がり、スツールが倒れた。「ジミー、ちょっと来てくれ」

「どうした？」

「これを見てくれよ」スタンはジミーがレントゲンのモニターをよく見られるように一歩下がった。

茶色の紙で包まれた箱の中には、切断された四肢や頭がはいっていた。スタンには脚と腕がわかった。頭の横にはいくつかの指輪と時計をした手があった。

胃が締めつけられる思いがし、吐き気がこみ上げてきた。

ジミーは震える手で乾いた唇を強くこすった。「荷物を一度レントゲン装置からとり出してくれ。たしかめたいことがある」

「まあ、そうだな」クープは言った。「でもブランディはクールでヒップな名前だって言ってたぜ」

「ブランディって？」

「新しいガールフレンドさ。メークアップの専門家になるべく勉強中なんだ。卒業したら、ニューヨークに移り住んで、口紅の名前を考える仕事に就きたいと思ってる」

「どういう意味？　口紅の名前を考える仕事って？」

「口紅を作ってる会社は、色の名前をピンクとかブルーとか言っちゃいけないんだ。ピンク・シュガーとか、おしゃべりでかわいいラヴェンダーとか、市場戦略的な名前を思いつかなきゃならない。ちなみに今言ったのも彼女が考えた名前だ」

「降参。きっとこれまであなたがデートした中では一番頭のいい女性ね」

ノート型パソコンの画面に表示されている線が揺れ出した。

「盗聴装置が電波を発している」ＦＢＩの技術者が言った。

ヴァンがスピードを上げ、ダービーは座席の端をしっかりとつかんだ。

## 42

病院のトイレは洗剤《パインソル》のにおいがした。トイレにはボイルしかいなかった。左の一番奥の個室の中に立ち、すでに帽子とフェデックスの上着は脱いでいた。背負っていた空のバックパックは床に置いてある。

フェデックスの制服の下にはグリーンの手術衣をつけていた。ボイルはブーツを脱ぐと、スニーカーを履いた。頭にバンダナを巻き、ブーツとフェデックスの制服をバックパックに詰め込むと、個室のドアを開けた。

鏡で全身をたしかめる。よし。胸ポケットに入れてあったしゃれた黒縁のめがねをかけた。

ボイルはごみ箱にバックパックを押し込んだ。それからブラックベリーをとり出して打ち込んだ。「準備完了。位置につく」

ドアを開け、八階の明るくにぎやかな廊下に足を踏み出した。廊下を三本渡って、マサチューセッツ総合病院の入り口を見晴らす大きな張り出し窓のそばで足を止めた。

正面玄関付近に停めることを許されている乗り物はタクシーと救急車だけだった。正面には六台の救急車が停まっていて、さらに二台がやってこようとしていた。警察が忙しく交通整理を行っている。徐々に増えつつある報道陣に対処するため、警察は人員の追加を要請されていた。記者たちは配送品の受けとりに使われている古いれんがの建物の近くに陣取っている。

五分後にリチャードのメッセージが届いた。「実行」

ボイルはポケットに手を突っ込んだ。手に触れた起爆装置は冷たかった。

窓のそばを離れ、ＩＣＵへと歩き出す。待合室の近くまで来ると、ボタンを押した。

遠くで重々しい音がし、ガラスが割れる音がした。それから悲鳴があがり出した。

スタン・ペタースキーは足元に置いた箱の中にはいっている死体については考えまいとした。もっとたのしいことに頭を向けるのだ――ジム・ビームをロックでとか

――そのとき、エレヴェーターの扉が開いた。

カフェテリアでたまに見かけるブロンド美人のエリン・ウォルシュが扉の前に立って携帯電話で話しながら、こっちだというように吹き抜けになっている階段のほうを

手で示した。スタンは箱を拾い上げ、血清学研究所へと運び込んだ。

スタンはそこに留まって切断された死体を見たいとは思わなかった。そこで、どうにかしてジム・ビームを手に入れられないかと考えながらドアのほうへ向かった。

と、そのとき、箱が爆発した。

## 43

ダービーの目にちがう映像が飛び込んできた。モニターに監視用ヴァンの外の様子が映し出されたのだ。

車はピックニー・ストリートをスピードを上げて走っていた。クランモアの家から三ブロックほど離れた場所だ。このあたりのほうが少しはましな街並みだったが、たいしたちがいはなかった。シンダー・ブロックの上に乗り上げて停めてある車が一台ならずある。

SWATの隊員のひとりであるカール・ハートウィッグがヴァンの中央に膝をついていた。顔はペリスコープにすっかり隠れている。ほかはみなノート型パソコンの画面を見つめていた。

画面にクローズアップで現れたのは、道路の左側に停めてあるおんぼろの黒いヴァンだった。道端には、山林をイメージして作られた木立がある。

画面にスパイク波形が現れ、やがてまた水平になった。

「やつは黒いヴァンに乗っている」とFBIの技術者が言った。

ハートウィッグが胸につけたマイクに向かって言った。「アルファ・ワン、こちらアルファ・トゥー、ピックニー・ストリートに停まっている黒いフォードのヴァンを確認。窓はスモークガラス、ナンバープレートはなし。オーヴァー」

「了解《ラジャー》、アルファ・トゥー。これから位置につく」

しばらくして、監視用のヴァンは道端に寄せて停まった。エンジンはかかったままで、ダービーの足元の床は振動していた。ハートウィッグがペリスコープを動かした。

ノート型パソコンのモニターには、通りの端に現れたUPSのトラックが後ろから近づいてくる映像が流れていた。トラックは数メートル進んだところで道端に寄せた。トラックの後部に一瞬ちらりと黒いものが見えたが、それはすぐに消えた。

UPSのトラックは動かなかった。トラックがそこで通りを封鎖する役目を担っていることはたしかだった。

ハートウィッグのマイクが雑音を発し、やがて声が聞こえた。「アルファ・トゥー、こちらアルファ・ワン」

「どうぞ、アルファ・ワン」とハートウィッグが応じた。

「アルファ・チーム、スリーとフォーが守備位置に移動中。待機せよ」

「了解《ラジャー》、アルファ・ワン。待機します」

ＵＰＳのトラックが動き出し、木立の脇を通り過ぎた。三つめの監視車である花屋の配達用ヴァンが反対側からクーリッジ・ロードを近づいてきた。

トラヴェラーは封じ込められた。

黒いヴァンはまだ動かなかった。

バンヴィルは壁付けの電話を切って言った。「周辺の道路は全部封鎖された。全員位置についた」

「アルファ・ワン、全チーム準備完了とのことだ」ハートウィッグが言った。「こちらも位置につき、待機中。オーヴァー」

「了解、アルファ・トゥー。作戦実行準備」

「了解、アルファ・ワン」

ダービーは監視用のヴァンがカーブを曲がり、停まってＵターンするのを感じた。

ハートウィッグはペリスコープを固定し、ヴァンの後ろのドアのそばにいる相棒のところへ膝をすって近づいた。どちらもベルトにはスタン擲弾《てきだん》を吊るしている。目をくらませる光を発し、耳を聾《ろう》する音を立てるため、閃光手榴弾《せんこうしゅりゅうだん》として知られているものだ。今回の任務には爆発物の使用が許可されていた。

ダービーは画面に映った黒いヴァンをじっと見つめた。まだ動かない。

ハートウィッグが振り向いて言った。「そちらのおふたりは現場の安全が確認されるまでここに残っていてください、いいですか?」

ヴァンはスピードを落とした。

ハートウィッグは相棒に合図を出した。ヴァンの後ろのドアが大きく開いた。

ふたりのSWAT隊員は後ろのドアを開けっ放しにして、小糠雨の中へ飛び出していった。ダービーは外の様子をよく見ようと席を立った。

SWAT隊員はすでにフォードのヴァンの後ろにつき、手袋をした手をドアにかけていた。そこへ別のSWAT隊員が木立の中から走って現れ、拳銃をとり出すと、運転席側の窓に狙いを定めた。

ハートウィッグが手で合図を出した。SWAT隊員のひとりがドアのハンドルを思いきり引き、ヴァンの後ろのドアを開けた。

ハートウィッグは閃光手榴弾を中に投げ込んだ。目を閉じる前に、ダービーは黒っぽい上着姿の男がたくさんの小さなランプが点滅する何かの装置を置いたテーブルの前にすわっているのを見た。

手榴弾が爆発して目をくらます閃光と耳を聾する爆音を発した。ハートウィッグが武器を手にして車の後部へとまわり込み、すわっている人物の背中にレーザーの照準を合わせた。男はまだテーブルの前にすわったままだ。ぴくりとも動かない。手はジャケットのポケットに突っ込んでいる。

「手を頭上に上げろ。今すぐだ。手を上げて動くな」

トラヴェラーは動かなかった。

ダービーはヴァンが急ブレーキで停まったのを感じた。バンヴィルが席を立ち、脇を通った。ハートウィッグはトラヴェラーのヴァンの後部に乗り込んだ。

「今すぐ手を上げろ。今すぐだ」

ハートウィッグがトラヴェラーを床に倒した。

ダービーはヴァンから降りた。ずっとすわっていたせいで足ががくがくした。自分もSWAT隊員たちといっしょにヴァンの中へはいり、トラヴェラーの顔を見てやりたいと思った。目をのぞき込んでキャロルの名前を言わせてやりたいと。

ハートウィッグは首を振りながらヴァンから降りた。バンヴィルに何か言っている。

クープがそばに来ていた。トラヴェラーは床に転がったままだ。まったく動こうとしない。

バンヴィルが戻ってきた。

「どうなっているんです？」とダービーが訊いた。

「死体が椅子にくくりつけられていたんだ」バンヴィルは答えた。「それだけしかからない」

「何ですって？　まさか、手榴弾で死んだはずはないわ」

「死後何時間も経っている死体だ」バンヴィルは言った。「絞殺されている」

「だったら、あの装置は何なんです？」

バンヴィルは答えず、ヴァンの中に戻った。すでに壁の受話器をとって耳にあてている。

「やつのはずだ」後ろにいたＦＢＩの技術者は言った。「キャッチした受信機の電波はあのヴァンから発せられていた。ほら、あそこにＬ三二受信機がある」

「たぶん、やつはあの装置を使って信号を別の場所へ転送していたんだな」と彼の相棒が言った。

人が動く気配と物音がした。ヴァンのまわりをうろつく八人のSWAT隊員たちの姿が近隣の注意をひき、住民たちが表に出てきたのだ。みな何があったのか知りたくて、玄関の階段のところに立っている。多くは雨に濡れていた。

「現場を保存しましょう」ダービーはクープに言った。

通りの向こうに八歳にもならないような女の子が立っていた。黄色のレインコートを着て、母親と手をつないでいる。女の子は怖がって泣きそうになっていた。ダービーが女の子に目を向けているときに、ヴァンが爆発し、女の子と母親を地面から吹き飛ばした。

44

病院のスピーカーから避難を促すサイレンが響きわたった。ダニエル・ボイルは四方八方に逃げ惑う一般人や医師や看護師をかき分けて進んだ。人々はぶつかり合い、転倒する者もいた。誰もがほこりと煙が充満しつつある廊下から逃れようと、出口を求めて右往左往していた。

ＩＣＵの待合室には誰もいなかった。ＩＣＵの扉も開いている。レイチェルの病室の警護についている者もいなかった。監視役のふたりの警官は命令を受けて持ち場を離れたか、自分の判断で逃げたのだろう。

ボイルは廊下を走った。ＩＣＵの看護師たちも持ち場を離れていた。エリア内にいるのは彼だけだった。窓からレイチェル・スワンソンの病室をのぞくと、彼女は眠っていた。

ボイルは指紋を残さないように注意して、腕でドアを押し開けた。

すでに胸ポケットに突っ込まれていた手が皮下注射の注射器をとり出した。ボイルはプラスティックのキャップを歯でとると、針を出し、親指でピストンを引き上げながらベッドに近寄った。

レイチェルを目覚めさせ、痙攣《けいれん》がはじまる前に断末魔の悲鳴をあげるさまが見られればよかったのだが。

針が点滴のチューブに突き刺さった。ボイルはピストンを押して管に空気を注入した。

管を上着の袖でさっとぬぐうと、すばやくドアへ向かった。急げ。

針にキャップをかぶせると、注射器をポケットに戻した。急げ。

ドアをすり抜け、速足で廊下を渡る。誰にも見られていない——病院の警備員がナース・ステーションのそばに立っていた。黒っぽいレインコートを着てイヤピースと襟マイクをつけている。負傷者はいないかとまわりを見まわしているときに、ボイルに気がついた。

ボイルは男のそばに駆け寄って言った。「誰もいない。ここは全員避難済みだ」

受付デスクの背後から警報の音が聞こえてきた。

警備員は振り返ってモニター画面に目を向けた。「いったいこれは？」

ボイルはモニターに表示された数字をたしかめるふりをした。「患者のひとりが心停止状態になったようだ」ボイルは言った。「私が処置しよう。全員が階段へ避難したかたしかめてくれ」

「手助けしなくて大丈夫ですか？」

「ああ、行ってくれ。ここからは私が責任を持つ」

警備員は動こうとしなかった。

ペンを探すふりをして、ボイルは落ち着き払った様子で手を手術衣の上着の中に入れ、ショルダー・ホルスターのスナップをはずした。必要とあらば、この警備員を撃ち殺すつもりだった。警備員を撃ってから階段へ走るのだ。

その必要はなかった。警備員はその場を去った。ボイルは後ろ姿を見送ってから、角を曲がってトイレへ向かった。ごみ箱からバックパックをとり出すと、警官が人々を階段のほうへ誘導しているところに行った。それから、押し合いへし合いする一般人や病院のスタッフにまぎれた。

雨の朝にサイレンが鳴り響いていた。ボイルはケンブリッジ・ストリートを走り、T（ボストンの地下鉄。一部地上を走る）の駅へと階段を使った。

昨日、ベラムから戻る途中、サウス・ステーションでTのICカードを手に入れておいたのだった。指紋を残さないように磁気カードリーダーにカードをあて、眼下の混乱を眺めている人込みに加わった。配送車用の駐車場はがれきの山となっており、そこから煙が上がっていた。消防車や救急車や警察車両が四方から近づいてこようとしていた。ガラスの破片やれんがやコンクリートのかけらがケンブリッジ・ストリート全体に散らばっている。爆発で窓ガラスの割れた店もいくつかあるようだった。

電車が到着すると、ボイルは窓側の席にすわり、ブラックベリーをとり出して、リチャードに〝完了〟とメッセージを送った。

それから、時間つぶしに、キャロル・クランモアが部屋から出てきたら、何をしてやろうかと考えて過ごした。遅かれ早かれ、キャロルも食べ物をとりに出てくるはずだ。これまでみなそうだったのだから。

しかし、今度ばかりはいつまでも待っているわけにはいかない。逃げる準備はすでにできていた。まもなく全員の命を奪わなければならない――おそらくは、今夜にでも。

## 45

顔の右側がずきずきするのを感じながら、ダービーはクープを手伝って負傷したSWAT隊員を担架に乗せた。その隊員は意識不明だったが、呼吸はあった。

ふたりは濡れた破片を気をつけて踏み分けながら、雨と煙の中をできるだけ急いで通りの端へ向かった。そこでは負傷者があちこちに倒れていた。そのうち何十人かはベラム病院から駆けつけた救急救命士や医者の処置を受けていた。死亡者は横たえられて青い防水シートをかぶせられ、シートは風で飛ばないように重石で押さえられていた。

ダービーはひとりの隊員を台車つき担架に乗せ、戻ろうとしたところで、地面に膝をついているエヴァン・マニングの姿を見つけた。ブルーシートを持ち上げて死者の顔をたしかめている。ダービーは近づいてくるサイレンや悲鳴や泣き声に負けない声で命令を発している医療関係者たちをかき分けながら近寄った。

エヴァンのところまで行くと、腕をつかんだ。「トラヴェラーは見つかりました？」

「まだだ」エヴァンはダービーを見て心底びっくりしたような顔をした。「顔をどうした？」

「爆風で倒されたんです」

「え？」

「ここはうるさすぎるわ。こっちへ来てください」

ダービーは先に立って通りを渡り、木立の中へはいっていった。木々の葉が傘になって雨を受けずに済んだ。木立の中のほうが静かではあったが、さほどのちがいはなかった。

「携帯電話に電話したんだが」エヴァンは濡れた顔をぬぐいながら言った。

「きっと落として壊したんだと思います。トラヴェラーに関してはどうなっているんです？」

「道路はすべて封鎖されている。しかし今のところ、まだ見つかってはいない」

「爆弾を爆発させるには、近くにいなければならなかったはずでしょう？　道路を封鎖して検問を行っている警官には、ひとりも見逃さないようにしてもらわなければならないわ。トラヴェラーがまだこのあたりにいる可能性もあるし――今この瞬間も現場から遠ざかっているところかもしれない」

「ひとりももらさずに検問するさ。さて、私は行かなければならない。ボストンで忙しくなりそうなんでね。芳しくない状況らしい」

「ボストンで何かあったんですか？」

「きみの研究所の建物内で爆発が起こったようだ。まだ詳細はわかっていないが」

突然、ダービーは腰を下ろさずにいられない気分になった。が、すわる場所などなかった。そこで木に背中を預け、大きく深呼吸した。足元の地面が揺れる気がした。

「明日朝早く、ＦＢＩの機動鑑識班がふた組こっちへ来る。ひとつはここへ。もうひと組はボストンの爆発現場へ向かう」エヴァンは言った。「捜査の指揮は向こうにいてもとれるだろう。さあ、私は行かなくちゃならない。あとで電話するよ。どこにかければいい？」

ダービーは実家の電話番号を名刺の裏に書き、手渡した。

「顔が腫れてきてるぞ」エヴァンが言った。「氷で冷やしたほうがいい」

ダービーは木立を出て死傷者に目を注いだ。遺体が四つ――いや、五つ――ブルーシートに覆われている。救急救命士がもうひとりのSWAT隊員の遺体の上にシートをかけていた。

ダービーは顔をそむけ、ヴァンがあった場所へ目を向けた。そこには黒い穴が開いていて、煙が上がっている。ヴァンの中にあった死体は見つかっていなかった。細かくちぎれて破片とともに散らばっているのだ。身元がわかれば幸運と言えるだろう。

消防隊員がホースを落とした。ダービーには聞こえなかったが、何かを叫び、四人の消防隊員全員ががれきの下から突き出た血まみれの手のほうへ駆け出した。

あれはわたしだったかもしれない。ダービーは胸の内でつぶやいた。ヴァンにもっと近いところにいたら、わたしも巻き込まれて死んでいたかもしれない。

クープが別の担架とともに戻ってくるところだった。そこには若い女が乗っていた。担架の脇にだらんと垂れた腕ががれきにあたり、生気のない目がどんよりとした灰色の空を見上げている。雨が女の顔から煤《すす》と血を洗い流していた。

## 46

三時十五分前には、生存者は全員発見されて移送されていた。消防隊員はまだ爆発現場に残っていて、ふたりはホースを持って身がまえていた。アルコール《A》・煙草《T》・火器《F》取締局局員とボストン爆弾処理班の隊員たちがつなぎとブーツ姿で、散らばっている破片をより分けている。

爆発現場の捜査責任者は、以前海兵隊で爆発物の処理を専門としていて、現在はボストン爆弾処理班で十五年のヴェテラン隊員であるカイル・ロマーノだった。大柄でがっしりとした男で、濃い赤毛をクルーカットにしており、顔にはあばたが残っていた。

真上の空でホヴァリングするメディアのヘリコプターが一定の調子でローター音をとどろかせるなか、ロマーノは声を張り上げなければならなかった。

「ダイナマイトであることはまちがいない」ロマーノは言った。「金属のくぼみ具合を見ればわかる。時限装置と金属製の小型トランクのようなものも見つかった。きみを含め、みんなに聞いた話から考えて、おそらく、ヴァンのドアが開くことで、時限装置に合図が行くようになっていたんだろうな。あとはきみも知っての通りだ。さて、ひとつ質問があるんだが」

ロマーノは鼻をかいた。顔は煤と灰にまみれている。「バンヴィルと話したんだが、きみたちが追っている男は若い女性たちを誘拐している犯人とのことだったね」

「そうです」

「今回の件はテロ攻撃さながらだ。今日やつがやったようなことをしたら、注意をひくことはまちがいない。きみたちが追っている男は、どう考えても、見つかりたいとは思っていないはずだが」

「追いつめられているんだと思います」とダービーは答えた。

「犯罪心理分析官も同じことを言っていたよ――マニングという分析官だが。エヴァン・マニングだ」

「彼はほかには何と？」

「ほかにはあまり。ティーンエージャーの女の子が行方不明になっているという話はしていたが」ロマーノはため息をつきながら首を振った。「かわいそうに、生きている望みは薄いな」

「彼がそう言っていたんですか？」

「はっきりそう言ったわけじゃない」ロマーノは瓶入りの水を大きくあおった。「今のところ、わかっていることは以上だ」

「何かお手伝いできることはありますか？」

「ああ、自動車登録番号が書かれた金属片を見つけてくれたらありがたいね。この惨状のどこかに埋まっているはずなんだ」

「証拠集めの手助けもできますが」とダービーは言った。

「ATFの手を借りられるから結構だ。爆発事件はきみが通常携わっているものとはちがうからね――気を悪くしないでもらいたいんだが。現場の人数をしぼる必要がある。ここは人が多すぎるよ。協力には感謝するが」

爆発で窓が粉々に割れた車も現場の一部だった。爆弾処理班が証拠収集を行うはずだ。車に乗って帰るわけにはいかない。

クープの姿も見つからなかった。家には歩いて帰らなければならないようだ。

報道関係者がいたるところにいた。ダービーは無表情でそのそばを通り過ぎ、通りを歩いていこうとしたが、そこは捜査官たちが証拠収集を行うために封鎖されていた。

足を止めたときには、イースト・ダンスタブル・ロードの近くにいた。ポーター・

アヴェニューがある。その道を下るとセント・パイアスだ。そこを八百メートルほど行ったあたりがヒルとなり、そのずっと上のほうにコンビニエンス・ストアのバジーズがある。

二十年以上前に通報に使った公衆電話は今も同じところにあった。電話機は明るい黄色の受話器のついた新しいヴェライゾンのものに変わっていたが。ダービーは研究所で何が起こったのかたしかめるために、リーランドに電話しようと思い、ポケットを探ったが、札しか持っていなかった。そこで、両替するためにバジーズにはいった。

店に客の姿はなく、カウンターの奥にティーンエージャーの少女が立っているだけだった。小型冷蔵庫の上に置かれた小さなカラーテレビで、マサチューセッツ総合病院での爆発事件を知らせるニュース番組を見ている。

「音を大きくしてもらえる？」とダービーは頼んだ。

「ええ」

現場から生中継している記者はあまり多くの情報を伝えていなかったが、マサチューセッツ総合病院の配送車用駐車場内で起こった爆発の映像は何度も流れた。耳を聾するような大きなドーンという音を聞いたという目撃者の証言について記者が話すあいだ、画面には爆発によって破壊されたさまざまな場所が映し出されていた。爆破されたものの破片が散らばる通りの様子や、引っくり返ったタクシーや救急車の映像もあった。マサチューセッツ総合病院の正面は一面ガラスとなっていたが、粉々に吹き飛ばされていた。煙を上げる穴が見え、ダービーは最初、使われたのは肥料爆弾だろうかと思った。うまく作られた肥料爆弾ならば、今テレビで映し出されているほどの破壊力を持つはずだ。

何十人という負傷者がベス・イスラエル病院へと搬送されているところだった。マサチューセッツ総合病院に入院している患者たちも、ほかの地域の病院へと避難しつつあった。死者の数についての情報はなかった。

「あそこにいたの？」

ダービーはテレビから目を離した。店のティーンエージャーの少女に話しかけられていたのだ。アイライナーを濃く引きすぎで、釣り針を入れた箱の中にでも突っ込んだのかと思うような顔だ。鼻だけでなく、下唇と舌にもピアスをしている。耳は空いているスペースがないほどにピアスで覆われていた。

「あの爆発現場にいたの？」とティーンエージャーが訊いた。「服がその、泥だらけで、破れてるし。それに、血だらけだから」

「ここにいたわ、ベラムに」

「やだ、あれもすっごい怖かったでしょう。死体は見た？」

「公衆電話を使いたいんで、両替してほしいんだけど」

ダービーはコインの投入口に二十五セント玉を入れ、リーランドの携帯電話の番号をダイアルした。ヴォイスメールが応答したため、自宅の番号にかけてみた。彼の妻が出た。

「サンディ、ダービーです。リーランドはいます？」

「ちょっと待ってて」

ダービーは唾を呑み込んだ。リーランドが出ると、ベラムでの出来事を説明した。リーランドはさえぎることなく耳を傾けていた。

「渋滞につかまっているあいだにエリンから電話をもらった」ダービーが説明を終えると、リーランドは言った。「今朝早く、研究所にフェデックスの荷物が届いたそうだ。地下へ運んでレントゲン照射を行ったところ、箱の中に死体のようなものがはいっているのがわかった。そこで、急いで階上《うえ》へ運んだ。差出人はキャロル・クランモアになっていたそうだ」

「爆発物検査はしなかったんですか？」

「わからない。察するに、死体がはいっているのを見て、あわてて階上《うえ》へ運ぶことにしたんだろう。今、駐車場とロビーの監視カメラのテープをとり寄せているところだ。

そうしてエリンと話しているときに、荷物が爆発した。彼女は助からなかったと思う。パピーは爆発が起こったときに、塗料のサンプルを集めにソーガスの廃品集積場へ出かけていた。爆発は研究所全体を吹き飛ばした。証拠品倉庫も……何もかもなくなってしまった」

ダービーはほかに生存者がいたのかどうか訊きたかったが、口からことばを押し出すことができなかった。

「残念ながらさらに悪い知らせがある」リーランドはつづけた。「数分前に病院からきみの所在を尋ねる電話がかかってきた。レイチェル・スワンソンが心停止状態になったそうだ。蘇生処置もうまくいかなかった。今日の午後、検視が行われる」

「殺されたんだわ」

「レイチェル・スワンソンは病気だったんだ、ダービー。敗血症で……」

「トラヴェラーには彼女を始末する必要があった。犯人を見つける上で重要な手がかりとなる人物だったから。彼女に近づく唯一の方法として、人の注意をほかにそらす事件を起こしたんです。病院を爆破する以上に人の注意をひくことはありませんからね。爆発はパニック状態を引き起こした。人々はそれをテロリストの攻撃と思って安全な場所へ避難します。誰もそれ以外のことに注意など向けない。トラヴェラーは病室に忍び込み、彼女を殺したんです。誰かを病院にやって、病室を封鎖してください――それで、ＩＣＵの監視カメラのテープをとり寄せてください」

「すでに試みたんだが、ＡＴＦが立ち入りを許可しないんだ」リーランドは言った。「今ちょうど、レイチェル・スワンソンの母親のウェンディ・スワンソンと電話で話したところだ。ニューハンプシャーの科学捜査研究所の人間が知らせたにちがいない。娘が入院している病院を知りたいとこっちへ電話してきた。その女性に娘さんは亡くなったと知らせなきゃならなかったよ」

「その女性の電話番号は訊きました？　レイチェルのことで話したいんですが」

「それはバンヴィルの仕事だ」

「バンヴィルはベラムの爆発現場で身動きとれない状態です。レイチェルのことで何かわからないか、母親と話してみたいんです。もしかしたら、彼女が犠牲者に選ばれた理由がわかるかもしれませんから。キャロルを見つける手がかりとなるような何かを知っている可能性もあるし」

リーランドは電話番号を読み上げ、ダービーはそれを腕に書きつけた。

リーランドの後ろで電話が鳴っているのが聞こえた。「電話をとらなくちゃならない」リーランドは言った。「何かわかったらまた電話してくれ」

ダービーは自分の母親に電話をかけた。電話は鳴りつづけた。もしかして遅かったのだろうかと思いながら、彼女は受話器を置いた。家へと走りながら、胸が冷たくなるようなむかつきを覚えた。

47

看護人がシェイラの寝室のドアを閉めた。母は中でぐっすりと眠っていた。肺がぜいぜいと耳障りな音を立て、呼吸は苦しそうだ。

「モルヒネの量を増やさなければならなかったわ」ティナがダービーの先に立ってドアから離れながら言った。「痛みがひどくて」

「ニュースは見ていた？」

看護人はうなずいた。「あなたに電話しようとしてたけど、つながらなかったわ」

「携帯電話が壊れたのよ。公衆電話から電話したんだけど、誰も出なかった」

「爆発のせいで、電線や電話線が切れたところがあったのよ——少なくとも、ニュースではそう言っていたわ。あなたが無事なことはご存じだった。お友だちが寄って知らせてくれたから。彼の名前は忘れたけど。また出かけるの？　わたしがもう少し付き添っていてもいいわよ。遠慮しないで」

「今日はもう店じまいよ」

ダービーは腕を組んで壁に背を預けた。母の寝室のドアから離れるのが怖かったのだ。今離れたら、お別れを言うに等しい気がした。

「今夜ではないと思うわ」とティナが言った。

質問を口にするために、ダービーは一瞬間を置いて勇気をかき集めなければならなかった。「いつ、だと思う？」

ティナは唇を引き結んだ。「もういつでも」

看護人が帰ると、ダービーは母に帰宅している旨のメモを書き、コップと薬を置いているナイトスタンドにテープで貼っておいた。それから、母の額にキスをした。シェイラは起きなかった。

ダービーはシャワーを浴びに行った。熱い湯を浴びながら、ポーチの下や病院でレイチェルの言ったことを思い返した。レイチェルは何度も〝闘う〟ということばを使った。〝もうこれ以上闘えない〟と言っていた。キャロルについては何と言っていただろう？　強い子？　闘える子？　闘える子。闘い。それが手がかりだろうか？　反撃してくる女性たちだとトラヴェラーにどうして知りようがあるだろう？

暴力を受けた女性の避難所から獲物を選んだ？　いいえ。そういう施設にいる女性たちはほぼ誰も反撃はしない。だったら、何だろう？　どこか、みなどこかでつながりを持っているはず。ああ、神様、そのつながりを見つけさせてください。

湯がぬるくなると、ダービーはタオルで体をふき、スウェットスーツに身を包んで階下《した》のキッチンへ向かった。電話をたしかめると、線はつながっていた。上着をはおり、コードレスの子機と煙草のパックを持って裏のデッキに出た。雨は本降りになっていて、屋根に音高くあたっている。

レイチェルの母の番号をダイアルする前に、煙草を二本吸った。電話には男の声が応えた。

「ミスター・スワンソンですか？」

「いや、ゲリーです」男の声はひどく静かだった。背後で誰かが泣いている声が聞こえた気がした。

「ウェンディ・スワンソンさんに代わっていただけますか？　ボストン科学捜査研究所の者です」

「お待ちください」

か細く震える声が電話に出た。「ウェンディです」

「こちら、ダービー・マコーミックです。お悔やみを述べたくてお電話しました
――」

「ポーチの下でうちの娘を見つけてくださった方？」

「そうです」

「レイチェルと話をされました？」

「ええ、しました。お悔やみ申し上げます」

「レイチェルは何て？　今までずっとどこにいたんです？　あの子はそれについて何か言いました？」

ダービーは女性に嘘をつきたくなかったが、これ以上悲しませたくもなかった。ウェンディ・スワンソンにいくつか答えてもらいたい質問もあった。

「レイチェルはあまり話をしませんでした。重い病気だったんです」

「ニュースを見て、映像も見たんですけど、まさかあれがレイチェルだとは思いませ

んでした。あなたが見つけた女性はうちの娘とは似ても似つかない感じでした。まるで知らない人だと思ったぐらいです。わたしは母親なのに」ウェンディ・スワンソンは何度か咳払いをした。「レイチェルを誘拐した犯人ですが、あの子に何をしたんです？」

ダービーは答えなかった。

「教えて」レイチェルの母親は言った。「お願いします。知らずにいられないんです」

「彼女の身に何があったのかはわかりません。ミセス・スワンソン、辛いお気持ちはお察しします。重要なことでなければ、お電話しなかったんですが。いくつか娘さんのことでお訊きしなければならないことがあります。奇妙な質問に思われるかもしれませんが、どうにかお答えいただけないでしょうか」

「何でも訊いてください」

「レイチェルが虐待や暴力を受けたことはありましたか？」

「いいえ」

「受けていたとしたら、あなたに打ち明けたでしょうか？」

「娘とはとても仲がよかったんです。わたしはチャドの過去についてもすべて知っていました。でも、娘を殴ることは一度もなかったんです。声を荒げることすらありませんでした。そんなことがあれば、レイチェルは我慢しなかったでしょうから。チャドについてはいいことしか聞かされませんでした。別れた奥さんのほうが少しいかれていたんだと思います」

「レイチェルが誰かに暴行されたことは？」

「ありません」

「ストーカー行為を受けたとあなたに話したことはありませんか？　誰かにつけまわされたことは？」

「ありません。そんなことがあったら、わたしに話したはずです。レイチェルとチャドはとてもうまくいっていたんです。結婚するはずでした。レイチェルは……あの子はとても賢くて、働き者でした。大学の学費も自分で働いて払ったんです。ロー・スクールに行くのに奨学金をもらう予定でいました。何かを要求することもなければ、問題に巻き込まれることもありませんでした。しっかりした堅実な人間だったんです」

ウェンディ・スワンソンはわっと泣き出し、涙声になってつづけた。「警察には、誰かが行方不明になって四十八時間以内に見つからないと、たいていの場合は死んでいるものだと言われました。最初の一年が過ぎてからは、レイチェルが家に帰ってくることは二度となく、彼女の身に何が起こったのか知ることも決してないのだという事実を受け入れるようになりました。それなのに、今朝早く、州の科学捜査研究所で働く知り合いから、レイチェルがマサチューセッツ州で見つかった――生きて見つかったと電話をもらったんです。生きて。七年も経ってから。わたしはひざまずいて神に感謝しました。それで、レイチェルが入院している病院を訊こうと電話したら、あの子が死んだと聞かされたんです。レイチェルはずっと生きていて、それがわかったというのに、今度は死んでしまって、あの子と……娘と話すこともできませんでした。あの子の手をとって、どれほど愛しているか、あきらめてどれほど申し訳なかったか言う機会さえなかったんです。お別れを言うこともできなかった」

「ミセス・スワンソン。なんて――」

「そろそろ切らないと。用があるんです」

「お悔やみ申し上げます」

ウェンディ・スワンソンは電話を切った。ダービーは電話の子機を握りしめたまま、無意識に母の寝室の窓を見上げていた。

48

ダービーはかつて母の庭だった場所――シェイラは病気になる前はそこで過ごすことが多かった――にできた水たまりを見つめた。煙草を吸いながら、トラヴェラーの犠牲者について考えた。犠牲者は手あたり次第に選ばれているとエヴァン・マニングは言っていた。それがほんとうなら、トラヴェラーをつかまえることはむずかしいだろう。そうでなくてもつかまえるのは至難の業だ。トラヴェラーはありとあらゆる選択肢を考え抜き、見つからないように最善を尽くしている。おそらく、すでにキャロルやほかの女性たちを始末してしまっているだろう。今現在、車で逃げているところかもしれない。いいえ、そんなことを考えてはだめ。

仕事関係のeメールはすべて自動的にホットメールのアドレスにコピーが転送されることになっていたので、外にいるときにもメールをチェックすることができた。ダービーは煙草の火を消して中にはいり、メールをチェックしに階上《うえ》へのぼった。メアリー・ベスから現場の写真についてメッセージが残っていた。

メアリー・ベスは常に写真を二種類撮る――一枚はフィルムカメラで、もう一枚はデジタルカメラで。デジタルカメラで撮った写真は修整が可能なため、証拠としては認められない。メアリー・ベスがそれを撮るのは、捜査官たちにファイル用のコピーを提供するためだった。

写真を見ているときに、咳が聞こえてきた。廊下に首を突き出すと、母の寝室のドアの下からぼんやりとした明かりがもれていた。シェイラが起きてテレビを見ているのだ。

ダービーは母親の部屋のドアをそっと開けた。母親の眼鏡に爆発現場の映像が映っていた。

「顔をどうしたの？」

「滑って転んだのよ。見た目ほどひどくないわ」とダービーは答えた。「気分はどう？」

「よくなったわ。あなたも帰ってきたし」シェイラはテレビの音量を下げた。「メモをありがとう」

ダービーはベッドに腰を下ろした。「電話しようとしたんだけど、電話が不通になっていたの。心配かけて悪かったわ」

シェイラは手を振って否定したが、ダービーには母がまだ心配のあまり心を痛めていることが見てとれた。やわらかな明かりのもとでも、母の顔はげっそりとしており、血の気を失っていた。〝もういつでも〟

ダービーは隣に身を横たえ、母を抱きしめた。

「今日ずっと何を考えていたかわかる？　あなたが引き波につかまって溺《おぼ》れかけたときのことよ。まだ八つのころ」

どんどん水が冷たくなるなか、海底でもがいていたときの感覚がダービーの心に蘇ってきた。ようやく水面に顔が出て、それから一時間ものあいだ、ずっと咳き込んで水を吐きつづけたのだった。

しかし、ひなたに出ても消え去らなかったのは、水中でもがいていたときに感じた寒けだった。その寒けはあとで暖かい毛布を何枚もかけられてベッドに入れられてからもつきまとって離れなかった。それは、この世にはまったく予期せぬときを狙って襲いかかってくる予測不可能な物事があると思い出させるものだった。

「あなたは泣かなかったわ。お父さんのほうがあなたよりも動揺していた」シェイラは言った。「それで、アイスクリームを買ってやろうとしたんだけど、あなたはこう答えたの。絶対に忘れられないことばだった。こう言ったのよ。『パパ、わたしのことは心配しなくていいわ。自分の面倒は自分で見られるから』」

ダービーは目を閉じた。車に乗って帰途についた三人家族が目に浮かんだ。車の中は海とコパトーンのにおいがした。身を寄せ合う三人。健康で安全だった。いい思い出だ。いい思い出はたくさんある。

「クープが寄ってくれたのよ」シェイラが言った。「あなたが無事だって知らせたかったからって」

「親切ね」

「とても親切よ。おもしろい人だし」

「自分でもそう言いつづけているわ」

「あのバスケットボール選手に似てるわよね。何て名前だったかしら、ブレイディ」

「トム・ブレイディね。フットボール選手よ。ペイトリオッツのクォーターバック」

「独身なの？」

「ええ」

「あなたたちふたり、付き合ったらいいのに。お似合いだと思うわ」

「誘ってはみたのよ。でも、残念ながら、トム・ブレイディは折り返しの電話をくれなかったわ」

「クープのことを言ってるの。あの人を見てると、あなたのお父さんを思い出すわ。

同じように静かで自信に満ちた雰囲気を持ってる。彼は誰かと付き合ってるの？」

「クープは誰かと付き合うタイプじゃないわ」

「落ち着きたいって言ってたわよ」

「たぶん、ガールフレンドの下着モデルたちの誰かとでしょうね」とダービーは言った。

「あなたのこと、とても褒めていたわ。頭がよくて、働き者で、仕事に没頭してるって。これまで会ったなかで一番信頼の置ける人物だって言ってた——」

ダービーは眠り込んでいた。

49

キャロルはドアが閉まってから数分は、身の毛がよだつような悲鳴が聞こえないように耳をふさいでいた。悲鳴はひとりの女のものではなかった。ドアの外のどこかに何人かいて、それぞれが悲鳴をあげているのだ。

キャロルがさらに恐怖を感じたのは、何かを叩く音だった。バン、悲鳴、バン、バン、バン、悲鳴、バン、バン、バン、バン、ぞっとするような音はどんどん大きく、近くなってくる。

キャロルは何か武器として使えるものを見つけようと必死で再度部屋の中を探ったのだった。何か気づかずにいたものがあるかもしれない。が、すべてはボルトで留められていた。トイレの便器さえそうだった。使えるものは何ひとつなかった。ここにあるのは毛布と枕だけだ。

そのときから何時間も過ぎていた。ドアが開くことはなかったが、マスクの男が戻ってこないという保証はなかった。

暗い部屋にひとり立ち、キャロルはただ恐怖に駆られて無駄に時間を過ごしていたわけではない。ずっと計画を練っていたのだ。

男というものは、ある部分が弱点だ――きんたま。一度、マリオ・デンセンにその肉づきのいい手で尻を思いきりつかまれたことがあった。マリオは背は倍近くあり、体重もほぼ三倍あったが、股のあいだにまともに蹴りを入れてやったら、なんと、あのでぶはトランプのようにばらばらに崩れ落ちたのだった。

キャロルはスウェットスーツを脱ぎ、枕を使って毛布の下にふくらみを作った。計画はこうだ――

ドアが開いたら、マスクの男はわたしが毛布の下で丸くなっていると思うだろう。

わたしはドアのすぐそばの壁に身を押しつけている。男が部屋にはいってきたところで、後ろから、股のあいだにまともに蹴りをくらわすのだ。一度で急所に命中させる。男が床に倒れたら――みな倒れるものだ――顔と頭も蹴ってやろう。

下着姿になったキャロルはひんやりとした部屋の中で身震いした。眠気を覚まし、体を温めるために、ドアのそばの狭いスペースを行ったり来たりした。六歩で壁に突きあたることはわかっていた。疲れを感じ、恐怖がじわじわと心に広がってくると、両手で壁を叩いて怒りを皮膚に近いところに留めておこうと努めた。

食べ物の載ったトレイを思い出し、まだ廊下に置いたままだろうかと考えた。食べ物のことを考えたせいで、胃がぐうぐう鳴った。食べ物など要らない。キャロルは自分に言い聞かせた。水があれば生き延びられる。水ならシンクでいくらでも飲める。少し前に水は飲んでいた。体の水分量を保ち、薬を体内から排出するために――

待って。トレイ。食べ物はプラスティックのトレイに載せられていた。トレイを壊せば、そのとがったかけらで身を守れるかもしれない。男の顔を狙い、目に突き立ててやればいいのだ。

扉が開きはじめた。カタッ、カタッ、カタッ。

キャロルは気を張りつめ、背中を壁に押しつけた。目は暗い床にぼんやりと正方形を作る光に向けた。身がまえて。心の準備をすることを考えなければ。チャンスは一度だけ。それを無駄にはできない。

マスクの男は部屋にはいってはこなかった。ドアの外に立ってもいない。床に影が落ちていなかった。

音楽が鳴り出した――古臭いジャズで、男たちがフェドーラ帽のようなものをかぶってもぐりの酒場に出かけていた時代を思わせる曲だ。壁を叩く音も悲鳴も聞こえてこない。

部屋の扉は開いたままだ。前のときには、扉は二分ほどで閉まった。

男はわたしが出ていくのを向こうで待っているのだろうか？

トレイを手に入れるためには、廊下へ出る危険を冒さなければならない。姿を見られる危険を冒すということだ。姿を見られたら、毛布を服と枕でふくらませた計画は意味のないものになってしまう。

それでも、素手で身を守ることはできない。マスクの男の力は強い。ナイフも持っている。トレイが必要だ。キャロルは耳を澄まし、動くものや影が見えないかと目を凝らしながら、じりじりと開いた扉のほうへ近寄った。

扉のところまで来ると、そっと廊下をのぞき込んだ。

プラスティックのトレイは廊下の一番端まで蹴り飛ばされていた。トレイの下には、ぼんやりとした明かりのもとで黒く見える血だまりができていた。床にうつぶせに横たわっている女の血だ。

悲鳴をあげちゃだめ。悲鳴をあげるんじゃない。あいつに聞かれてしまう。

キャロルは下唇を噛み、胸を焼くほどの恐怖を必死で抑えつけようとした。

トレイを拾うの。

キャロルは動かなかった。血の海の中に横たわる女のことで頭がいっぱいだった。女はぴくりともしなかった。

トレイを手に入れなければ。あいつがナイフを持って戻ってきたら――

キャロルは走った。

扉が音を立てて閉まりはじめた。

キャロルは走りつづけた。トレイという目標に神経を集中させた。走りつづけるの。

廊下の端に達するまで、永遠に時間がかかった気がした。キャロルはトレイを拾い上げた。足元の血は温かくべたべたしていた。踵《きびす》を返し、走って部屋に戻ろうとしたが、そのとき、倒れている女の手がくるぶしをつかむのを感じた。

キャロルは悲鳴をあげた。

「助けて」女は寝ぼけているような声で言った。「お願い」

バン、扉が音を立てて閉まった。

部屋へ戻るのよ。

でも、この人を置いてはいけない――

もう死んでるわ、キャロル、さあ、部屋へ戻るのよ。

キャロルはトレイを持って走った。脚を思いきり上下させ、全速力で走った。ああ、神様、助けてください。間に合って入り口にたどり着けますように。

部屋の扉は閉まっていた。

扉にハンドルはついていなかった。キャロルはどうにかこじ開けようと爪を立てたが、血のついた指は冷たい鋼鉄の上を滑るばかりだった。どうやっても扉を開ける方法はなかった。扉は閉まり、自分は締め出されて、死んだ女とここにとり残されてしまったのだ――

バン。別の扉が閉まる音がした。バン、バン、バン。マスクの男がやってくるのだ。

## 50

ダービーが目覚めると、母の寝室はまだ真っ暗だった。毛布を脚がはさんでいる。母が毛布をかけてくれたにちがいない。自分でかけた覚えはなかった。シェイラの呼吸は苦しそうだった。ダービーは立ち上がり、母の顔の上に身をかがめてぜいぜいと小さく音を立てる呼吸に耳を澄ました。脈をとると、まだ力強く打っている。

しかし、それほど長くはないだろう。すぐに、ほんとうにすぐに、母はビッグ・レッドの隣に埋められることになる。そうなったら、わたしはひとり――この家にひとりになる。母が一生のあいだに集めた小間物や写真とともに。そのなかには、フリーマーケットやディスカウント・ストアで手に入れた安物の宝石もある。母が持っている数少ない貴重品のひとつである、マコーミックの女たちに代々受け継がれてきたきれいなハンドメイドの宝石箱に堂々とおさめられて。

電話がかかってくることもなくなる。励ましのことばを聞くことも。誕生日を祝ったり、休日をともに過ごしたり、日曜日の夜に街でいっしょに外食することもなくなる。会話を交わすこともなくなる。新しく思い出を作ることも。

　おまけに、過去の思い出が色褪せていくことにはどうやって抗ったらいいのだろう？　ダービーは父親のダウン・ヴェストを思い出した。父が死んだあと、それを自分で着てみたときのことを。その温かさと、薄れつつある葉巻とカヌー・アフターシエーヴローションの残り香に包まれ、父を身近に感じたのだった。母の思い出が薄れないようにするには、母の何を身につければいいのだろう？　ヘレナ・クルーズは娘の記憶を鮮明に保つために、メラニーの何を持っていたのだろう？　ダイアン・クランモアは今のこの部屋と同じ暗闇の中で、眠れないままベッドに横たわったり、娘の部屋で絶望と希望のあいだで揺れたりしているのだろうか？　キャロルは今どこにいるのか、無事なのか、家に戻ってくるのか、それとももう戻ってはこないのだろうかと考えながら。

　ダービーは枕が汗で濡れている母のベッドに背を戻し、毛布を体に巻きつけた。なぜかはわからないが、病院のベッドで怯えていたレイチェル・スワンソンの姿が目に浮かんだ。今彼女は遺体安置冷蔵室の中に横たわっている。検視のために胸にY字形に入れた切り込みを縫い合わせたあとをつけられ、恐怖をまだ身の内に封じ込めたまま。

キャロルはどうだろう？　もう目を覚ましてこの同じ暗闇にとりこまれているのだろうか？

ダービーは思った。わたしは自分自身についてあまりよくわかっていない。それでも、これだけはたしかだ。キャロルの捜索をやめることはできないし、やめるつもりもない。死んでいようが生きていようが、きっと見つけてみせる。

ダービーは廊下に出て予備の寝室へ行った。小さなスタンドをつけると、コンピューターの電源を入れ、写真を再度眺めた。

レイチェル・スワンソンの写真。平凡で力強い顔と豊かな髪。

テリー・マストランジェロの写真。器量は十人並み、髪は濃い赤。レイチェルの髪は茶色だ。

それから、キャロル・クランモアの写真。ほかの誰よりも若かったが、体はすでに男の目をひきつけるだけのカーブを描きつつある。これから何年かのうちには、評判の美人になることだろう。行方不明となった女性たちの共通点として、身体的特徴はすでに排除してあった。見た目はみなまるでちがったからだ。それは内面にかかわることなのだろうか？

ダービーはヴァンの運転席に乗って近隣を流し、目をひく女性たちを物色するトラヴェラーの姿を思い描こうとした。たまたま見かけた女性を選んでいるのだろうか？　そして、拉致の計画を立てる前にしばらく彼女たちを観察するのか？

事実——犯人はこれらの女性たちを誘拐し、どこか見つからない場所に監禁した。死体も証拠も発見されていない。トラヴェラーは注意深いのだ。

しかし、キャロルの家ではミスを犯した。血痕を残してしまった。レイチェル・スワンソンも逃げ出した。彼女についても何か計画があったはずだ——始末するというのが唯一考えられることのようだ。レイチェルは病気だった。もはや何の役にも立たないということだ。

レイチェル・スワンソンにもそれはわかっていた。そこで、彼を出し抜いた。逆境を生き抜いてきた彼女は、時間をかけて計画を練り、逃亡した。トラヴェラーがレイチェルを見つけ出して殺したのは、何か知っているかもしれないと恐れたからだ。警察の捜査に役立つような何かを。何だろう？　いったい何を見逃しているのだろう？

苛立《いらだ》ってダービーはウォークマンをつかみ、録音したレイチェルとの会話を聞いた。

「つかまったの」ヘッドフォンからレイチェルの声が聞こえてきた。「今度はがっちりつかまったわ」

「あいつはここにはいないわよ」

「いいえ、いるわ。見たもの」

「ここにはあなたとわたししかいないわ。もう大丈夫よ」

「昨日の晩、ここへ来て、この手錠をかけていったのよ」

ダービーはストップのボタンを押した。手錠の鍵。レイチェルは手錠の鍵と言った。ポーチの下で鍵は見つからなかった。

また再生ボタンを押すと、身を前に乗り出して耳を澄ました。

「あいつが何を探しているのかわかってるの」レイチェルの声。「オフィスから盗ってやったのよ。埋めてしまったから、あいつには見つからない」

「何を埋めたの？」

「見せてあげる。でも、この手錠をはずすのに手を貸してもらわなくちゃならないわ。手錠の鍵が見つからないの。きっと落としてしまったんだと思う」

ダービーはまたテープを止め、写真を探した。

レイチェル・スワンソンが救急車の後部に乗せられている写真がある。腕は泥だらけになっている。次の三枚の写真はレイチェルの胸の傷をクローズアップで撮ったものだ。

レイチェルの手をクローズアップで撮った写真もあった。爪に泥がこびりついている。皮膚が割れて血が出ているのは、抗ったせいではなく、掘ったせいなのだ。

ダービーはキッチンに降りてコードレスの子機を手にとった。六回鳴らしたところでクープが応じた。

「クープ、ダービーよ」

「何かあったのか？　お母さんか？」

「いいえ、レイチェル・スワンソンよ。彼女がポーチの下に何か隠したんじゃないかと思って」

「あそこはごみ箱も含めてくまなく調べたはずだが、何も見つからなかった」

「でも、土の中は調べてないじゃない」ダービーは言った。「あそこに何かを埋めたんじゃないかと思うのよ」

51

ポーチの下の長方形のスペースは小さな寝室の半分ほどの広さだった。地面はまだぬかるんでいる。最近掘った跡があるかどうかはひと目ではわからなかったので、ダービーは最初にレイチェルの姿を見つけた奥の左隅からはじめることにした。

ダービーが掘る役目を負い、バケツを土でいっぱいにしてクープに手渡した。彼はビニール袋で内張りした大きなごみ箱の上に置いたふるいに土を空けた。

一時間あまりもその作業を繰り返していたが、努力の成果は、石とガラスの破片ばかりだった。

ポーチの下に膝をついているせいで、ダービーのパンツは濡れ、泥まみれになっていた。ダービーはまたふるいに中身を空けるためにクープにバケツを手渡した。キャロルの母が隣家の裏のポーチに立ち、心配と希望に顔をゆがめてふたりの掘る様子を見守っている。

クープがポーチの下に首を突っ込んできた。「また石ばかりだ」と言って、空のバケツをダービーに手渡した。「どう思う?」

クープが同じ質問をするのは三度目だった。

「まだ彼女がここに何かを埋めたのはたしかだと思っているわ」とダービーは答えた。

「きみがまちがってると言ってるわけじゃない。おれもきみと同じ写真を見て、彼女が手でここを掘ったことはまちがいないと思っている。ただ、だんだん、彼女は自分だけに見える物を埋めたんじゃないかと思えてきただけだ」

「テープを聞いたでしょう。ずっと手錠の鍵のことばかり言っていたわ」

「自分が手錠の鍵を持っていたと思い込んでいたんじゃないかな。あの女性は妄想にとりつかれていたんだ、ダーブ。きみのこともテリー・マストランジェロだと勘ちがいしていたじゃないか。病室を独房だと思っていたし」

「彼女がヴァンから逃げ出したことはまぎれもない事実よ。そのとき、手錠の鍵も持っていたんだと思うわ。絶対にここのどこかにあるのよ」

「わかったよ、きみが正しいとしよう。ただ、手錠の鍵が証拠としてどんな役に立つというんだ？」

「あなたはどうしたいの、クープ？　ただじっと、キャロル・クランモアの死体が見つかるのを待ってるっていうの？」

「そんなことは言っていない」

「だったら、何が言いたいのよ？」

「きみが何かを見つけようと躍起になっているのはわかる。でも、ここには何もないよ」

ダービーはこてをつかみ、熱に浮かされたような速さで掘りはじめた。自分で自分にあわてすぎないようにと言い聞かせなければならなかった。どんな証拠が埋まっているにせよ、こてで台無しにしたいとは思わなかったからだ。レイチェル・スワンソンは妄想にとりつかれていたかもしれないが、それはじっさいに受けたトラウマから来たもので、すべてが想像の産物というわけではない。あの女性は七年ものあいだ、想像を絶するような恐怖にさらされてきたのだ。その恐怖には真実のかけらが混じっている。ここに何かが埋まっているのはたしかだ。ダービーにはそれを感じることができた。

「たぶん、ダンキン・ドーナッツは開いてるな」クープが言った。「コーヒーを買ってくるよ。きみも要るかい?」

「結構よ」

クープは裏庭を横切り、科学捜査研究所の車の脇を通り過ぎた。車は今朝もずっと同じ場所に停まっていた。

ダービーはさらにバケツふたつ分土を掘り、その土をふるいの上に空けた。また石ばかりだった。

四十分後、ポーチの下のスペースは四分の三ほども掘り返されていた。脚の筋肉と腰が痛んだ。もうあきらめようかと思いかけたところで、何かが目をとらえた——折りたたんだ紙のようなものの端が土の中から突き出していたのだ。

　ダービーは懐中電灯の光をその穴にあてた。それから手袋をした指で土をかき分け、次にはけで土を払いはじめた。

　折りたたんだ紙の上に手錠の鍵があった。

「きみに謝らないといけないようだな」とクープが言った。

「夕食をおごって。それで帳消しにしましょう」

「デートだね」

　写真を撮影し、書類作成のためのメモをとり終えると、ダービーはたたまれた紙を穴から持ち上げ、ふるいの上に載せた。

　紙の証拠品の扱いには特別な注意が必要だった。紙は粉砕された木と糊からできている。濡れた紙が乾くと、ぴったりと接着されてしまうのだ。たたんだ紙は紙同士が貼りついてしまい、引きはがそうとしてもできなくなる。

「機動鑑識班はいつ到着すると思う？」とクープが訊いた。

「わからない。でも、長く待ちすぎると、紙同士が貼りついてしまってどうしようもなくなるわ」

　結局、ダービーは長く待つ必要はなかった。手錠の鍵を証拠品の袋に入れ終えたところで、フォード350が角を曲がって通りの端に現れたからだ。フォードに牽引《けんいん》されているのは、線状アンテナと小さなパラボラアンテナを備えた長さ二十メートルあまりのトレイラーだった。

52

ダービーはクープに携帯電話を借りてエヴァン・マニングに電話をかけた。相手が出ると、すぐに用件を切り出した。

「朝早くにすみませんが、クランモアの家である証拠を見つけたんです。たたまれた紙が濡れた状態でポーチの下に埋められていました。手錠の鍵もいっしょです。おたくの機動班のひとつがたった今到着したところなんですが、紙が乾いてしまう前に広げなきゃなりません。すぐにこちらに来られます？」

「通りの反対側を見てごらん」

トレイラーのドアが開き、エヴァン・マニングが手を振った。

機動鑑識班は最新の装置を完備しており、そのすべてが長細いスペースにぴったりとおさまるように綿密にデザインされていた。何もかもが新しく見え、新品のにおいがした。コンピューターのモニターのひとつには、ＦＢＩのＤＮＡ検索システム、ＣＯＤＩＳが表示されていた。

「おたくの鑑識班は？」ダービーは歩きながら訊いた。

「空の上だ」エヴァンは答えた。「これから三時間以内にローガン空港に到着する予定になっている。ほかのふたつの機動班については、すでにボストンの爆発現場で作業を開始している。見つかった紙に血痕は？」

「わかりません。まだ広げていませんから」

「念のため、保護服を着たほうがいいな」

保護服を身につけると、エヴァンがマスクと安全ゴーグルとゴム手袋を配った。

「ゴム手袋だと、紙にさわったときに跡がつきます」クープが言った。「指紋検出のときにそれも浮き出てしまいます。ゴム手袋の上に綿の手袋をしたほうがいいでしょう」

検査スペースはひんやりとしており、輝くほど真っ白だった。作業台は狭かった。エヴァンはダービーにスペースを与えるため、背後に立った。

ダービーは紙をきれいな作業台に移した。それからピンセットを使って紙を開く作業にとりかかった。

たたまれた紙を広げるのは時間がかかり、骨の折れる作業だった。濡れて破れやすくなっているだけでなく、ひどく皺が寄っていて、何度もたたまれたり広げられたりしたせいで、ところどころ破れはじめているところもあったからだ。

それは縦二十五センチ、横二十センチの白い紙だった。たたまれて表《おもて》に出ている部分はコンピューターで呼び出した地図をカラーで印刷したものだ。ほとんどが判読不可能になっている。色も褪せ、ところどころこすれて消えてしまっている。おそらくはレイチェル・スワンソンの手の汗のせいだろう。

地図の二ヵ所に泥がこびりついていた。土の黒っぽい色がしみてしまっている場所もあった。乾いた血痕が付着している部分もいくつかあり、粘液か膿《うみ》か、黄色っぽい液体もしみついていた。

「どうしてこんなに小さく折りたたんだんだろう？」とクープが疑問を口にした。

その疑問にダービーは答えた。「そうすれば、紙をポケットや口の中に隠せるからよ。必要とあれば、肛門にも」

「保護服を着ていてよかったよ」とクープが言った。

ダービーはコットンを使い、カラーインクをそれ以上こすり落とさないように気をつけながら、紙から泥を落とそうとした。作業中、キャロルの顔が脳裡に絶えず浮かんだ。

泥の下に隠されていたのは、場所の説明をコンピューターからプリントアウトしたものだった。文字はきちんと表記されてはいたが、消えかけていた。紙の一番下にはプリントアウトされた地図の出どころであるウェブサイトのＵＲＬが書かれていた。

場所の説明を読むのには拡大レンズを使わなければならなかった。

「〝二・二四キロ、二本の木のあいだを行く、まっすぐ進む〟と書かれているわ」

エヴァンがすぐ後ろに来た。「その道がどこにあるかわかるか？」

「ちょっと待ってください」ダービーは印刷された道を手でたどり、土がこびりついて隠されていた番号の一部らしきもののところでその手を止めた。そして、コットンで土を落とした。

「ルート二二ですね」ダービーは言った。「ルート二二はベラムも通っています。サルモン・ブルック池の対岸にある森を迂回している道路です」

「文字を見てみよう」とエヴァンが言った。

ダービーは紙を引っくり返した。裏には震える手で書いたらしい小さな文字が書きつけられていた。名前のようだったが、すべて鉛筆で書かれており、汗に濡れ、絶えずたたまれたり広げられたりしたせいで消えかけている。乾いた血がこびりついている部分は文字がにじんでいた。

照明付き拡大レンズを使い、ダービーは何分かかけて紙を調べた。

「これを見てください」ダービーは作業台から離れ、エヴァンのためにスペースを空けた。

「1、S、R、R、2R、S」エヴァンが文字を読んだ。「レイチェル・スワンソンが病院で腕に書いた文字と一致するものか？」

ダービーは携帯情報機器《PDA》をたしかめた。メモをそこに移しておいたのだ。「彼女が腕に書いた文字はこうです。1、L、S、2R、L、R、3R、S、2R、3L」

「文字もちがうし、今度のほうが短いな」

「次の行には何と？」

エヴァンは文字と数字の組み合わせを読み上げた。

「並びもちがうし、長いですね」とダービーは言った。

エヴァンは紙の上に拡大レンズを動かした。「ここにはちがう組み合わせの文字と数字が何十も書いてある」

クープが口をはさんだ。「方向を示しているものだとしたら、どうしてちがっているんでしょう？」

「わからない」エヴァンは言った。「この組み合わせは、たとえばドアの鍵を開けるためのものかと思っていたんだが、これを見るとちがうようだ。ここに〝3――いなくなる〟と書いてある。テリー・マストランジェロの名前がその脇に書いてあって疑問符がついている。ほかにもいくつか名前が書かれているが、レイチェルによってバツ印で消されている」

「自分と同じように閉じ込められていた女性たちの名前を記録しておいたのね」ダービーがひとりごとのように言った。「ここにビデオ・スペクトル照合器はありますか？」

「ここにあるのはせいぜい立体顕微鏡だな」エヴァンはその機器をつかんでテーブルの上に置くと、あとずさって作業台から離れた。

ダービーはスツールに腰をかけ、紙をそっと立体顕微鏡に移した。紙の左上から調べはじめたが、ほとんどの名前は判読不可能だった。いくつか消されて読めないものもあった。

「ここに文字が消されたような跡があるわ」ダービーは言った。「斜投光器を使って、跡として残っている文字を判別することはできるわね」

「赤外線反射器を使ったほうがいい」クープが言った。「消された鉛筆の文字や上塗りされたサインを読みとるのに役に立つ装置だ。バツ印で消された部分にも使える」

「指紋が採取できなくなったら困るわ」

「我々が使っている溶剤で鉛筆の文字を消してしまうものはない。まずは跡から文字を読みとれないか、静電検知器《ESDA》を使ってみたほうがいいな。文字や指紋を台無しにすることにはならないさ」

「携帯式のESDA装置を持ってきているかもしれない」エヴァンが言った。「装置のリストをたしかめてみなければならないが」

「名前が読みとれたわ――ジョアンヌ・ノヴァック」ダービーがスペルを言い、クープがクリップボードに書きつけた。「次はK、A……残りはわからない。ラストネームはベローナかベローラか。はっきりはわからないけど。その下はジェーン・ギトル、もしくはギトルズかもしれない。ほかにも文字があるんだけど、ほとんど消えてしまってる」

「その名前で何かわかるか調べてみよう」エヴァンが手帳に名前を写し、検査スペースから出ていった。

　ダービーは紙を下まで調べた。レイチェル・スワンソンの書いた不可解な数字と名前の組み合わせが何十行にもわたって連なっていた。

ダービーは自分のファイル用にポラロイドの写真を余分に撮り、クープはクローズアップの写真を撮るためにカメラ機材の用意をした。ダービーは撮ったポラロイド写真をズボンのポケットに入れ、メモパッドに場所の説明を移しとった。

それから、そのメモパッドの紙を破りとった。「このメモをエヴァンに届けてくるわ」

保護服を脱ぐと、検査スペースの外に出た。エヴァンはそこにはいなかった。レーザー・プリンターが紙を吐き出している。黒い癖毛と青白い顔をした女性の写真――ジョアンヌ・ノヴァック、二十二歳、ロードアイランド州ニューポート在住。地元のバーでの勤務を終えて職場をあとにしてから姿を消している。行方不明となってほぼ三年。

ダービーはほかの二枚の紙を手にとった。

十九歳のケイト・ベローラは、暴力を受けている女たちによく見られるような、不安そうな青ざめた顔をしていた。ケイトはよく知られた娼婦でヘロイン中毒者だった。生まれ育った町――マサチューセッツ州ニュー・ベッドフォードで仕事をしている姿を目撃されたのが最後で、彼女の身に何があったのか、誰にもわからなかった。行方不明となってほぼ一年になる。

最後の写真に写っているのは、やわらかそうな髪を持ち、顔はそばかすだらけの青い目の女性だった。ニューハンプシャー州ウェア在住のジェーン・ギトルセン、二十二歳。幹線道路の路肩に車が乗り捨ててあるのが発見された。ギトルセンは行方不明となって二年。既婚女性で、当時二歳の娘がいた。

ダービーはクープの携帯電話を借りてバンヴィルの番号をダイアルした。応答はなかった。ダービーは発見したものとそこに書かれている場所の説明について報告を残し、エヴァンを探しに外へ出た。

彼は科学捜査研究所のヴァンの近くに立ち、ボストン爆弾処理班のカイル・ロマーノと話をしていた。夜は明けつつあり、太陽が木々のあいだから顔を出している。ひんやりとした空気にはまだ煙のにおいが漂っていた。

エヴァンが電話を受け、ロマーノがそばを離れた。ダービーはロマーノに追いついて、科学捜査研究所の乗り物を使ってもいいかと尋ねた。いいという答えが返ってきた。エヴァンのそばへ行くと、電話は終わっていた。

「何かいい知らせでも？」とダービーが訊いた。

エヴァンは首を振った。「いくつか用事を済ませにボストンに戻らなくてはならなくなった」

「ロマーノから科学捜査研究所の車を使ってもいいという許可が出ました」ダービーは言った。「森へ向かい、そこで何が見つかるかたしかめてきます」

「うちの研究所の連中が到着するまでここに残り、証拠品の分析をつづけてもらいたいな」

「紙が乾くまで、やることは残っていません。クープとふたりで行ってきます。バンヴィルにもそこで落ち合おうと伝えてあります」

エヴァンは腕時計に目をやった。「私がいっしょに行こう。トラヴェラーが残してくれたものをたしかめたいんでね」

## 53

ダービーはルート二二を降り、二本の木の前で車を停めた。木と木のあいだに舗装されていない道路があった。そこに車を乗り入れれば、幹線道路から見えないようにするのも簡単だ。地面にタイヤの跡はなかった。

「ここがその場所のようですね」とダービーが言った。

エヴァンはうなずいた。彼は車に乗っているあいだ、いつになく静かで、会話にもうなずいたりあいづちを打ったりするだけだった。

ダービーはエンジンを切った。後部座席から道具袋をとり出しながら、胸の内で恐怖が募るのを感じた。エヴァンはシャベルをつかんで言った。

「そこまで歩いていくのはずいぶん時間がかかるだろう。それは私が運ぼうか？」

「ありがとう。でも、大丈夫です」ダービーは森の中へ向かった。

たしかに時間がかかった。坂道は傾斜が急で、雨のせいで地面はぬかるんでいた。

二十分後、小道が途絶えた。そこから先は、木々がうっそうと生い茂り、斜面が岩や倒れた木の幹で覆いつくされた起伏の多い一帯となっていた。進むにも身をかがめて木々の枝をよけながら歩かなければならなかった。

エヴァンはシャベルを別の肩にかつぎ直した。「えらく静かだね」

「あなたについても同じことが言えるわ。向こうを出てからほとんど口をきかないじゃないですか」

「ヴィクター・グレイディのことを考えていたんだ」

「どうして彼のことを思い出したんです？」

「きみが見つけた地図さ」エヴァンは答えた。「リガーズがグレイディの家でこの森の地図を見たと言っていた」

「地図についての報告書はなかったと思いますが」

「地図は火事で焼失した。リガーズは細かいことはよく覚えていなかったが、この森であることはたしかだと言っていた。つまり、グレイディはこのあたりを死体の埋葬場所として使っていたのかもしれない。そこで、森の捜索が行われた。何も見つからなかったが」

「森をどの程度捜索したんです？」

「四分の一ほどさ」エヴァンは言った。「この森がどれほど大きいかは言わなくてもわかってるだろう。ベラムの分署の経費が尽きて、捜索は中止となった」

「では、グレイディの犠牲者はまだこのあたりに埋められているかもしれないんですね」

「たぶん。少なくとも、私は心の奥底でそう信じている。埋められている場所を見つけるには奇跡が起こるのを待つしかないがね」

ダービーは歩を止めた。「ここがその場所のはずです」

眼下に、陽射しに満ち、落ち葉で覆われた広い空き地が広がっていた。

「最近掘り返した跡はないようだが」エヴァンが言った。「じっさい、ここに人が足を踏み入れた形跡も見あたらない。斜面を見てごらん。足跡ひとつない」

ていないから」

「このところの雨で洗い流されたのかもしれません。ここは傘になる木もあまり生え

「ここの捜索には人員を集めてきたほうがよさそうだ」

「あそこを見て」ダービーは白いスプレー・ペンキで小さなスマイルマークが描かれた岩を指差した。

「あんなのは子供のいたずらかもしれないだろう」とエヴァンは言った。

ちがう。エヴァンはまちがっている。子供たちがこんなところまで来ることはない。この場所は一般道路からあまりに奥まっていて、ひと気がなさすぎる。夜遅くここを掘り返す分には、トラヴェラーも人に姿を見られたり、音を聞かれたりする心配は不要だったことだろう。

ダービーはぬかるんだ斜面を降り出した。トラヴェラーは二度往復したのだろうかと考えながら。一度は墓を掘るため、二度目は死体を埋めるために。それとも、一度ですべてを済ませたのだろうか？

ダービーは道具を岩の上に置いた。それから、防水シートを広げた。死体が埋まっている場所を調べる際には、大勢の手を借りて、地面に残されているかもしれない証拠を探すために、落ち葉の一枚一枚を引っくり返し、それを防水シートの上に並べる

といったうんざりするような作業をするものだ。

「応援を頼むべきだな」エヴァンが言った。「そのほうがことが早く進む」

「人手を募ってここへ呼び寄せるまでには終わっているわ」ダービーは手袋をはめた。「さあ、はじめましょう」

54

ダービーは煙草の吸い殻やキャンディーの包み紙、ソーダの缶など、トラヴェラーがこの場所にいたことをDNAから確認できる何かが見つかればいいと思っていた。一時間ほど落ち葉をふるい分けながら調べた結果、唯一見つかったのは古い一ペニー硬貨だった。それを証拠品の袋におさめはしたが、指紋が検出されるかもしれないという希望は持てなかった。

「岩の下から掘りはじめて、端まで掘ってみましょう」とダービーは言った。

エヴァンも同意してシャベルを彼女に手渡した。

うなじに暖かい陽射しを浴びながら掘り進むにつれ、心が漂い出した。グレイディの犠牲者の死体を探してこの森を捜索したというエヴァンのことばが思い出された。

メラニーもまだこの森のどこかに埋められているのだろうか?

ごめんなさい、メル。あなたとステイシーから人生をまっとうする機会が奪われてしまったことが残念でならないわ。わたしはあのときのことを忘れようと必死だった。メル、生き残ったのがあなただったら、きっとわたしのことをもっとちゃんと覚えていてくれたわね。天国のような場所があるとしたら、わたしはただ祈るだけ。ふたたび会うことがあったとしたら、あなたに許してもらいたいと。

長方形の一メートル二十センチほどの深さの穴ができた。ダービーはシャベルを脇に放った。

「シャベルで何か破損させると嫌ですから」そう言ってうつぶせに寝そべり、穴の内側に手を入れた。「すみませんが、わたしの道具袋から、はけとハンドタオルをとってもらえますか」

ダービーは手袋をはめた手で土をすくい上げた。土の湿り気がジーンズの中までしみてくる。遠くで小枝の折れるような音が聞こえた。

エヴァンはそばに立って見守っていた。また石のように押し黙っている。掘っているあいだもほとんど口を開かなかった。

指に何か固いものが触れるのを感じた。土を退ける。最初は石かと思ったが、土をとり去ると、それが何であるかわかった。

土の中から現れたのは、人間の頭蓋骨の頭頂部分と後頭部の骨だった。身元不明の男か女がうつぶせに墓の中に横たわっていたのだ。頭蓋骨は錆びたような黒っぽい色で、髪の毛は残っていなかった。

エヴァンが道具袋からはけをとってくれた。ダービーは指とはけを交互に使ってさらに土を払った。

「虫がいる形跡はないですね。やわらかい組織は残っていない……筋肉組織も、軟骨も靭帯《じんたい》も。どうやら完全に白骨化しているようです」

ダービーは頭蓋骨の眼窩《がんか》の部分に蜘蛛《くも》の巣のように広がる黒い線を指差した。「これは樹状痕です。こういう根が張ったような模様は、頭蓋骨がかなり長いあいだ地中に埋められていた場合に見られるものです。カーターに連絡しなければ。州の法人類学者ですが」

「彼のもとで働いている人間は何人いる？」

「正確にはわかりません。たぶん、ふたりほどです。カーターには合同墓所の掘り起こしを行った経験があるんです。第三世界の国で大量殺戮《さつりく》や戦争などによる合同墓所の掘り起こし作業を行う組織にも所属しているし」

背後で小枝を踏みしだく音が大きくなった。誰かがこちらへやってくるのだ。たぶん、バンヴィルね、とダービーは思った。

「死体全部がここに埋められているのかしら？」とダービーは疑問を口にした。

「この場所が死体の投棄場所だった可能性はある」

「地中レーダーを使うには、ここの土は湿りすぎているわ」とダービーは言った。カーターがたまに使うその機械はまるで未来の芝刈り機のような形をしていた。その機械を使うには、地面が乾いて固くなっている必要があった。「カーターに連絡します。これ以上掘り進んで、ここに埋まっている骨を破損する危険は冒したくないから」

エヴァンは小道のほうへ目を向けた。ダービーは肩越しに後ろを見やった。

穴の縁のところにスーツに身を包んだ男たちが四人立っていた。そのうち一番背の高いクルーカットの男が言った。「マニング特別捜査官、少しふたりだけでお話できますか？」

「誰です？」とダービーが訊いた。

エヴァンは答えずにそばを離れた。ダービーは立ち上がり、ジーンズから泥を払い落とした。

クープの携帯電話が後ろのポケットで振動した。

ダービーは手袋をはずした。携帯電話はかろうじて通話が可能な状態で、ときどき雑音が混じった。クープの声もあまりよく聞こえなかった。ダービーは少し待ってくれと言い、雑音が小さくなる場所を見つけようとそのあたりを歩きまわった。それからもう一方の耳を手でふさいだ。

「何て言ったの、クープ？」

「機動鑑識班から追い出されたと言ったのさ」

「誰に？」

「ＦＢＩクラブのご友人にさ」クープは答えた。「この件はＦＢＩの管轄になったんだ」

## 55

「二十分ほど前のことだ」クープは言った。「今おれはダウンタウンに連れていかれるところさ」

「どうして？」

「捜査についていくつか訊きたいことがあるそうだ。マニングには何も言われなかったのか？」

「ええ」でも、すぐに聞かされる気がするとダービーは胸の内でつぶやいた。「捜査をFBIが受け継ぐことになった理由は聞いたの？」

「いや、聞いていない。FBIの捜査官がヴァンの爆発事件でふたり亡くなっているから、たぶん、それを介入の言い訳にするつもりだろう。あまり話していられないんだ。ロマーノの電話を借りてこっそり電話しているんでね」

「バンヴィルはいっしょなの？」

「姿を見ていない。なあ、いったいどうなってるのかはわからないが、CODISと関係があるんじゃないかと思うんだ。きみが行ってから、コンピューターでDNAの照合結果が出た。画面に現れていた。何であれ、照合するものがあったようだった。おれにはアクセスできなかったが。くそっ、やつらが来る」

「リーランドに連絡して」ダービーは言った。「こっちも事情をたしかめてみるわ」

ダービーは斜面を登りはじめた。男たちはみな一様に口を閉じた。

クルーカットの背の高い男がダービーに名刺を渡した。司法省司法長官補佐官アレクサンダー・ツイマーマン。おやおや。

「ここでのきみの任務は完了した、ミス・マコーミック」ツィマーマンは言った。「科学捜査研究所の車に戻ったら、本件に関するすべての資料と証拠品をヴァモシ特別捜査官に引き渡してもらいたい。彼がきみをここから誘導する。ヴァモシ捜査官のあとについてボストン支局まで行ってくれ」

丸顔の男がダービーのそばに進み出た。

「これは行方不明者の捜索です」ダービーは言った。「そちらの管轄外のはずで――」

「FBIの捜査官がふたり命を落としている」ツィマーマンが言った。「それを考えれば、こちらに正当な指揮権があるはずだ。質問があるなら、おたくの検事に訊くんだね」

「どうしてCODISに一致するDNAのサンプルがあったんです?」

「ご機嫌よう、ミス・マコーミック」

ダービーはエヴァンのほうを振り返った。「ちょっとお話できますか?」

「あとで話そう」エヴァンは言った。「きみはすぐにここを離れなければならない」

ダービーは真っ赤になった。こんなふうに退散させるなんて、この人のことは絶対に許さない。

「あなたがこの人たちを呼んだのね？」

エヴァンは答えなかった。答える必要はなかった。顔を見れば一目瞭然だったからだ。

「きみは私の忍耐力を試しているようだね、ミス・マコーミック」とツィマーマンが言った。

ダービーは動かなかった。エヴァンから目を離そうともしなかった。「トラヴェラーの身元もわかっているんでしょう？　あの盗聴装置を利用することはトラヴェラーを見つける最善の策だった。あなたはトラヴェラーにどれだけのことができるかわかっていて、わたしたちが罠にかかるのを見過ごしたのよ」

エヴァンの顔の皮膚が引きつった。以前科学捜査研究所で目にしたことのある、冷たく刺すような目がダービーに向けられた。

「キャロルはどうなるの？」

「見つけ出すために手を尽くすさ」エヴァンはひややかに言った。

「きっとそうでしょうね。彼女のお母さんに言っておくわ。お嬢さんの捜索は、たしかですぐれた手にゆだねられたって」

ヴァモシがダービーの腕をつかんだ。その場を離れるか、抗うか。

「道具をとってこなくては」とダービーが言った。

「悪いが、それはここに置いていってもらわなければならない」ヴァモシが言った。

「捜索が終わったらそっちへ戻すよ」

ふたりのFBI捜査官が科学捜査研究所の車を調べていた。覆面の公用車が道をふさいでいる。ヴァモシ捜査官が事件に関係のありそうなものをあさるあいだ、ダービーは待たなければならなかった。

携帯電話がまた振動した。かけてきたのはパピーだった。

「午前中ずっときみと連絡をとろうとしてたんだぜ。クープの携帯電話を持って何をしてるんだ?」

「わたしの携帯電話は壊れちゃったのよ」ダービーはエクスプローラーから離れつつ言った。「どうしたの?」

「レイチェル・スワンソンのTシャツから採取した塗料のかけらについていい知らせがある。ドイツのデータベースで調べたら、何であるか特定できた。車の特殊な塗料だった。ムーンライト・ホワイトと呼ばれる色だ。イギリスでたった一種類が製造されている塗料だった。だから特定できなかったわけさ。その塗料はアストン・マーティン・ラゴンダのみに使われている」

「ジェイムズ・ボンドの映画に出てくる車？」

「あの車が有名になったのはジェイムズ・ボンドの映画のおかげだが、今おれが言っているラゴンダというモデルはイギリスで七〇年代後半──たぶん、七七年──に製造された初期の二代目のものだ。アメリカでは八三年に完売している。前と後ろにカラーテレビのついた改変モデルも作られている。当時は八万五千ポンドで売られていた。今の為替レートで換算すると、おおよそ十五万ドルだ」

ダービーはヴァモシがバックパックを調べるのをじっと見つめていた。「結構な値段ね」

「今どのぐらいするかはわからない。たぶん、物好きの収集家が好んで買うような代物さ。同じモデルの車はアメリカでは十台ほどしか売られていない。つまり、買い手は非常にかぎられた、選り抜きの人たちということになる。容易に持ち主は特定できるはずだ」

「今どこにいるの？」

「家さ。昨日のことがまだよく呑み込めなくてね。昨日は廃品集積場に塗料のサンプルを集めに行っていた。間一髪だったわけだ。そうじゃなければ、建物の中にいたわけだから。あれが……起こったときに」

ヴァモシはバックパックを捜査官のひとりに渡し、ダービーのそばへ来た。

「お母さんがご病気だとは知らなかったわ」ダービーは言った。「お気の毒に」

「何の話だ？」

「お見舞いに行ったほうがいいわ。きっと誰かにいっしょにいてほしいはずよ」

「そこに誰かいるのか？」

「ええ。聞いて。もう行かなくちゃ。ＦＢＩが訊きたいことがあるんですって。ボストン支局まで出向かなくちゃならないのよ」

「ＦＢＩが捜査を受け継いだのか？」

「そうなの」ダービーは言った。「お母さんの病気については誰かほかに話した？」

「きみにだけだ」

「そのほうがいいわ。あとで携帯電話にかけ直すわね」ダービーは電話を切った。

ヴァモシが目の前に立っていた。「後ろのポケットにはいっている写真も渡してもらえるかな？」

ダービーは写真を手渡した。

「この捜査にかかわるものはほかに所持していないかい？」

「全部お渡ししたわ」とダービーは答えた。

「きみのためにそうであることを願うよ」

ダービーはエクスプローラーの運転席に乗り、ふたりの捜査官の指示に従ってその場から車を出した。ヴァモシはすでに出発していた。ダービーはそのあとに従った。怒りで腕が震え、目は熱くなって濡れていた。

レイチェル・スワンソンのことを考えた。意志強固な笑みと苦労して得た知識を持つレイチェルは、信じがたいほどの痛みと残虐さを何年も生き延びた。傷や青あざや骨折だらけの衰弱しきった体で、同じように閉じ込められている女性たちの名前を書きとめておき、脱出の計画を立てていたのだ。その彼女も今は亡き人だ。

それでキャロルは？ まだ生きているのだろうか？ それともすでに、どことわからない墓に埋められてしまっているのだろうか？ メルのように、誰にもわからない場所に？

森の反対側を走っている道路はルート八六だった。二十三年前、そこで女性が首を絞められているのを目撃したのだった。その女性の名前も、彼女の身に何が起こったのかもわからない。しかし、ヴィクター・グレイディにはわかっていた。森の中の男はわたしをつかまえに来たが、わたしは生き延びた。あのとき生き延びたのだから、何があっても生き延びられるはずだ。

ダービーには自分のしなければならないことがわかっていた。幹線道路からの出口を見つけると、アクセル・ペダルを踏んで出口へと向かった。

56

ダービーは科学捜査研究所の車を酒屋の裏の配達車用駐車スペースに停めた。耳をそばだてる人間のいないところで、パピーの携帯電話に電話をかけ、状況をすばやく説明した。塗料のかけらについての情報をもう一度繰り返してもらうと、すべてをポケットの手帳にメモした。

「さっき訊きたかったんだけど、ドイツに塗料のサンプルを送ったのは誰？」

「おれさ」パピーは答えた。「ＦＢＩで特定できなかった場合に備えて送っておいたんだ。おまけに、ドイツ人たちは受けとってすぐに調べると言ってくれた」

「つまり、ＦＢＩでは特定できなかったってことね」

「おれの知るかぎりではね。ＦＢＩの科学捜査研究所でおれが連絡をとっている人間がメールを送ってきて、照合したがあたりは出なかったと言っていた」

エヴァン・マニングも同じことを言っていた。

「ダービー、ＦＢＩに見つかったら、この情報も渡さなきゃならない」

「だから、今日はどこかに隠れていなくちゃだめよ」

「そういえば、しばらくＭＩＴの図書館にでも行ってようかと思っていたんだ」

「それがいいわ。そこにいて──それで、わたし以外の電話には出ないで」

次にダービーはバンヴィルの携帯電話に電話をかけた。

「いい知らせは聞いてますよね」

「ＦＢＩのご友人たちが今も署にいて、私のオフィスのファイルやらコンピューターやらを物色してるよ」

「何を探しているんです？」

「私を散々にやっつけようってわけさ。捜査を受け継ぐ理由として、〝第八条〟を連呼しつづけてる」

「第八条ですか」ダービーは言った。「それって愛国者法と関係することですか？」

「その通り。大まかに言えば、テロリズムにかかわる事件の場合、国内での捜査権限をＦＢＩに与えるという法律さ。それ以上は私も知らない。ここを荒らしていったやり方からして、我々は何か連中にとってまずいことになりそうなものに行きあたってしまったんだな。それで、やつらはそれを隠そうとしているわけだ。秘密を葬るということにかけては、我が国の政府以上の巧者はいないからな――現政権はとくにそうだ」

「こっちで見つかったのは――」

「携帯電話では話さないほうがいい。今から言う番号に五分後にかけ直してくれ」

ダービーは番号を書きとめ、公衆電話を探しに行った。酒屋の正面の扉の前に一台あった。小銭に両替するために酒屋にはいり、山ほど二十五セント硬貨を手に入れると、バンヴィルに電話をかけた。そのあいだヴァモシ捜査官の車がいつ何時現れるかしれないとびくびくしながら、駐車場から目を離さずにいた。

バンヴィルはすぐに電話に出た。後ろでは車の音が絶えず聞こえている。

「こっちの電話でのやりとりも傍受されているんですか？」とダービーは訊いた。

「ことFBIに関しては、危険を冒したくないんだ。見つかったものについて教えてくれ」

「頭蓋骨を見つけました。半分掘り出したところで、FBIが現れて引き継ぐと宣言されました。クープによれば、CODISであたりがあったそうですが」

「きっかけはそれだと思う」

「FBIのほうは、CODISで名前と最後にわかっている住所を手に入れるでしょょうが、こっちにもキャロル・クランモアを見つける方法があります」ダービーは塗料のかけらのことを報告した。

「アストン・マーティン・ラゴンダね」バンヴィルは言った。「そいつはひどくかぎられた市場だな」

「生産台数が非常に少ないので、アメリカに持ち込まれた車についても簡単に調べがつくはずです。捜査はニューイングランドやその周辺の住人にしぼります。トラヴェラーはボストンに遠くからやってきているわけではありません。どこかこの近くに根城をかまえているはずです。女性たちにしているようなことをするには、人目につかない場所が必要です。車の持ち主の中で人里離れた場所に家を持つ人間を探しましょう」

「マニングによれば塗料は特定できなかったそうだ」

「それで?」

「もしかしたら、嘘だったかもしれないな」バンヴィルは言った。「すでに塗料のかけらからトラヴェラーのことを割り出そうとしている可能性もある」

「もしくは、マニングはほんとうのことを言っているのかもしれない。塗料のかけらを特定できなかったので、見つかった地図からトラヴェラーを割り出そうとしているんです」

「言っている意味がわからないが」

「地図はウェブサイトから印刷されたものでした」ダービーは言った。「ウェブサイトのURLが紙の一番下に印刷されていました。IPアドレスからトラヴェラーを突き止めるということです」

「IPアドレスってのが何なのか、見当もつかないね。コンピューターに関することは私にはからっきしわからない」

「FBIは地図のその部分にアクセスした人間を特定するだけでいいんです。地図をインターネットに載せている会社に行って、IPアドレスの記録を印刷させるわけです。IPアドレスというのは、サーヴィス・プロヴァイダーを通してインターネットにつなぐたびに、その人のコンピューターに割り当てられる特定の番号の羅列です。そのIPアドレスをたどれば、個人のコンピューターに行き着くわけです」

「つまり、そのIPアドレスというのは、デジタルの世界の指紋のようなものか」

「デジタルの世界の指紋というだけでなく、個人へと導く地図の役割も果たします。FBIをまっすぐトラヴェラーの家に導いてくれる地図です。FBIはIPアドレスのリストを手に入れてニューイングランドとその周辺に住む人間に的を絞って捜査をはじめることでしょう。それには少々時間がかかります。車の型からトラヴェラーを追いつめるほうが早いはずです」

「わかった。塗料のかけらについてわかったことをもう一度教えてくれ」

「どこへ行けば会えるか教えてください。そのほうが早いわ」

「きみはまずボストン支局へ行かなくちゃならない。もっと困ったことになる前に」

「力になりたいんです。あなたには信用できる人間が必要になるわ」

「信用の問題じゃないんだ、ダービー。ＦＢＩのせいで私が困ったことになることはない。来年の末には引退する予定だからな。しかし、きみがまだこの件の捜査をつづけているとわかったら、連中のせいできみが厄介なことになるはずだ。前にも同じようなことがあった。何度もな。ダウンタウンへ行くんだ。状況は逐次連絡するよ、約束する」

「塗料についての報告を聞きたいとおっしゃるなら、わたしも捜査に加わります」

「今回のことに首を突っ込むと、きみの経歴にかかわるぞ。少し考えてみたほうがいい」

「わたしの望みはキャロル・クランモアを見つけて家に帰してやることです。あなたはどうなんです？」

バンヴィルは答えなかった。ダービーは沈黙に向かって言った。

「こんなことを言い合っていても時間の無駄です。キャロルはまだ生きているかもしれないんですよ。すぐにとりかからなきゃなりません」

「酒屋に車を停めていると言ったな」

「パリセイズにあるジョセフズ・ディスカウント・リカーズです」とダービーは答えた。「裏の配達車用の駐車スペースに停めています」

「こっちにはまだ監視用のヴァンが一台残っている。そこから捜査の指揮をとれるはずだ。二十分待ってくれ」

## 57

午後一時ちょうどに、ＦＢＩの人質対応部隊《ＨＲＴ》がクアンティコの滑走路でプライヴェート・ジェット機に乗り込んだ。トラヴェラー事件の状況説明は搭乗直前に受けていた。状況説明はこうだった——

一九九二年、九人のラテン系とアフリカ系のアメリカ人女性がコロラド州デンヴァー及びその周辺地域で行方不明となった。この事件の第一容疑者であるジョン・スミスは、警察が住所を突き止めたときにはすでに荷物をまとめて逃亡したあとだった。

スミスの自宅は隅々まできれいにされていたが、デンヴァー市警の科学捜査官は、乗り捨てられた行方不明女性の車のそばで土の上に残されていた足跡と一致するブーツの足跡の一部を発見した。空のごみ箱にルミノールをスプレーしたところ、若干血痕も残っていた。血液を分析した結果、ふたつの異なるDNAサンプルが検出された。

最初のサンプルはデンヴァーで行方不明になっている女性の遺伝子情報と一致した。そのDNA情報は、FBIのDNA検索システムであるCODISに登録された。

もうひとつのサンプルもCODISに登録されたが、FBI以外の法執行機関や科学捜査研究所にはその人物の特定ができないようになっていた。その血液は〝神の手〟の一員であるアール・スラヴィックのものだった。〝神の手〟は、人種浄化を実行するために合衆国政府の転覆をも目標に掲げている白人至上主義の準軍事組織だった。関係について確証は得られなかったものの、オクラホマ・シティの爆破事件でも、この組織がひと役買っていたと思われている。

スラヴィックはFBIの機密情報提供者でもあった。

ラテン系女性への暴行で逮捕されたスラヴィックは、組織の活動について詳細な情報を提供することと引き換えに早期に仮釈放されたのだった。オクラホマとの州境にほど近いアーカンソーの山中にある人里離れた訓練施設で、組織の一員として彼は火器の使用訓練を受け、爆弾の作り方を学んだ。一九九〇年はじめ、スラヴィックは銃を突きつけてラテン系の女性を拉致しようとした。その女性、エヴァ・オーティスを森の中に引きずっていったのだが、スラヴィックがつまずいて転んだすきをついて、オーティスは走って逃げた。

女性は面通しでスラヴィックを選び損ねた。彼は地元の警察から釈放された。未遂に終わった女性拉致事件がようやくFBIの知るところとなったときには、スラヴィックはすでにコロラドに移り、ジョン・スミスという偽名を使って独自の人種浄化運動をはじめていた。

その一件が非常に慎重に扱わなければならないものだったため、スラヴィックの情報はすべて登録されることになった。指紋やDNA情報がコンピューターのデータベースに載ったのだ。一致するサンプルがあった場合、FBIにはスラヴィックの居場所が知らされることになったが、サンプルを提出した法執行機関や科学捜査研究所には、FBIがつけたトラヴェラーというコードネームしかわからないようになっていた。

デンヴァーを出てから次にスラヴィックが姿を見せたのはラス・ヴェガスだった。八ヵ月のあいだに、十二人の女性と三人の男性が行方不明となった。そこで見つかった足跡のひとつが、デンヴァーで採取されたものと一致した。

スラヴィックが一九九四年にアトランタに移ったときに、三人の行方不明女性の捜査に関して、エヴァン・マニング特別捜査官に協力が要請された。ガソリンスタンドの従業員に扮したスラヴィックがマニングを襲い、マニングは気を失う寸前にどうにか這ってその場から逃げた。手にかけた数多くの犠牲者と同様に、スラヴィックはかすみのように姿を消した。

今朝、午前八時に、マサチューセッツ州で誘拐されたティーンエージャーの自宅で見つかった血が、CODISに登録されているアール・スラヴィックのDNAと一致し、状況が一変した。

ジェット機が離陸しても、誰も口を開かなかった。HRTは自分たちがニューハンプシャー州ポーツマスのピース空軍基地に向かっていることを知っていた。そこからブラック・ホーク戦闘ヘリコプターで、ルイストンに設営された司令所へ向かうのだ。

隊の指揮官であるコリン・カニーがヘッドセットをはずした。数分かけてメモを読み直してから、立ち上がって部下に説明をはじめた。

「さて、諸君、よく聞いてくれ。今朝早く、インターネットのサイトからプリントアウトされた地図が見つかったが、うちの科学捜査研究所によって、ハイカー向けに開設されているウェブサイトのものであると特定された。それについては運がよかったと言える。二週間前にニューハンプシャー州ルイストンのセダー・ロード十二番に住んでいる人間がその地図にアクセスしていた。危機管理班がすでに現場に行っている。その家を目視確認したところ、住んでいたのはおなじみのスラヴィックだった」

「今度はじっとしていてくれるといいですね」とサミー・ディバッティスタが言った。

弱々しい笑い声が機内に響いた。

「ピース空軍基地の友人たちのおかげで、一時間ほど前にブラック・ホークが飛び、上空からその家を何枚か写真におさめた」カニーは言った。「うっそうとした森に囲まれた地域で、それは我々にとっては有利に働くだろう。建物は三つ。母屋と、車を何台も停めてあるかなり大きなガレージ――ガレージに二台のヴァンがあるのも確認された。それから物置だ。敷地は鉄条網で囲まれ、監視カメラや赤外線探知警報システム等々が設置されている」

カニーはそこでしばしことばを止めた。次のことばを強調したかったからだ。

「スラヴィックはアーカンソーの〝神の手〟の訓練施設でかなりの時間を過ごした。銃の撃ち方を心得ているだけでなく、爆発物に関しても専門知識を持っているとみなされている。諸君も知っての通り、やつは肥料爆弾で病院を爆破し、フェデックスの箱に仕掛けた手製のプラスティック爆弾をボストンの科学捜査研究所に届けている。ヴァンに仕掛けたダイナマイトでうちの人間もふたり殺された。突入にあたっては、建物のどれかに爆弾が仕掛けられている可能性も考えておかなければならない。到着は日が暮れてからになる。インテルサット衛星によれば、スラヴィックの敷地内にはほかにも誰かいるらしい。おそらくは、やつが周辺で自分の運動に勧誘した週末兵士野郎どもだろう。やつのことはすばやく思いきり叩きたい。やむを得ない場合を除き、血みどろの銃撃戦は避ける」

ウェイコ（一九九三年、テキサス州ウェイコで武装して立てこもった〝ブランチ・ダヴィディアン〟の信者たちをFBIが急襲した一件）の亡霊が隊員たちの顔をよぎった。

カニーは部下のうち、もっとも腕のいい狙撃手であるサミー・ディバッティスタとジム・ハグマンに目を向けた。

「サム、ハギー、私からの指示がないかぎり、銃を発射してはだめだ、わかったか？」

ふたりの男たちはうなずいた。カニーは心配していなかった。このふたりとともに実戦に参加したのははじめてではなく、ふたりの能力についてはよくわかっていたからだ。

「スラヴィックが自宅に何人の女性たちを監禁しているかはわかっていない」カニーは言った。「女性たちが生きていると想定しての突入となる。女性たちを救助するのが最優先の目的だ。これは奇襲作戦となる。交渉は行われない。

最後にひとつ。本件は完全にＦＢＩの管轄となっている。ＡＴＦや地元警察からの干渉は心配しなくていい。必要とする技術的及び戦略的支援は危機管理班がすべて準備してくれているはずだ。今わかっているのはそれだけだ。何か質問は？」

サミー・ディバッティスタが全員の心に浮かんだ疑問を代表で口に出した。「スラヴィックが反撃してきたらどうしますか？」

「答えは簡単だ」カニーは言った。「クソ野郎をぶっ倒す」

58

マサチューセッツ州の車両局のコンピューターはひどくのろかった。アメリカに輸入された十二台のアストン・マーティン・ラゴンダの所有者および過去の所有者の二十ページのリストを集めるのに二時間以上もかかった。

ダービーは最近の所有者について細かい字がプリントされた紙に目を通しており、バンヴィルは監視用のヴァンの盗聴防止機能つき電話で話していた。FBIが捜査を引き継いでから四時間以上が経過していた。そのあいだにバンヴィルは極秘に捜査をつづけるにあたって、信用できる刑事たちを何人か集めた。

十二台のラゴンダのうち、まだ動いているのはたった八台だった。あとの四台は廃車になっていた。バンヴィルが電話を切ったときには、ダービーはメモをまとめている最中だった。

「レイチェル・スワンソンの死因は塞栓症だそうだ」バンヴィルは言った。「点滴のチューブに空気を注入したやつがいる。点滴のチューブもICUの監視カメラのテープといっしょにFBIに押収されたが」

「最高ですね」ダービーは言った。ＦＢＩがこれまでの捜査を踏襲しているのはまちがいない。

「ＩＣＵの看護師に訊いてまわったが、みな爆弾に関することしか覚えていない。だからこそ、トラヴェラーは病院に爆弾を仕掛けたわけだろう？　あれだけの混乱を引き起こし、人々の恐怖心をあおってやつは忍び込んだんだ」

「まるで九・一一のときのようですね。みな逃げ場を探して駆けまわる。他人に注意を払う者などいない」

「まったくずる賢いやつだ」バンヴィルは顎をこすった。「どうしてやつが荷物をまとめて逃げてしまわなかったのか、いまだに理由がわからないんだが」

「たぶん、自意識のせいです。犠牲者のうち、これまで逃げた人間はいなかったから。もしくは、レイチェルがあまりに多くを知りすぎていて、残していって我々に何か話される危険を冒したくなかったのかもしれないけれど。車についてわかったことを見てください」

ダービーはリストのうち八つの名前にマーカーを引いた紙を手にとった。「近隣の州で、ラゴンダの最近の所有者が住んでいるのは、コネティカットとペンシルヴェニアとニューヨークです」

「トラヴェラーの犠牲者のひとりはコネティカットの人間じゃなかったか？」

ダービーはうなずいた。「この名前を見てください」

「〝トーマス・プレストン、コネティカット州ニュー・キャナン〟」バンヴィルは読み上げた。「〝車を二年間所有し、二ヵ月あまりまえに売却。売却されたラゴンダはまだ登録されていない〟」

「その車を買ったのがトラヴェラーということはあり得ます。まずプレストンを調べましょう。どのぐらい長くコネティカットで暮らしているのか、それから、ヴァンを所有しているかどうか」

バンヴィルはコンソール越しに手を伸ばし、壁つきの電話を手にとった。

「スティーヴ、マットだ。十五ページを見てくれ。ページの中央あたりにコネティカット州ニュー・キャナンのトーマス・プレストンという名前があるだろう。この人物についてできるだけのことを調べてくれ。ヴァンを所有しているかどうかを知りたい」

二十分後、電話が鳴った。バンヴィルはしばらく耳を傾けていたが、やがて送話口を手で覆った。「プレストンに前科はないそうだ。四十九歳の弁護士で、離婚経験者だ。今の家で暮らして二十年になる。ヴァンを所有したことはない」

プレストンは削除。

「プレストンが車を誰に売ったのか調べなければなりません」ダービーは言った。「プレストンの自宅の電話番号を調べてもらってください。オフィスの番号や携帯電話の番号も全部。それから、保険会社の名前も調べてください」

バンヴィルは電話の相手にそれを伝えて切った。「車を買ったのがトラヴェラーだとしても、プレストンに偽名を教えたとすれば、突き止めようはないな」

「幸運を祈りましょう。そろそろ幸運に恵まれてもいいころです」

「どうして保険会社の名前を知る必要があったんだ？」

「一番確実なやり方は、保険会社の人間のふりをして電話することですから。この男性は弁護士です。刑事事件に関して質問しようとすると、弁護士というのがどういう反応を見せるかはご存じでしょう。法的なくだらない書類の山にうずもれることになってしまいます。答えを手に入れるまでに一週間はかかるでしょう。でも、保険会社の人間だと名乗れば、知っていることをすぐに教えてくれるはずです」

「たしかに」

バンヴィルの電話相手は十分後にまたかけてきた。

「わたしが電話をかけてもいいですか？」ダービーはバンヴィルの荒っぽい口調のせ

いでプレストンにそっぽを向かれるのは困ると思った。

バンヴィルはダービーに受話器を渡した。

ダービーはまずオフィスに電話してみた。秘書が出て、ミスター・プレストンは電話中だと言った。ダービーは何分か耳に優しい退屈な音楽を聴いて待たなければならなかった。

「トム・プレストンです」

「ミスター・プレストン、こちらシアー・インシュランスです。所有してらっしゃるアストン・マーティン・ラゴンダのことでお電話いたしました」

「その車なら、二ヵ月前に売ってしまいましたが」

「ナンバープレートは返却されましたか？」

「もちろんです」

「こちらの記録によりますと、車両局では返却されていないことになっているようですが」

プレストンは弁解するような口調になった。「ナンバープレートは返しましたよ。問題があるとしたら、車両局のほうに問い合わせてください」

「どうやら何か手違いがあったようです。権利証書はコピーされましたか？」

「もちろんしましたよ。何でもコピーしておくんです。こういう登録関係の役所ってのは最低ですね。こんなやり方で仕事をしていたら、私だったら弁護士資格をはく奪されますよ」

「お怒りはごもっともです。こうしたらどうでしょう。所有権を委譲された方のお名前とご住所を教えていただければ、お客様が車両局に出向かなくて済むようにこちらで処理いたしますが」

「名前なんて忘れてしまいましたよ。権利証書のコピーは自宅においてあるんです。明日朝一番でこちらから電話しますよ。お名前は何ておっしゃいましたかね？」

「ミスター・プレストン、この件に関してはすぐに処理する必要があるんです。ご自宅にどなたか連絡をとれる方はいらっしゃいますか？」

「いいえ、ひとり暮らしなもので――ちょっと待ってください。車の操作マニュアルを郵送したんだった」

「何ですって？」

「相手が車をとりに来たときに、オリジナルの操作マニュアルが手元になかったんですよ」プレストンは言った。「見つからなくて。操作マニュアルも、書類関係はすべてほしいと言われて、探してみると答えたんです。それで、住所をくれたので、あとから郵送すると約束しました。それを手帳に書きつけておいたはずだ……ああ、あった。ニューハンプシャー州グレン、カーソン・レーン十五番」
「その人物の名前は？」
「ダニエル・ボイル」

## 59

マサチューセッツ州の車両登記所へ送られたバンヴィルの部下の刑事は、すでにニューハンプシャー州の車両局と連携して調べを進めていた。車両局のコンピューターの記録によると、ダニエル・ボイルは二日前にヴァンを売り払っていたが、まだナンバープレートは返していなかった。アストン・マーティン・ラゴンダに関しての登録情報はなかった。

ニューハンプシャー州の車両局はボイルの運転免許証の写真を送ってきた。

ダニエル・ボイルの運転免許証がコンピューターの画面に現れた。四十四歳の白人男性であるボイルは、ふさふさとしたブロンドの髪と愛想のよい顔をしていたが、グリーンの目には生気がなかった。

バンヴィルは電話を切ると、すぐに別の番号をダイアルした。「ボイルは自宅の電話を三日前に不通にしている」

「どうやらよそへ移る用意をしているようですね」とダービーが言った。

「すでに逃げたあとかもしれない。携帯電話を持っているかどうか調べてみよう。持っていて、電源をオンにして持ち歩いていたら、携帯電話の電波から居場所を突き止めることができるかもしれない。ここにはそういった装置はないから、電話会社の協力を得ないといけないが」

バンヴィルはグレン郡の保安官事務所に電話をかけた。ダービーはGPSの画面を見つめていた。車は高速で九五号線を北に向かっている。このスピードで行けば、ボイルの自宅まで一時間あまりで着くだろう。

「郡の保安官、ディック・ホロウェイは今日はもう帰ったそうだ」バンヴィルは電話を切って言った。

「通信指令係が呼び出してくれている。今話した女性はボイルの家があるあたりのことに詳しい人だった――湖のまわりに六つかそこらの古い家があるそうだ。誰も寄りつかないようなところだと言っていたよ。ダニエル・ボイルのことは覚えていないが、その母親のカッサンドラのことは知っていたそうだ。長年そこで暮らしていたが、あるとき姿を消したらしい」

「その通信指令係がそんなことを覚えていたと？」

「グレンは狭い地域だ。地域の結びつきも強い。今話をした女性はそこで生まれ育ったと言っていた。ボイルが実家に戻って暮らしていると聞いて驚いていたよ。もう何年もその家は空き家だと思っていたそうだ。

その通信指令係はもうひとつおもしろい話もしてくれた」バンヴィルはつづけた。「一九七〇年代後半に、近所で暮らしていたアリシア・クロスという女の子が行方不明になったそうだ。死体は見つからなかった。ボイルが容疑者として浮かび上がったことがあるかどうか、誰かに調べさせると言ってくれたよ」

ダービーは断片がつなぎ合わせられていく気がした。「グレン郡がＳＷＡＴを出動させるのにどのぐらいかかりますか？」

「ＳＷＡＴはさまざまな郡から招集される」バンヴィルは答えた。「ホロウェイが指令を出してから、集合するだけでも一時間か二時間かかるだろう」

「ボイルが自宅にいるかどうかパトカーを送ってたしかめさせるのは？」

「やつに警告を与える危険は冒したくない。このヴァンは電話修理のトラックに似せて作ってある。現場まであと一時間もかからないほどだ。このままボイルの家に向かって我々自身でやつがまだいるかどうかたしかめたほうがいいだろう。ラゴンダがガレージに停まっていたら、ホロウェイに連絡して応援を頼もう」

「派手に突入するのはどうかと思うんですが。玄関口に警官が来ているのを知ったら、やつは逃げることに決めてキャロルやほかの女性たちを殺してしまうかもしれません」

「そうだな。ヴァンを運転してくれているワシントンを偽の修理工に変装させよう。ここにいくつか制服があるから。彼だったらテレビに顔も映っていないから、ボイルにも分からないだろう。電話の修理工となれば、我々が訪ねるよりもやつがドアを開ける可能性は高い。ドアさえ開けば、こっちのものだ」

## 60

ダニエル・ボイルはこれまでほぼずっとスーツケースひとつで暮らしてきた。軍で受けた訓練によって、必要最低限のもので暮らすすべを身につけていたのだ。荷造りするものはあまりなかった。

もともとは、地下でやるべきことを果たしてから、日曜日に出ていくことになっていた。今日の午過《ひる》ぎにリチャードがメールで〝森で死体が発見された。すぐに逃げろ〟というメッセージをくれて、その予定が変更になった。

ボイルはニュー《N》イングランド《E》・ケーブル《C》・ニュース《N》でニュース速報を見た。ベラム警察が森で一体の白骨死体を見つけたという。死体がどのようにして発見されたのか、どうやって警察にその場所がわかったのか、ニュースでは詳しいことは告げられなかった。その場所の映像も流れなかったので、彼にはどこで死体が見つかったか正確にはわからなかった。

あの森には一九八四年の夏に姿を消した女たちが埋まっていたが、これまで死体が警察に見つかったことはない。警察には見つけられるはずがなかったのだ。グレイディの家に残してきた地図は火事で燃えてしまったのだから。

警察が見つけたのは白骨死体ひとつだ。見つかったのは姉であり母である女の死体だろうか。そうだとして、身元がわかったら、警察は捜査をはじめ、ここ、ニューハンプシャーにやってくるかもしれない。

レイチェルが警察に何か話したにちがいない。しかし、何を話せるというのだ？　ベラムの森のことも、そこに何人の女が埋められているかも知らないというのに。レイチェルはおれの名前も住んでいる場所も知らなかった。姉であり母である女を埋めた場所も絶対に知らないはずだ。レイチェルが何を話せたというのだ？　オフィスで何かを見つけたのだろうか？　ファイル・キャビネットで？　封筒やノート型パソコンをスーツケースに入れているあいだ、疑問が何度も頭の中を巡った。

最初の封筒にはふた組の偽の身分証――パスポート、運転免許証、出生証明書、社会保障カード――がはいっていた。あとのふたつには予備の一万ドルがはいっている。別の町で生活をはじめるための元手となる金だ。その後はノート型パソコンを使って、ケイマンのプライヴェート・バンクの口座から電信送金させればいい。

ボイルはスーツケースのジッパーを閉めた。彼は後悔や悲しみというものを知らなかった。感傷という概念は露ほども縁のないものだった。それでも、幼少期を過ごしたこの家のことは恋しくなるだろう。部屋も広く、人目も気にならないこの家。主寝室からのすばらしい湖の眺めも恋しいが、何より恋しくなるのは地下室だろう。

ボイルは寝室の明かりを消した。荷造りしなければならないのはあとひとつだけだ。

車三台分のガレージの上にあるサーヴィス・ルームへと足を踏み入れた。明かりはつけなかった。窓や天窓から射し込む月の光で充分明るかったからだ。

まだ母の衣服がはいっているウォークイン・クローゼットの脇を通りすぎると、ドライヴウェイを見下ろす窓のそばに膝をついた。カーペットをはがし、動かせる床板をとりはずすと、よく油を差したモスバーグのショットガンと弾丸をつかんだ。それを使ったのはたった一度、祖父母を殺したときだけだった。

ボイルは窓の外へ目を向けた。立ち上がろうとしたところで、下に人影が見えた。誰かがガレージをのぞいている。

ベラムの刑事、バンヴィルだ。

ボイルは凍りついたようになった。

バンヴィルはジャケットの内側に向かって話している。イヤピースもつけている。監視用の道具だ。ヴェストにつけたマイクに向かって話しているのだ。

見つかったようね、ダニエル。

母の声。

あなたをつかまえに来るのよ。そう言ったでしょう。

これは何かのまちがいだ。証拠はアール・スラヴィックへとつながるように細心の注意を払って残してきたはずだ。血痕、クッション封筒、茶色の繊維、キャロルの写真。すべてがスラヴィックに結びついている。バンヴィルがここへ来るはずがない。

どうしてリチャードが電話してこなかったのだ？　バンヴィルを見張っていたはず

なのに。

リチャードの身に何かあったのだろうか？

ボイルはブラックベリーをとり出した。メールでメッセージを送って答えを待つのは嫌だった。今すぐはっきりさせなければならない。今すぐに。ボイルはリチャードの電話番号をダイアルした。

電話は鳴りつづけた。リチャードのヴォイスメールが作動した。ボイルはメッセージを残した。「バンヴィルが家に来ている。今どこにいる？」

電話会社のヴァンがドライヴウェイにはいってきた。薄暗い車内灯がついた。運転席には、胸ポケットにヴェライゾンというパッチを縫いつけた茶色の上着の男がすわっている。男はクリップボードを調べていた。

つまり、これがやつらのやり方か。電話会社の修理工にドアベルを鳴らさせ、ドアが開いたら突入というわけだ。強行突入をしないのは、キャロルを殺されるのではないかと恐れているからだ。

もう逃げ道はないわ、ダニエル。

ボイルはドアベルに応えなかった。応えなければ行ってしまうだろう。やつらが去るのを待ってから、車で逃げればいい。

もう遅いわ。あなたが家にいるのはばれている。階下《した》とガレージの明かりがついているから。バンヴィルが車のそばに荷造りした箱が積まれているのを見たわよ。あなたが逃げる準備をしていることは警察に知られてしまっている。出てこなければ、強行突入するだけよ。

裏口から森へ逃げられるはずだ。小屋の鍵を持っている。小屋にはゲイター（農作業等に使う小型車輌）が置いてある。小道を通って幹線道路へ向かい、そこで車を見つけて盗めばいい。いや、ゲイターは音が大きすぎる。小道は走って逃げなくては。

バンヴィルはほかの警官も連れてきているわ、ダニエル。家は包囲されているのよ。逃げてもすぐにつかまるわ。

ボイルは暗い森を見まわし、そこに何人のSWAT隊員が隠れているのだろうと思った。

終わったのよ、ダニー。逃げられないわ。

「ちがう」

あなたは死刑囚の独房に入れられる。ワインセラーよりも真っ暗な場所に。

「黙れ」

あなたはきっと死刑を認めている場所に引き渡されるわ。そして、台にしばりつけられ、注射されるの。息ができなくなって死ぬときに最後に耳にするのはわたしの声よ、ダニー。あなたはひとりきりで死ぬの。わたしと同じように。

警察につかまるわけにはいかない。どこかの檻《おり》に閉じ込められてたったひとりで死ぬつもりはなかった。自分の車かやつらの監視用のヴァンのところまで行きつかなければならない。車をどこで乗り捨てればいいかはわかっている。逃げて、ふたたび姿を消す方法を考えつくまでしばらく隠れていればいい。

運転手がヴァンから降りた。バンヴィルが拳銃をとり出した。

ボイルはスーパー・マグナム弾を四発ショットガンにこめた。残りの弾丸《たま》はポケットに突っ込み、階段へ向かった。

## 61

ダービーはペリスコープで家の正面を見つめていた。

ここへ来る途中は荒れ果てた家を目にすることになるだろうと思っていた。ポーチには穴が開き、窓ガラスの割れた陰気な建物にちがいないと。今見ている家はマサチューセッツ州ウェストンの高級住宅地で目にするような家だった。左右に翼を伸ばした古風なコロニアル様式の建築で、大きな部屋はどれも高価な家具や最新式の電化製品であふれた家。ライトアップ用の照明が小ぎれいなレンガ敷きの小道と、その両側を囲むよく手入れされた茂みを照らし出している。

ボンネットと車体の横の部分にあちこちさびが出ているアストン・マーティン・ラゴンダがガレージに停まっていた。バンヴィルがイヤピースを通してそれを教えてくれた。ダービーはシークレット・サーヴィスが使っている監視用の装置――イヤピースと、ベルトにくくりつけた小さな黒い箱に線でつながっている襟マイク――を身につけていた。

ダービーは応援を頼んだほうがいいと思ったが、バンヴィルに待つ気はなかった。車の横には箱が積んであった。ボイルが逃げようとしているのだ。ニューハンプシャーのSWATの出動を待っていたら時間がかかりすぎる。キャロルやほかの女性たちが家の中のどこかで生きている可能性も考えなくてはならなかった。今すぐボイルを倒さなくてはならない。

家の中に人がいるのはたしかだった。階下《した》の明かりはひとつだけ、玄関ホールからもれている。二階の寝室で明かりが消える前に人影が動いたのもまちがいない。

茶色の制服に身を包んだ刑事のグレン・ワシントンがドアベルを鳴らした。

電話が鳴っていた。壁の電話ではなく、クープの携帯電話だ。ダービーは電話に出た。

「トラヴェラーを見つけた」エヴァン・マニングが言った。「ニューハンプシャーに住んでいた。ＨＲＴはやつを倒さなければならなかった。今わかっているのはそれだけだ」

「その男でまちがいないんですか？」

「まちがいないと思っている。ＨＲＴが倒した男はガソリンスタンドで私を襲った男だった。ジョン・スミスと同じ刺青が二の腕にあった。封筒の話をしたことは覚えているかい？　キャロル・クランモアの服がはいっていた封筒だ」

ダービーは家に目を戻した。「もう作られていない封筒だと聞きました。製造していた会社がつぶれたと」

「今、目の前にその封筒が棚いっぱいにあるよ。同じ封筒だ。こいつは古いＩＢＭの電子タイプライターとコンピューターと写真用プリンターと写真用紙も持っている。紙とプリンターについては研究所に持ち帰るまでたしかなことは言えないがね。いくつか種類のちがう盗聴装置も見つかった」

「キャロルはどこに？」

ワシントンがまたドアベルを鳴らした。

「まだ探しているところだ」エヴァンは答えた。「さっきのことはすまないと思っている。ああいうやり方はしたくなかったんだが、私が決めることではなかった」

玄関のドアが開いた。

イヤピースからワシントンの声が聞こえてきた。「こんばんは。電話会社の者ですが――」

ショットガンが火を噴き、彼を玄関の階段から吹き飛ばした。

62

ダービーの手から電話が落ちた。バンヴィルが拳銃をかまえ、家の中へ二発撃ち込んだ――バンッ。ショットガンから発射された弾丸《たま》がドア枠を砕き、木のかけらがバンヴィルの背中に降り注いだ。

ダービーは床から携帯電話を拾い上げた。エヴァンが呼びかけている。「ダービー？　どうなってるんだ？　聞こえるか？」彼女は電話を切って九一一番をダイアルし、救急車と応援の要請を行った。

ペリスコープでもう一度家の様子を見ると、バンヴィルが玄関のドアから中へはいっていくのがちらりと見えた。ワシントンは胸をつかんで仰向けに倒れている。

ダービーはヴァンの後ろのドアを開け、運転席のドアへと走った。足に力がはいらないまま運転席にすわったが、イグニッション・スイッチにキーがぶら下がっているのを見てほっとした。エンジンをかけると、思いきりアクセルを踏み、大きく揺られながら、正面の芝生の上をヴァンを走らせた。イヤピースからバンッという音が聞こえてきた。バンヴィルが一度に二発ずつ、短い間隔で銃を発射している。

ダービーはヴァンをワシントンと玄関のドアのあいだに停め、ヴァンを盾にして車から降り、倒れている警察官のところへ走った。

ショットガンの弾丸を受けて、上着の生地は大きく裂けていた。血は出ていない。上着のジッパーを下ろすと、裂けた生地の下に強化パッドつきの防弾チョッキが見えた。

ワシントンの生気のない、怯えたような目がダービーを見上げていた。喉からたんがからまるような耳障りな音が聞こえてくる。

ダービーは脇の下に手を入れて抱え起こした。「がんばって。大丈夫だから」と何度も繰り返しながら、彼の体を引きずって、激しい風が落ち葉を一面に吹き散らした芝生を横切った。

イヤピースからまた銃声が聞こえてきた。叫び声とガラスが割れる音も。

ダービーはどうにか男の上半身をヴァンの後部に引き上げ、一度降りて男の脚を持ち、カーペット敷きの床の上に押し上げた。

それから男のそばに膝をつき、ショルダー・ホルスターからシグ・ザウエルの拳銃をはずした。ボタンをちぎり、シャツを破いて開くと、圧迫をなくすために防弾チョッキのマジックテープをはずした。

ガラスの割れる音。イヤピースからではなく外から聞こえてくる。

シグをつかみ、ダービーはヴァンから降りてドアを閉めた。

ボイルがショットガンを手にガレージの屋根の上に立っていた。

ダービーは地面に伏せた――バンッ、車の後部ドアに弾丸があたった。彼女は身を転がして立ち上がると、運転席のドアへ向かった。バンッ、ヴァンの防弾の車体に弾丸があたって跳ねた。

耳の奥ががんがんするのを感じながら、ダービーはボンネット越しに銃をかまえ、屋根の上を狙った――

ボイルがドライヴウェイに飛び降りた。

車のところへ行こうとしている。ダービーはそう胸の内でつぶやきながら二発発射した。

遠すぎる。どちらもガレージにあたった。ボイルはよろよろと立ち上がり、ガレージの中へ向かってまた撃った。バンヴィルが中にいるにちがいない。

ボイルは森の奥へ向かった。

ダービーはあとを追った。ガレージの中にいるバンヴィルの姿がちらりと見えた。前方で小枝を踏みしだく音を頼りに、森の中へと走る。悪夢の中でよくそうするように、全速力で走った。小枝や木の葉が顔や腕や手をかすめていく。

ショットガンの銃弾がすぐそばの木にあたった。足がこわばり、ダービーはつまずいて倒れ、岩や枯れ枝が散らばる地面に思いきり身を打ちつけた。どうにか立ち上がったところで、ボイルが駆け寄ってくる音が聞こえた。その足音はどんどん速く、どんどん近くなってくる。

背後からは森の中を走る別の足音が聞こえてきた——バンヴィルだ。前方からの足音がやんだ。

ボイルはどこ？

目が暗闇に慣れ、目の前の地面が見えた。窪地《くぼち》で一旦下り、それからまた登り坂になっている。ダービーは坂を登り、うっそうとした茂みをかき分けながら進んだ。きつくつかんだ手の中で拳銃は大きく扱いにくく思えた。

地面が平らになった。右か左か。どちらへ行くか決めなくては。急いで。

左に曲がると、そこにダニエル・ボイルの顔があった。

ダービーは拳銃を持ち上げた。ボイルはショットガンの握りを彼女の側頭部に振り下ろした。痛みに目の前で明るい火花が散り、ダービーは仰向けに地面に倒れた。ボイルは彼女の手を踏みつけ、拳銃を持つ指を開かせた。そして、ショットガンの熱い銃口を喉に突きつけた。

バンッ。ボイルがよろよろとあとずさり、木に背中を押しつけた。バンヴィルが現れてボイルの胸を撃ったのだ。それでもショットガンを持ち上げようとしたため、バンヴィルは何度も銃を発射した。ボイルの顔が空気の抜けた風船のようにくしゃくしゃになり、体は幹に赤く濡れた跡を残しながら、木から地面へとくずおれた。

## 63

ダービーは脚が震えて立てなかった。バンヴィルが腰に腕をまわして死体のそばを離れさせてくれたが、何度も振り返り、ボイルが追ってこないことをたしかめずにはいられなかった。

「死んだよ。もう危害を加えてくることはない」バンヴィルは一度ならず言った。「終わったんだ」

森から出るころには、道は暗闇に包まれてはいなかった。パトカーがあちこちに停まり、その青と白の回転灯の光が木々やボイルの家の窓に踊っている。

赤ら顔の警官がドライヴウェイに立っていた。ディック・ホロウェイ保安官は婉曲《えんきょく》な物言いはしなかった。自分の縄張りで銃撃戦があったことにひどく腹を立てていたのだ。

ダービーはふたりのそばを離れて家の中へはいった。壁の漆喰があちこち吹き飛ばされている。ニトログリセリンのにおいが充満していた。部屋から部屋をよろよろと見てまわり、地下へつづくドアを見つけた。

地下への階段を降りると、ほとんど明かりのない不気味な迷路のような廊下があった。ダービーはキャロルの名前を呼びながら、古い家具や箱であふれた薄暗くほこりっぽい部屋から部屋を通り抜けた。奥まで行くと、蜘蛛の巣だらけでカビくさい小さなワインセラーがあった。

キャロル・クランモアの姿はなかった。人のいる気配もなかった。

階段を昇って戻ると、バンヴィルが玄関ホールに立っていた。

「地下に独房はありません」ダービーは言った。「キャロルやほかの女性たちのことはどこか別の場所に閉じ込めていたようです」

ホロウェイが寝室で床に置かれたスーツケースを調べていた。寝室の窓のひとつは吹き飛ばされている。

「やつはここにバリケードを作り、窓から逃げたんだ」バンヴィルが言った。「屋根からきみを狙って撃っただろう」

スーツケースの中にはかなりの数の衣服とノート型パソコンがあった。封筒にはいった大金といくつかの偽の身分証も見つかった。

「どうやらかなり遠くまで逃げる準備をしていたようだな」ホロウェイが言った。

「おたくたちはちょうど間に合ってここへ到着したわけだ」

「ノート型パソコンを見てみたいんですけど」ダービーが言った。「キャロルを見つける手がかりが何かあるかもしれません」

「その前に傷の手当てをしなくちゃな。こう言ってはなんだが、きみは現場を血だらけにしつつあるよ」

救急救命士が頰骨の上の切り傷を縫い、腫れをおさえるためのアイスパックをくれた。左目は腫れてほとんど見えなくなっていたが、ダービーは病院へ行くことは拒んだ。

腫れつつある顔の左側にアイスパックをあて、監視用ヴァンの後ろのバンパーにひとり腰をかけ、ホロウェイの部下たちが森へはいっていくのを見守った。

森の中で懐中電灯の光が交差するのが見え、警察によるメラニーの捜索が思い出されて胸が痛んだ。あのとき、メルはきっと大丈夫と自分に言い聞かせたものだった。メルが戻ってくることはなかったのだが。

神様、お願いです。キャロルは生きていますように。同じ思いを二度するのは耐えられません。

バンヴィルが玄関から出てきて、ダービーの横に腰を下ろした。

「ホロウェイの部下のひとりがコンピューターに詳しいそうで、ノート型パソコンを開けてみた。すべてがパスワードで保護されているそうだ。セキュリティの突破の仕方を知っている人間が必要だ。さもなければファイルが消去されてしまう」

「ボストンのコンピューター班に連絡することもできますが――ちがう建物にいるので、例の爆発の影響は受けていないはずです」ダービーは言った。「ただ、今は誰もいないでしょう。朝まで待たなければなりません。それほど長く待ちたくはないですね」

「ほかにいい考えがあるのか？」

「マニングに連絡してはどうでしょう。彼なら誰か見つけられるかもしれない——マニング自身、近くにいるはずですし」

ダービーはエヴァンと電話で話した内容を説明した。バンヴィルは最後まで口をはさまなかった。靴の爪先をじっと見つめながら、ポケットの小銭をかきまわしていた。

ホロウェイが森から出てきた。

「この敷地から四百メートルも行かないところに小屋があった。しっかりと鍵がかかっている。案内するよ。足場がかなり悪いから、気をつけてくれ」

小屋は空き地にぽつんと建っていた。家と同じ白いペンキで塗られている。大きなシャッター扉には工場仕様の南京錠がふたつついていて、誰も中にはいれないようになっていた——もしくは誰も逃げられないように。小屋には窓もドアもなかった。

警察署からボルトカッターを持ってきてもらうまで、三十分以上待たなければならなかった。

ガレージのスペースには泥のついたジョン・ディア製のゲイターがあった。シャベルが積んである。ダービーが懐中電灯を借りて調べると、ビニールの座席の上に血痕とおぼしき乾いたしみがあった。

バンヴィルが廊下の角の向こうから首を突き出した。「ダービー」

狭い廊下は有孔ボードで囲まれており、そこに芝刈り用の道具がかかっていた。バンヴィルは廊下の奥まで行き、ライムのはいった袋を棚から下ろして床に置いた。壁の有孔ボードに四角い穴が開いていて、中に手を入れて取っ手をまわせるようになっている。

しかしまずは、そこについている南京錠をはずさなければならなかった。

隠し部屋はふたつの独房に分かれていた。どちらにも鍵はかかっておらず、人の姿もなかった。

バンヴィルはむき出しのグレーのコンクリートとステンレス鋼だけの部屋の中にはいった。鏡も窓もなく、天井の高いところに小さな空気孔があるだけの部屋だ。軍の放出品である寝台がボルトで床に留められている。排水孔が部屋の中央にあった。ダービーは科学捜査研究所で見たキャロルの写真を思い出した。

「彼女が閉じ込められていたのはここにちがいない」とバンヴィルが言った。

シャベルを積んだゲイターとほこりの積もったベッド。ダービーは最後の希望の糸がぷっつりと切れるのを感じた。

64

ダービーはほかの人に話を聞かれないようにバンヴィルを脇に引っ張った。

「HRTはヘリコプターを使用できるかもしれません」ダービーは言った。「それで、ヘリコプターに赤外線熱探知機が積んであれば、それを使って森を捜索し、キャロルの体温の名残を見つけられるかもしれない。どのぐらい深い場所に埋められ、どのぐらい前に殺されたかにもよりますが」

「ホロウェイがすでに州警察に応援を要請した。朝には犬が到着する。この森は隅々まで捜索するつもりだ」

「ヘリコプターがあれば、二時間ほどでこの森全体を捜索できます」

バンヴィルは長いため息をもらした。

「わたしだってFBIに協力を要請したくない気持ちは同じです」ダービーは言っ

た。「でも、ダイアン・クランモアのことを思うと。ここで起こったことが明日朝一番のニュースに載ることはおわかりでしょう。母親がニュースで知る前にこっちから知らせてやるべきだと思うんです」

バンヴィルは携帯電話をダービーに渡した。「マニングに電話してくれてかまわない」

ダービーは暗い小道にひとり立ち、マニングの番号をダイアルした。背後ではホロウェイの部下が忙しく立ち働いている。

「ダービーです」

「もう一時間以上、きみと連絡をとろうとしていたんだぞ」エヴァンが言った。「どうなってるんだ。電話は途中で切れるし。こっちからずっとかけつづけていたんだが、出なかったな」

「キャロルは見つかりました？」

「いや、まだだ。ただ、さらなる証拠が見つかった——男もののブーツだ。サイズは十一でライザー・ギアの製造だ。寝室のカーペットが茶色であることもわかった。きみが見つけた繊維と一致すると思うよ」

「独房は見つかりました？　写真に写っていたような」

「いや」

「キャロルはそこにはいないんです」

「どういうことだ？」

「まず、HRTについて訊きたいんですが。ヘリコプターは使用できますか？」

「ブラック・ホークはね」エヴァンは答えた。「どうしてだ？」

「赤外線熱探知機は搭載されていますか？」

「どうなっているんだ、ダービー？」

「それをたしかめて、バンヴィルの携帯電話に電話をください。番号はわかりますか？」

「わかる。ただ、教えてくれ——」

ダービーは電話を切った。ホロウェイの部下たちは最近掘られたばかりの墓を見つけるために森の捜索にとりかかろうとしていた。

三十分後、エヴァンが電話してきた。

「ブラック・ホークには赤外線熱探知機が搭載されているそうだ」

「森の捜索に必要になります」ダービーは言った。「埋められた死体を探すためです。たぶん、何機か要るでしょう」

「きみはどこにいるんだ？」

「それよりも、どうしておたくのすばらしい組織がうちの事件を引き継ぐことになったのか、理由を教えてください」

「言っただろう、今回の事件は——」

ダービーは電話を切った。

エヴァンはすぐにかけ直してきた。「きみをこの件から締め出すと決めたのは私ではない」

「わかっています。そうなったときには、あなたも心底うろたえていたようだから」

「きみのおかげで困った立場に置かれたよ。きみに話すわけにはいかないんだ——」

「何があったのか、今すぐ教えてください。じゃないと、また切ります」

エヴァンは答えなかった。

「さようなら、マニング特別捜査官」

「これから言うことは絶対に口外してもらっては困る。私のところに問い合わせが来ても否定するからな」

「ご心配なく。あなたたちＦＢＩのやり方はよくわかっているつもりですから」

「我々が倒した男はアール・スラヴィックといって、かつて、オクラホマ・シティの爆破事件とかかわりを持っているのではないかと疑われていた白人至上主義組織の内部で我々のために働いていた情報提供者だった。スラヴィックはその組織についての情報を我々に提供する一方で、自分で人種浄化運動をはじめ、同じ地域で女性たちを誘拐するようになった。私は地元の警察に手を貸すために呼ばれたんだが、状況がはっきりしはじめたころには、スラヴィックは身のまわりを整理して姿を消していた。それ以降、我々はやつを探していたんだ」

「わたしが見つけたブーツの足跡で、キャロル・クランモアの誘拐に誰がかかわっているかはすぐにわかった」

「ああ、そのことは話したはずだ」

「でも、スラヴィックのDNA情報がCODISに登録されていることは話してくれなかった。それが機密情報であることも。つまり、それとDNAが一致した場合、FBIのみにわかるようになっていた。だからこっそりやってきて後始末をつけようとした。これだけの女性たちを行方不明にした男が、かつてFBIの情報提供者だったことを誰にも知られたくなかったから。森で見つかった死体も、スラヴィックの犠牲者のひとりだったんでしょう？」

「おめでとう」エヴァンは冷たい口調で言った。「ようやく全体像が見えたようだね」

「最後にひとつ教えてください」ダービーは言った。「いったいどうやってトラヴェラー——いいえ、アール・スラヴィック——の隠れ家を見つけたの？」

エヴァンは答えなかった。

「あててみましょうか」ダービーは言った。「わたしが見つけた地図ね。ＵＲＬが下の隅に印刷してあったわ。ＩＰアドレスからスラヴィックを割り出したんでしょう？」

「こちらは情報を提供した。今度はきみの番だ」

「ある家の裏に小屋を発見しました。キャロル・クランモアの写真に写っていたのと同じ独房を持つ小屋です。その家はダニエル・ボイルという男が所有するものです。彼がスラヴィックに罪をかぶせたのはまちがいないですね」

エヴァンは答えなかった。

「どうやらおたくたちは対外的に大変なことになりそうですね」ダービーは言った。「ニュースにならないといいんですが。きっとメディアは一年はこの話題を引っ張るんじゃないですか？　ああ、たぶん、そんなことにはならないわ。おたくたちはそれを隠蔽《いんぺい》する方法を見つけるでしょうから。真実を隠すということにかけては、連邦政府の右に出る者はないもの」

「ボイルはどこだ？」

「死んだわ」

「きみが殺したのか？」

「バンヴィルです」ダービーはエヴァンに住所を告げた。「ヘリコプターを忘れないで」

そう言って電話を切った。目を閉じ、顔にアイスパックをあてた。肌は冷たく、感覚を失っていた。

## 65

ブラック・ホークは森の上空を二度旋回したが、残熱は探知できなかった。ボイルによってキャロルは数日前に殺されていたか、死体が地中深く埋められているかのどちらかだった。

埋葬場所の捜索は翌日の朝八時に再開されることになった。その時間にニューハンプシャー州警察が死体捜索犬を連れてくることになったのだ。事件は州警察の管轄になった。

州の科学捜査研究所の鑑識班が午前零時前に到着し、ふた手に分かれて捜査を行った。ひと組は家の中を、もうひと組は森の中の現場を受け持った。

エヴァンは森にも家の中にもはいることを許されなかった。ほぼずっと電話をかけながら、芝生の隅のオークの木立の中を行ったり来たりしている。そのあいだダービーはホロウェイの部下のふたりの刑事たちから事情聴取を受けた。

バンヴィルが疲れ切った顔で森から出てきた。「ホロウェイがボイルの財布と電話と鍵を見つけた。鍵は山ほどある」と彼は言った。「そのうちのひとつがスラヴィックの家の鍵であることにいくらかける？」

「こっちがボイルの家への立ち入りを許さないかぎり、ＦＢＩもスラヴィックの家の近くへは寄らせてくれないでしょう」

「マニングはどうしてる？」

「ずっと電話中です。ツィマーマンとかわいい小人たちのグループはすぐにもここへやってきて、どうにか介入しようとするでしょう。濡れ衣を着せられた男を殺してしまったとわかったわけだから、きっとひどく神経質になっているわ」

「ボイルはポケットにブラックベリーを持っていた」バンヴィルは言った。「ホロウエイが調べている。メールは見つからなかったが、電話にはかかってきたものもかけたものも、すべての記録が残っている。ボイルは今晩九時十八分に誰かに電話している」

「誰に電話していたんです？」

「まだわからない。通話時間は約四十六秒。ホロウェイによれば、マサチューセッツのエリア・コードだそうだ。今番号を調べている。マニングとは話したのか？」

「いいえ。彼のほうもわたしには何も言わないし」

「よし。話さないほうがいい。たまにはやつにも冷や汗をかかせてやろう」

バンヴィルの電話が鳴った。彼は表情を変えた。

「ダイアン・クランモアからだ。この電話には出なければな。電話を終えてから、誰かにきみを家まで送らせよう。それについて口答えはなしだ、ダービー。FBIが到着したときにきみにここにいてほしくない。非難は私が受けるさ。誰かに訊かれたら、私の命令で同行したと言うんだ」

検視局のふたりの局員が担架に載せた死体袋を運んでいくのをダービーが見ていると、エヴァンが隣に来た。

「顔の腫れはまだひどいようだね。氷をあてたほうがいい」

「家に帰る途中に買っていきます」

「家に帰るのか？」

「バンヴィルが足を見つけてくれたらすぐに」とダービーは答えた。

「私が乗せていこう」

「ここにいなくていいんですか？」

「ここではあまり人気者じゃないからね」

「なぜでしょうね」

「休戦協定を結んで、私が家まで送るというのはどうだね？　それよりも、病院まで送らせてくれるのはどうだ？」

「病院に行く必要はないわ」

「だったら、家まで送らせてくれ」

ダービーは時計に目を落とした。午前零時をとうにまわっている。バンヴィルがここで送ってくれる人間を見つけられなければ、クープに電話するか、バンヴィルの部下がここへ来るまで待たなければならない。どちらにしても、ベラムに戻るのは早くとも午前三時になってしまうだろう。今エヴァンといっしょに出れば、それなりの時間に家に着き、多少睡眠をとって体を休めてから、ここへ戻って明日朝の捜索に加われるだろう。

「バンヴィルに伝えてきます」とダービーは言った。

車に乗り込むと、ダービーは助手席側のサイドミラーに目をやり、ちかちかと光る青と白の回転灯が小さくぼやけていくのを見つめた。心のどこかで、自分はキャロルを見捨てていくのだという気がした。

回転灯の明かりがすっかり見えなくなると、前方の道路はヘッドライトで照らされている部分以外は真っ暗だった。ダービーは息苦しさを覚えた。車の中が狭すぎるように思えたのだ。空気が必要だった。体を動かす必要があった。

「車を停めて」

「どうしたんだい?」

「車を停めてくれればいいの」

エヴァンは道端に車を寄せた。ダービーはドアを開け、舗装されていない道路によろよろと降り立った。真っ暗な森がまわりをとり囲んでいる。目に浮かぶのはあの冷たい灰色の独房に閉じ込められたキャロルの姿だけだった。たったひとり、母親から引き離されて怯えている。

ダービーにもそれがどれほどの恐怖かはわかった。ベッドの下に隠れていたあのときに同じ恐怖を感じたからだ。母の部屋に逃げ込んだあのとき、それから、メラニーが階下《した》で助けを求めていたあのときに。

車のエンジン音がやみ、背後でドアが開いて閉まる音がした。しばらくして、砂利を踏むエヴァンの足音が聞こえた。

「彼女を見つけるためにきみはできるかぎりのことをしたよ」彼は優しい声で言った。

ダービーは答えなかった。ただ真っ暗な森を見つめていた。キャロルはあのどこかに埋められているのだ。

遠くで小さく明滅する青と白の光に目が行った。寝室の窓のそばに立ち、監視用のヴァンがドライヴウェイにはいってくるのを見つめているボイルの姿が脳裡に浮かんだ。そして彼は——

「電話をかけた」ダービーは声に出して言った。

「何だって？」

「ボイルはわたしたちがドライヴウェイにはいってきてから電話をかけたのよ——ブラックベリーに記録が残っていた。ボイルが電話をかけたのは九時十八分。わたしたちがドライヴウェイに車を乗り入れたのは九時ちょっと過ぎだった。監視用モニターで時間を確認したのを覚えているわ」

ダービーの心の目にそれがはっきりと見えた——窓の奥に立ち、電話修理のヴァンがドライヴウェイにはいってくるのを見ているボイルの姿。警察が来たとどうしてわかったのだろう？　知らなかったはずなのに。バンヴィルがドライヴウェイに立っていた。それにボイルが気づいたのだろうか？　たぶんそうだ。

ボイルがバンヴィルに気づいたとしよう。ボイルはショットガンをつかみ、階下《した》へ降りる前に電話をかける。誰にかけたのだろう？　いったい誰に助けを——

「ああ、馬鹿ね」ダービーは自分のうなじをつかんだ。「ボイルが電話をかけたのは、共犯者がいたからよ。トラヴェラーはひとりじゃなかった。ふたり組だったのよ。ボイルは相棒に警告するために電話をかけたんだわ」

ダービーは振り返った。エヴァンは遠く離れたところにいるかのようだった。思いに沈んだうつろな目をしている。

「考えてもみて」ダービーは言った。「ボイルは三件の爆破を実行したんです。ヴァンを爆破し、フェデックスの箱に入れたマネキンに爆弾を仕掛け、肥料爆弾を病院で爆発させた」

「きみの言いたいことはわかるよ。ただ、ヴァンは前の晩に現場に置いておき、翌朝フェデックスのトラックで出かけた可能性はあるはずだ」

「盗聴装置はぴったりの時間にオンになったわ。それがボイルにできたのは、わたしたちを見張っていればこそだった。でも、わたしたちを見張りながら、同時にフェデックスのトラックを運転することはできなかったはずです」

「なかなか的を射た説だね」エヴァンは言った。「おそらく、スラヴィックが相棒だったんだ。彼の家には山ほど証拠が残っていたよ」

「相棒はスラヴィックじゃないわ。彼は身代わりにすぎなかった」

「スラヴィックが歯向かってきたんで、罪を押しつけることにしたのかもしれない。スラヴィックが死ねば、ボイルは荷物をまとめて逃亡できるからね。逃亡の準備をしていたわけだろう？」

「スラヴィックの家を隅々まで調べても、独房は見つからなかったと言ったでしょう」

「そうだ。しかし、ボイルの家にはあったんだろう」

「あったのは一時的な監禁場所だった」

「言っている意味がよくわからないが」

「ボイルの家にはふたつしか独房がなかったんです」ダービーは説明した。「レイチエルの話では、ほかにも女性たちが監禁されていたということだった。ポーラとマーシーです。三人が監禁されていた——いいえ、四人だわ。四人いたのよ。レイチェルとポーラとマーシーとレイチェルのボーイフレンドのチャド。つまり、レイチェル以外に三人が同じ場所に閉じ込められていた。どこか別に監禁場所があったにちがいないわ」

「最初はチャドがいっしょにいて、彼がいなくなったところで、まずポーラが連れてこられたんじゃないのか。それでポーラが死んでから、ボイルが——ボイルとスラヴイックが——マーシーを連れ込んだというわけだ」

「いいえ。みんな同じときにいっしょにいたんです」

「たしかなことはわからないはずだ」エヴァンは言った。「レイチェル・スワンソンは妄想にとりつかれていた。病院にいるときだって、まだ独房に閉じ込められていると思っていたわけだろう」

「テープを聞いたでしょう。レイチェルは出口はないと言っていたわ。あるのは隠れる場所だけだって。小屋の独房は小さかった。レイチェルが隠れる場所なんてなかったんです。それに、彼女は腕に方向を示す文字を書いていた。どこからか逃げ出すための方向を。こうも言っていました。『右へ行こうが、左へ行こうが、まっすぐ進もうが、同じことよ。どれも行き止まり』レイチェルとほかの女性たちはどこか別の場所に監禁されていたんだわ。絶対に」

「キャロルを見つけたい気持ちはわかるが、思うに――」

ダービーはエヴァンの脇をすり抜けた。

「どこへ行くんだ？」

「ボイルの家に戻るんです」ダービーは答えた。「バンヴィルと話をしなければ」

エヴァンはポケットに両手を突っ込んだ。「ボイルがレイチェルやほかの女性たちを自分の家の地下室に連れ込んだ可能性は考えてみたのかい？　もしかしたら、そこでレイチェルとほかの女性たちを追いまわしたのかもしれない。あそこなら部屋もたくさんあるし、隠れる場所も多い」

「ボイルの家の地下室についてどうしてそんなに詳しいんです？」

「メラニーを殺したのがそこだからさ」とエヴァンは言って、クロロフォルムをしみ込ませた布をダービーの顔に押しつけた。

ダービーは意識をとり戻したが、頭には濃いもやがかかっていた。うつぶせに——ベッドではなく、ひどく固いものの上に——寝ていた。腫れたまぶたでふさがっていないほうの目をしばたたかせて開けると、漆黒の闇が広がっていた。ダービーは仰向けに転がって身を起こした。

一瞬、ひどい事故に遭って目が見えなくなったのかと思った。が、やがて記憶が戻ってきた。

エヴァンが顔に布を押しつけてきたのだった。あの日、浜でヴィクター・グレイディのことや行方不明の女性たちの運命について告げ、慰めてくれた男が、クロロフォルムの布を顔に押しつけ、メラニーを殺したのは自分だと白状したのだ。エヴァンこそがボイルの相棒だった。ボイルが女性たちを拉致してここへ連れてくるあいだに、エヴァンが偽の証拠を残していたのだ。

ダービーは暗闇の中、めまいを感じながら立ち上がった。体を軽く叩きながら深呼吸し、めまいを抑えようとした。上着はなくなっていたが、まだその他の衣服とブーツは身につけていた。ポケットは空になっている。出血している部分はなく、怪我もしていないようだったが、脚の震えは止まらなかった。

めまいはおさまった。今度は今いる場所をたしかめなくては。

ひんやりとした暗闇の中へ手を伸ばし、ダービーは少しずつ歩を進めたが、伸ばした指がざらざらとした平らな表面に触れ、そこで足を止めた。コンクリートの壁だ。左に進み、歩数を数えた。一歩、二歩、三――何か固いものに足があたった。手を下に伸ばし、輪郭を探ってみる。寝台だ。五歩で壁に突きあたった。向きを変える。六歩でまた何かに足がぶつかった。今度はトイレだ。ボイルの小屋にあった、キャロルが監禁されていたのと似たような独房にいるのだ。

ブザーが響いた。学校のベルのように耳障りで荒々しい音。

扉が開き出す。カタッ、カタッ、カタッ。独房の闇を二分するように明かりが細く射した。

身を守らなければ。武器が必要だ。独房の中を探すの。しかし、すべてがボルトで留められていた。使えるものは何もない。

扉が開くと、外はひどく薄暗い廊下だった。

音楽が鳴り出した――フランク・シナトラの〈君にこそ心ときめく〉。

エヴァンははいってこなかった。

めまいはおさまり、代わりにアドレナリンが噴き出していた。頭を働かせなくては。

エヴァンはわたしが出ていくのを待っているのだろうか？

出口はたったひとつ。ダービーは音楽以外に何か音が聞こえないかと耳を澄ましながら、不気味な廊下へと少しずつ近づいた。突然動くものがないかと目を凝らす。エヴァンが襲ってきたら、まっすぐ目を突いてやる。目が見えなければ、あのくそ野郎も害をおよぼすことはできないだろう。

ダービーは独房の壁に背を預けて立った。よし。走る準備をして。鼓動はどんどん速くなっていた……よし、今よ。ダービーは身をひるがえし、木のドアが六つある長い廊下へと足を踏み出した。

ドアはすべて閉まっていた。そのいくつかにはドアノブがあった。ふたつには南京錠がかかっている。

閉まっているドアと向かい合うように四つの独房があり、その扉が開いたのだった。ダービーはほかの三つの独房を調べて歩いた。誰もいない。何か武器になるものはないかとたしかめたが、何もなかった。すべてがボルトで留められている。最後の独房にはレイチェル・スワンソンを思わせる強い体臭が漂っていた。ここがレイチェル・スワンソンが監禁されていた場所なのだ。レイチェル・スワンソンが何年ものあいだ暮らしていた場所なのだ。

また警報のようなベルが鳴った。鋼鉄の扉が音を立てて閉まり、鍵がかかった。前方のずっと奥から別の音が聞こえてきた。ドアが開いて閉まる音。また開いて閉まる音。

エヴァンだ。エヴァンがやってくるのだ。

逃げなければ。逃げる算段をしなければ。でも、どこへ逃げるというの？　ドアを選ぶのよ。

ダービーは目の前のドアを開けようとしてみた。が、鍵がかかっていた。隣のドアには鍵がかかっていない。ダービーはドアを開けて足を踏み入れた。そこは夢に何度も出てきたような迷路になっていた。

目の前に明かりのない狭い廊下が伸びている。両側にふたつずつ、四つのドアの輪郭がかろうじて見分けられた――いや、五つだ。廊下の突きあたりに五つ目のドアがある。部屋の壁は釘打ちされたベニヤ板だった。ベニヤ板の何枚かは裂けて穴が開いている。その小さな穴からのぞいてみると、向こう側も同じような部屋になっていた。

そこではっと思いあたることがあった。レイチェル・スワンソンが腕や地図に書いていた数字や文字。あれはこの迷路の方向を示していたのだ。レイチェルはどのドアをくぐり抜ければいいか見つけ出していた。

ダービーは数字と文字の組み合わせをどうにか思い出そうとした。そこらじゅうでドアが開いたり閉まったりする音がしている。エヴァン以外にも誰かここにいるのだ。キャロルがここに？　生きているの？　何人の女性がここにいるのだろう？　なぜみな走っているの？　エヴァンは彼女たちに何をするつもりなの？　わたしには？

考える時間はなかった。ダービーは別の部屋に足を踏み入れた。この部屋にはドアがふたつあり、そのうちひとつだけに鍵がかかっていなかった。壁には穴が開いている。銃弾で開いた穴だ。エヴァンが銃を持っているのだ。銃を持っているとしたら、ああ、どうしたらいいだろう――何ができるだろう？　どうすることもできない。足を止めず、ひそかに近づいて襲いかかる方法を考えるしかない。まず、何か武器として使えるものを見つけなければ。それも急いで。

ダービーは身をこわばらせた。誰かが近づいてくる。

その隣の部屋はもっと大きく、ドアも四つあった。そのひとつに南京錠がかかっている。ダービーは部屋の中にはいり、ドアのひとつを開けようとした。ドアが開くと、その先の部屋にはいり、そっと背後のドアを閉めた。エヴァンに居場所を知られたくはなかった。

この部屋には廊下があったが、幅が狭く、身を横にしないと通り抜けられなかった。ドアのいくつかは中から鍵をかけられるようになっているのがわかった。まったくドアノブのないものもある。ドアがなく、ドア枠だけがある部屋もあった。どうして部屋の造りがまちまちなのだろう？

やつらはここで獲物を狩っていたのだ。この迷路で追いまわし、狩りがもっとおもしろいものになるように、獲物たちに隠れる場所を見つけさせていたのだ。

さまざまな形態の部屋からなる迷路の奥へと足を踏み入れるにつれ、目が暗闇に慣れてきた。レイチェルとの会話が断片的に頭に浮かんだ。ここには出口なんてないわ。あるのは隠れる場所だけ……右へ行こうが、左へ行こうが、まっすぐ進もうが、同じことよ。どれも行き止まり。忘れたの？　……出口なんてないのよ。探してみたけれど。

逃げる方法はあるはずだ。レイチェル・スワンソンはここで何年も生き延びた。出口だってきっとある。少なくとも隠れる場所ぐらいは——

耳をつんざくような悲鳴が聞こえ、ダービーは飛び上がった。

ザクッ。また女の悲鳴——すぐ近くだ。この薄い壁の向こう。またドアが開いて閉まる音。ここには何人の女性たちがいるの？

「たすけて――」

キャロルの声ではない。女が誰かはわからなかったが、すぐそばにいるのはたしかだ。声をかけて、ひとりではないことを教えてやろうか？　いいえ、こちらの居場所を知られてはだめ。ダービーは迷路のさらに奥へと這い進み、それぞれの部屋の特徴をすばやくつかもうとしながら、棍棒《こんぼう》として使える木の切れ端か何かがないかと床を探った。

コンクリートの床に木の切れ端が散乱している部屋があった。あるドアの下からは黒い液体がもれ出している。膝をつく前にそれが何であるかはわかった。血だ。においでわかる。目の前のドアには鍵がかかっていなかった。ダービーはそれを開けた。

神様、お願いです。ここにエヴァンがいませんように。

床にうつぶせに女が倒れていた。その下に血だまりができている。女の虐殺のされ方を見て、喉元まで悲鳴がこみ上げてきた。

ダービーは悲鳴を呑み込んだ。全身がぶるぶると震え、頭がぐるぐるとまわる。あたりを見まわすと、血染めの足跡が床についている。足跡は廊下の先へつづき、消えていた。エヴァンの姿はなかった。

背後の壁でかすかに動くものがあった。ドアはなかったが、壁の床に近い部分に通り抜けられるぐらいの長方形の穴が開いていた。エヴァンがそこにいるの？

ダービーはたしかめたくはなかったが、のぞいてみずにもいられなかった。膝をつくと、穴から向こうをのぞいてみた。穴から見上げたその部屋には、キャロル・クランモアの小さく震える姿があった。

67

「キャロル」ダービーは小声で言った。「キャロル、こっちよ」

キャロル・クランモアは床にはいつくばり、穴からダービーのほうをのぞき込んだ。

「警察の者よ」ダービーは言った。「怪我はない？」

キャロルは恐怖に目をみはりながら、ないというふうに首を振った。

「あなたなら楽にこの穴を通り抜けられると思うわ」ダービーは言った。「さあ、手を貸すから」

キャロルは木が裂けてできた穴にもぞもぞと身を押しこめ、途中で動けなくなった。ダービーがキャロルの手をつかんで引っ張り出したが、裂けた木の端がキャロルの脚を引っかいた。キャロルは裸足だった。足やすねにはすり傷ができていて、ところどころ血が出ている。ブラジャーとショーツ姿でぶるぶると身を震わせていた。

「あいつ、斧《おの》を持っているのよ。見たの――」

「そいつが誰かはわかっているわ」ダービーは言った。「知りたいのは今どこにいるかよ。姿を見た？」

キャロルは首を横に振った。

「ここにはわたしたち以外に何人いるのかしら？　知ってる？」

「何人か声を聞いたことはあるわ。女の人の声。でも、見たのはひとりだけ。血を流していた。起こそうとしたんだけど、あいつが追ってきたので、逃げたの。それで、骸骨を見た」キャロルの顔がくしゃくしゃになった。「お願い、わたし、死にたくない――」

ダービーはティーンエージャーの女の子の肩をつかんだ。「よく聞いて。怖いのはわかるけど、泣いたり悲鳴をあげたりしてはだめ。絶対に。わかった？　あいつに見つかりたくないの。ここから逃げる方法を探らなくちゃ。あなたにも気を強く持って協力してもらわなくちゃならないわ。勇気を持って。できる？」

女の悲鳴――すぐそこだ。すぐ前から聞こえてくる。

ダービーはキャロルの口に手をあて、体を壁に押しつけてドアが閉まるのを待った。また女の悲鳴。キャロルがさっきまでいた部屋から聞こえてくる。女は命乞いをはじめた。「お願い……なんでも言う通りにするから。お願い、傷つけないで」

ダービーの手の下でキャロルがすすり泣いていた。涙がダービーの指の上を伝った。

ザクッ。女が恐怖に悲鳴をあげ、キャロルが飛び上がった。

ゴツッ。女の悲鳴が耳障りなごぼごぼという音に変わった。フランク・シナトラが〈フライ・ミー・トゥ・ザ・ムーン〉を歌っている。

ザクッ、ゴツッ、ザクッ。その後はエヴァンの荒い息遣いしか聞こえなくなった。隣の部屋にいるのだ。エヴァンが女たちのひとりを殺し、今度は斧で壁を叩いている。ザクッ、ザクッ、ザクッ。キャロルに悲鳴をあげさせ、隠れているところを見つけようという魂胆なのだ。

壁を叩く音がやんだ。ダービーは穴を見下ろした。さあ、穴から首を突き出してのぞいてきなさいよ。そうなったら、力まかせに蹴って鼻を折ってやる。首を突き出してちがう方向を見たら、後頭部を思いきり蹴って意識を失わせてやればいい。

フランク・シナトラが〈マイ・ウェイ〉を歌い出した。

エヴァンは穴から顔をのぞかせようとはしなかった。

行ってしまったの？

ダービーは待った。さらに待った。思いきってのぞいてみよう。

ダービーはキャロルに耳打ちした。「穴から向こうをのぞいてみるわ。ここにいて。絶対に動いても悲鳴をあげてもだめ。わかった？」

キャロルはうなずいた。ダービーは床に膝をついた。

死んだ女の手の先に目をやると、開いたドアのそばに黒いブーツが立っているのが見えた。エヴァンはまだそこにいて待っている。ブーツのすねあたりに血まみれの斧がぶらぶらしているのが見えた。

エヴァンはドアをぴしゃりと閉めてほかの部屋に向かった。またドアが閉まる音。

フランク・シナトラは〈ザ・ウェイ・ユー・ルック・トゥナイト〉を歌っている。

ダービーはあることを思いついた。ああ、神様、うまくいきますように。

「キャロル、あなたが見た骸骨だけど、どこにあったか覚えてる？」

「向こうに戻ったところよ」キャロルは穴を指差して言った。

「場所を教えてもらわなくちゃならないわ」

「ここに置いていかないで」

「置いていったりはしない」

「ほんとうに？」

「ええ」ダービーはシャツを脱いでキャロルに手渡した。「わたしが最初に穴の向こうへ行くわ。向こうへ行ったら、目を閉じてって言ってから、あなたがまた穴を通り抜けるのに手を貸すわね。ちょっと待ってて」

ダービーは身をくねらせて穴を通り抜けた。Tシャツに血がしみ込んできた。キャロルが目を閉じて穴を通り抜けると、ダービーは彼女の手をとり、めった切りにされた床の死体から離れた場所へ導いた。

「もう目を開けていいわ」ダービーは言った。「さあ、骸骨を見た場所を教えて」

「あのドアの向こうよ」

ダービーはドアを開けた。廊下には誰もいなかった。ふたりで廊下へ出てからダービーはドアを閉めた。キャロルの案内で部屋をふたつ通り抜け、三つ目にはいった。ダービーが先に立ち、陰になって見えないところに誰もいないことを確認しながら進み、それぞれの部屋の特徴を記憶に刻んだ。

コンクリートの壁の廊下に出た。ここが迷路の端にちがいない。でもどっちの端？

キャロルは廊下の奥の漆黒の闇を指差した。床の上に破れたシャツが落ちている。

「あの向こう」

大きく深呼吸すると、ダービーはキャロルの手をとって闇の中を進んだ。

廊下の突きあたりに大小の骨が散らばっていた――砕けた大腿骨《だいたいこつ》の端や、脛骨《けいこつ》や割れた頭蓋骨など。ほかの女性たちを怖がらせるために、エヴァンとボイルが骨を残しておいたのだろうか？

待って。大腿骨に目を戻して。端がとがっている。鋭く。それを使うのよ。

手に骨を握ると、ダービーはキャロルといっしょに廊下の反対側の端へ走った。そこにはひとつしかドアがなかった。ドアを開けたダービーは、森の中の男と顔を突き合わせることになった。

68

エヴァンの顔は二十年以上前にダービーが見たのと同じ汚いエースの包帯で覆われていた。目と口は同じ黒い布きれで隠されている。青いつなぎと、ナイフや銃のホルスターに改造された大工用のベルトには、血が飛び散っていた。

キャロルはエヴァンが斧を振り上げるのを見て悲鳴をあげた。ダービーはありったけの力をこめてドアを閉め、そこに体重を預けた。ほかのところにはプッシュボタン式の鍵のついたドアもあったが、このドアにはついていなかった。キャロルもドアを押さえるのに協力した。

ザクッ。斧が木を割った。斧の刃がダービーの頬に深く刺さった。

ダービーは悲鳴をあげたが、ドアに体重を預けることはやめなかった。逃げなければ。でも、どこへ？　ザクッ。また斧が振り下ろされた。頭を使うのよ。隠れなければならない。考えるの——死体のあったあの部屋の穴。エヴァンは穴を通り抜けられない。そっちへ向かうのよ。そのためには全速力で走らなければならない。

銃弾がダービーの頭の横の木を吹き飛ばした。ダービーはキャロルの手をつかんで暗い部屋と廊下をすばやく通り抜けた。お願いします、神様。どうかふたりとも転びませんように。ダービーは走りながらドアをくぐり抜けてはすばやく閉めた。エヴァンが追ってくる。足音がどんどん……どんどん近く……もうすぐそこまで。

後ろの壁にまた銃弾があたった。悲鳴をあげるキャロルをダービーは死体のある部屋へ押し込んだ。振り返ってみると、エヴァンが銃をかまえている。ダービーがドアを閉めた瞬間に銃弾が発射され、木製のドアを一部吹き飛ばした。ドアにはプッシュボタン式の鍵がついていた。ああ、神様、ありがとう。ダービーは拳で鍵を閉めた。キャロルが死んだ女性を見つめていた。ダービーはキャロルの肩をつかみ、まわれ右させて穴のところへ連れていった。エヴァンがドアを開けようとしたが、ドアは開かなかった。鍵がかかっていてはいれないのだ。

「穴を通り抜けて」とダービーは言った。

ぎざぎざの穴を通り抜けようとしたキャロルの体が途中でつかえた。ダービーが押し込んでやっていると、エヴァンがドアを蹴りはじめた。ドスッ、ドスッ、ドスッ。

ダービーはまた膝をつくと、穴の反対側で膝をついているキャロルにささやいた。

「ドアをバタンと閉めてわたしたちが逃げているように見せかけて。できるだけ大きな音を立てるのよ。いい？　すぐにわたしもそっちへ行くから」

「わたしのことを置いていかないって約束して――」

銃弾がドアにもうひとつ穴を開けた。

「走って、キャロル。走るの」

ダービーは血の海に足をとられそうになりながら立った。部屋は暗かったが、黒い手袋をしたエヴァンの手が穴から突き出されるのは見えた。キャロルはドアを開けたり閉めたりしている。ダービーは壁に背を押しつけた。首に血がしたたっているのがわかる。頬に触れると、ざっくりと切れていて骨が出ていた。その上の目も腫れてふさがっている。

穴から突き出されたエヴァンの手がドアノブを見つけ、ノブをまわしてドアを開けた。

銃を持った人影が部屋にはいってくる。ダービーは両手で骨を持ち、とがった端をエヴァンの腹に突き刺した。

苦悶《くもん》の声がマスクの下から聞こえてきた。ダービーは骨を抜きとり、もう一度腹に突き刺した。エヴァンは銃をかまえようとしたが、ダービーは再度骨を突き刺した。銃が発射され、耳の脇をかすめた。耳を聾する音がした。髪をつかまれながら、ダービーはとがった骨をエヴァンの喉に深々と突き立てた。

エヴァンは銃を落として両手で骨をつかんだ。ダービーはその体をドアの向こうの部屋へ押し戻した。銃は床に転がっている——九ミリのグロックだ。ＦＢＩから支給された武器。ダービーは銃を拾い上げ、ドアを閉めて鍵をかけた。

「キャロル、そのままそこにいて」と言ってから、声を張り上げた。「警察です。ほかに誰かいたら、出てくるようにこちらから言うまでその場に留まっていてください」

ダービーはドアを開け、グロックをかまえた。

エヴァンは首から大腿骨のとがった端が突き出た状態で、小さな部屋の中をよろよろと歩きまわっていた。腹から噴き出る血を止めようとしている。そのうち出血多量でおしまいになるだろう。そのまま血を流していればいい。

エヴァンがダービーの姿を見て斧をとりに行った。

「やめて」

エヴァンは頭上に斧を振り上げた。ダービーは銃を発射し、彼の腹に穴を開けた。

エヴァンは壁にどさりともたれた。ダービーは斧を蹴り飛ばした。エヴァンは何度も立ち上がろうとしたが、そのたびに倒れ、やがて腕が動かなくなった。

マスクの陰からぜいぜいと湿った嫌な音が聞こえてきた。ことばになったのはたったひとことだった。

「メラニー」

ダービーはマスクをはぎとった。

「埋めた……埋まっている」エヴァンは自分の血にむせ出した。

「どこに？　どこにメルは埋まっているの？」

「きみの……お母さんに……訊け」

ダービーは自分の顔の皮膚が引きつるのを感じた。

エヴァンはにやりとし、事切れた。

ダービーはエヴァンの腰からベルトをはずし、つなぎのジッパーを開けた。ポケットを探ると鍵束があった。携帯電話は見つからなかったが、大工用のベルトについたポーチから小さなデジタルカメラが見つかった。ダービーはカメラを後ろのポケットに入れた。

血でぬるぬるする手で鍵をひとつひとつ試し、ドアの南京錠をはずす鍵を見つけた。ダービーは深呼吸すると、暗い天井を見上げた。

「死んだわ。もう危害を加えてくることはない。誰かほかにいませんか？」

答えはなかった。音楽が流れつづけている。

「鍵があるので助けに行けます。誰かいたら、呼びかけてください」

答えはなかった。聞こえるのは音楽だけだ。

ダービーはキャロルのところへ戻った。ティーンエージャーは廊下の隅の暗がりで膝を抱え、ショックのあまり体を前後に揺らしていた。

「終わったわ、キャロル。もう大丈夫よ。さあ、手をつないで。そう、きつく握るの。穴から引っ張り出してあげる……いいえ、床は見ちゃだめ。わたしを見ていて。

ここから外へ出してあげるけど、わたしが開けていいと言うまで目は閉じていて。いい？　そう、それでいいわ。閉じたままでいて。あと二、三歩よ。それでよし。目を下に向けちゃだめ。もうすぐだから。もうすぐ家に帰れるわ」

## 69

迷路の出口を見つけるのに永遠に時間がかかる気がした。

ダービーは地下牢の反対側の端に達し、似たような檻が四つある廊下に立っていた。そこが出口に通じていることはわかった。この廊下にはもうひとつ、四つの南京錠がついた鉄の扉があったからだ。ダービーは鍵を使った。キャロルが手を放したのはそのときだけだった。

ボルトで壁に留められたはしごが地下室につながっていた。地下室へ昇ると、左端の階段の反対側にある開けっ放しのドアから、やわらかい光が射し込んできていた。ダービーはドアに近づいた。手はキャロルの手をきつく握りしめている。

古びた机の上に六台のモニターがあった。それぞれに独房の様子が深緑色で映されている――暗視カメラの映像だ。エヴァンとボイルは〝囚人たち〟を見張れるように監視用の暗視カメラをとりつけていたのだ。どの独房にも人影はなかった。エヴァンの衣服がテーブルの上にきちんとたたまれて置いてあった。携帯電話が財布の上に車の鍵といっしょにある。

　キャロルといっしょにその部屋にはいろうとしたところで、マネキンに着せかけたさまざまな衣装に気がついた。マネキンの頭にはハロウィン用のマスクがかぶせられている。店で買ったものもあれば、手作りのものもあった。マネキンの後ろには有孔ボードを張った壁があり、多様な武器——ナイフやなたや斧や槍《やり》——が吊るされていた。

「ちょっとこのまま外にいてちょうだい」ダービーが言った。「ここにいて、いい？　すぐに戻ってくるから」

　ダービーは携帯電話と鍵を手にとり、鍵のかかったドアを見やった。鍵のひとつでドアは開いた。中にはいると、鍵のかかったファイル・キャビネットがあり、壁にはここへ連れてこられた女性たちの写真がところ狭しと貼られていた。キャビネットに鍵を試してみたが、どれも合わなかった。

　写真の中には笑顔の女性もいた。怯えている女性もいる。そうした写真に混じって、殺されたときの様子を写したおぞましい写真もあった。狩りの準備に衣装を身につけながらそこに立ち、それらの写真を眺めているエヴァンとボイルの姿が目に浮かんだ。

ダービーは見ているのが耐えられなくなるまで写真の顔また顔を見つめた。それから、キャロルの手をつかみ、その温かさをありがたく思いながら、古い家の一階へとつづく地下室の階段を昇った。家の明かりはついた。家具と呼べるものがなく、ただがらくたでいっぱいの冷たく空虚な部屋が連なる家。窓のいくつかには板が張られていた。

ダービーは玄関のドアを開けた。通りの標識が見えないかと思ったのだが、外には街灯ひとつなかった。ただ暗闇が広がり、どこまでもつづく空っぽの平原を冷たい風が吹きわたっていく。背後の荒れ果てた農家がそこにある唯一の家だった。

たしか、エヴァンの車にはGPS装置があるはず、とダービーは思い出した。車は農家の裏に停めてあった。ダービーは車のエンジンをかけ、ヒーターをオンにした。

車の現在地がGPSの画面に表示された。ダービーは九一一のオペレーターに住所を伝え、二台以上の救急車の出動を要請した。地下室のほかの女性たちの中にまだ生存者がいるかどうかはわからなかったが。

「キャロル、あなたの家のドライヴウェイ側に住んでいるお隣さんの電話番号はわかる？　グリーンの防風窓の白い家よ」

「ロンバードさんね。番号は知ってるわ。ときどきあそこの子供たちのベビーシッターをしてるから」

ダービーはその番号をダイアルした。眠そうにくぐもった声の女性が応じた。

「ミセス・ロンバード、こちらダービー・マコーミックといいます。ボストン市警の科学捜査研究所の者です。ダイアン・クランモアさんをお願いできますか？　今すぐにお話ししなければならないのですが」

キャロルの母親が電話に出た。

「あなたとお話ししたがっている人がここにいます」ダービーはそう言って電話をキャロルに渡した。

## 70

ＧＰＳ装置によると、廃屋となっていた農家はボイルの家から四十キロあまり離れたところにあった。ダービーはマシュー・バンヴィルに電話をかけ、起こったことと判明した事実を説明した。

まず、四台の救急車が到着した。キャロルが健康状態を調べてもらっているあいだ、ダービーは救急救命士に地下の迷路で彼らを待ちかまえているものについて話した。南京錠を開ける鍵とドアを開ける鍵がどれかを教えた。それから、キャロルに投与された鎮静剤がきいてくるまでいっしょに救急車の後部にすわっていた。救急救命士に傷の状態を調べさせはしたが、自分への鎮静剤の投与は断った。

バンヴィルが地元の警察とともにやってきたときには、救急救命士に顔の傷を縫ってもらっているところだった。バンヴィルはダービーのところに留まり、ホロウェイと部下たちが農家の中へはいっていった。

「ボイルの鍵は持ってきました？」とダービーは訊いた。

「ホロウェイが持っている」

「写真が貼ってある部屋に鍵のかかったファイル・キャビネットがあるんです。そこにメラニー・クルーズに関するものがないか調べたいんですが」

「州警察の科学捜査官がすぐにここへ来るよ」バンヴィルは言った。「彼らが担当になった。現場検証もまかせるしかない。具合はどうだい？」

ダービーは答えず、エヴァンのカメラを手渡した。「そこに、彼が女性たちに何をしたかわかる写真がはいっています」

「きみの事情聴取は明日でいいとホロウェイが言っていた。少し睡眠をとってからでいいと。警官のひとりに家まで送らせると言っていたよ」

「もうクープに連絡しました。こっちへ向かっています」

ダービーはバンヴィルにメラニー・クルーズやその他の行方不明女性たちの話をした。話し終えると、彼の名刺の裏に電話番号を書いた。

「母の家の番号です。メラニーについて何かわかったら、何時でもかまいませんから、電話をください」

バンヴィルは名刺を後ろのポケットに入れた。「きみからの電話を切ってすぐにダイアン・クランモアに連絡した。きみがいなかったら、お嬢さんは見つからなかっただろうと言っておいたよ。母親には知っておいてもらいたくてね」

「わたしひとりの手柄ではありません」

「きみのおかげで……」バンヴィルはエヴァンの車に目を向け、ずいぶんと長く思えるあいだじっと視線を注いでいた。「きみが強く言ってくれなければ、私がきみの言うことに耳を貸さなければ、まったくちがう事態になっていたことだろう」

「でも、そうはならなかった。感謝します」

バンヴィルはうなずいた。手をどうしていいかわからないという様子だった。

ダービーが手を差し出した。バンヴィルはそれを握った。

クープがマスタングで現れるころには、農家の前の道路は警察や科学捜査研究所の車で混み合っていた。地元のメディアもやってきていた。バリケードの向こうにテレビカメラが二台ほど据えられている。カメラマンはダービーの写真を撮ろうと苦心していた。

クープが上着を脱ぎ、ダービーの肩にかけた。そして、しばらくのあいだ、彼女をきつく抱きしめた。

「どこへ連れていったらいい？」

「家へ」とダービーは答えた。

クープは暗いでこぼこ道を黙って車を走らせた。ダービーの衣服は血と火薬のにおいがした。ダービーは車の窓を開け、目を閉じて顔に風を受けた。

車が停まり、ダービーは目を開けた。幹線道路の故障車レーンに停まっている。クープが後部座席に手を伸ばし、小さなクーラーボックスをとり出した。中にはふたつのグラスとブッシュミルズのアイリッシュ・ウィスキーの瓶が氷の上にはいっていた。

「役に立つかと思って」とクープが言った。

ダービーはグラスに氷を入れ、ウィスキーを注いだ。車が州境に達するころには、二杯目のグラスをほぼ空にしていた。

「ずっと気分がよくなったわ」とダービーは言った。

「リーランドに連絡したくてたまらなかったんだが、きみがじかに報告したいんじゃないかと思ってね」

「たしかにそうだわ」

「カメラを持っていっしょに行きたいな。その瞬間をフィルムにおさめたいんだ」

「あなたに話しておきたいことがあるの」ダービーはクープにメラニーとステイシーのことを話した。その話をするのは二度目だったが、今度はじっくりと話したかった。当時の自分の感情をすべてクープに聞いてもらいたかった。

「メルにステイシーとは友達でいたくないって話をしたの。メルはそれをそのままにはしておけなかった」ダービーは言った。「説得せずにはいられなかった。何もかも前と同じに戻ってほしかったのよ。仲裁をせずにいられなかったわけ。階下《した》に彼女がいるのを見て、わたし――」ダービーはことばに詰まった。

クープは促そうとはしなかった。ダービーは涙が目を刺すのを感じ、息を吸ってそれをこらえようとした。

そのとき、これまで長いあいだ引きずってきた、かみそりのように鋭く醜い真実が胸をいっぱいにした。涙があふれてきたときには、ダービーは逆らわなかった。逆らうことに疲れていた。

「メルは悲鳴をあげていたわ。ナイフを持ったグレイディに切りつけられていたの。やめてと叫んでいた。わたしには降りてきて助けてと懇願した。わたしは……わたしはメルにうちに来てほしいなんて頼んでなかったのよ。ステイシーを連れてきてほしいとも言わなかった――あれはメルが勝手にしたことだった。うちに来ようと決めたのは彼女で、わたしが頼んだことじゃなかった。そう心のどこかで……。メルのお母さんに会って、メルが行方不明になったのはわたしのせいだとでも言いたそうな目で見られるたびに、ほんとうのことを言ってやりたくなったわ。大声で怒鳴って、あの忌々しいまなざしを消し去ってやりたかった」

「どうしてそうしなかったんだい?」

ダービーには答えられなかった。あの晩家に来た――ステイシーを連れてきた――メルを憎む気持ちがあったなどとどうして言えるだろう? あの晩起こったことのみならず、その後、罪悪感だけでなく怒りを抱きつづけずにいられなくなった自分の気持ちについても罪の意識を覚えていたことを、どう説明できるというのだ?

ダービーは目を閉じた。また三人で友達同士に戻れないかと学校のロッカールームでメルが訊いてきたあの瞬間に戻りたかった。あのとき戻ると答えていたら、どうなっていただろう？　それでもわたしはまだ生きていただろうか？　それとも、森の中の誰にも見つからない場所に埋められることになったのはわたしだったのだろうか？

クープが長い腕を肩にまわしてきた。ダービーは彼に寄りかかった。

「ダービー？」

「うん？」

「メラニーを置いて逃げたことは……それでよかったんだよ」

ダービーは車がルート一に出るまで口を開かなかった。遠くにボストンの高層ビルのネオンが見えはじめた。

「エヴァンが浜に現れて、ヴィクター・グレイディとメラニー・クルーズのことを教えてくれた日のことがいつも頭に浮かぶのよ。もう二十年以上も前のことなのに。二十年。それでも、まだすっかり納得できないでいるわ」

「いつか納得できる日も来るさ」

「ええ、そうね」

「その話をしたくなったら、いつでも聞くよ」クープは言った。「いいね？」

「ええ」

「ようし」クープはダービーの頭のてっぺんにキスをした。そしてそのまま身を離そうとはしなかった。ダービーも離れてほしいとは思わなかった。

ベラムに着くころには夜が明けつつあった。ダービーはクープを客用の寝室に案内し、自分はシャワーを浴びに行った。

清潔な衣服に身を包み、新しい包帯を巻くと、母の様子を見に行った。シェイラはぐっすりと眠っていた。

どこにメルは埋まっているの？

きみの……お母さんに……訊け。

ダービーはベッドにもぐり込み、母の背中に身を押しつけてその体をきつく抱きしめた。パネルが木の古いビュイック・ステーション・ワゴンの前の座席にすわる両親の姿が記憶に残っている。フランク・シナトラの歌を聴きながら、ビッグ・レッドはハンドルを親指で叩いて調子をとり、シェイラはその隣にすわって微笑んでいる。ふたりともまだ若く、丈夫で、健康だった。ダービーは母のやわらかな呼吸が高まっては静まるのに耳を傾けた。それが永遠につづいてほしいと願いながら。

# Ⅲ　見つかった少女

## 71

ダービーは目をしばたたかせて開けた。閉じたカーテンのすきまから明るい陽光が射し込んでいる。

母は部屋にいなかった。ベッドが空なのに気づいてダービーはふとパニックに駆られた。シーツをはねのけ、急いで服を着ると、階下《した》へ向かった。時刻は午後の三時になっていた。

クープがアイランド型のカウンターについてコーヒーを飲みながら、小さなテレビを見ていた。彼はダービーの顔をひと目見てすぐに内心の思いを察した。

「お母さんが外の空気を吸いたいというので、付き添いの人が車椅子に乗せて近所の散歩に出かけたよ」クープは言った。「何か食べるかい？ シリアル程度なら用意できるぜ」

「コーヒーだけにしておくわ、ありがとう。ニュースでは何て？」

「NECNでコマーシャルのあとにまたニュースを流すところだ。すわれよ。コーヒーをとってきてやるから」

ボストンのメディアはがっちりと事件に食らいついていた。ダービーが眠っていた十時間のあいだに、記者たちはダニエル・ボイルとエヴァン・マニング特別捜査官の関係を暴いていた。

エヴァン・マニングの本名はリチャード・ファウラー。一九五三年、現在は産後うつ病と呼ばれている病気の重症患者であったジャニス・ファウラーは、州立精神病院に入院中に首を吊った。病院の記録によると、ひとり息子をバスタブで溺れさせようとしているのを夫のトレントン・ファウラーに止められてすぐのことだったという。ジャニスは夫に、昼寝から目覚めると、リチャードがすぐそばに立って大きな包丁を振り上げていたのだと訴えた。リチャード・ファウラーは当時五歳だった。

七年後、リチャードが十二歳のときのこと、トウモロコシ畑で父親がコンバインで刈りとりをしている際にクロス・オーガ（コンバインで刈りとった作物を引き込む装置）に何かがはさまった。トレントン・ファウラーはコンバインのエンジンをかけたままオーガの上のヘッドに立ち、はさまったものをとろうとしたが、細かく滑りやすいトウモロコシの粉に足をとられ、オーガの中に落ちてしまった。リチャードは警察に、コンバインのエンジンをどうやって止めたらいいかわからなかったと話した。

リチャードの叔母であるオフィーリア・ボイルが、孤児となった頭のいい年若い甥を引きとり、ニューハンプシャー州のグレンに建てたばかりの娘の家に住まわせた。オフィーリアの娘カッサンドラは子供をみごもっていた。カッサンドラは二十三歳で未婚だったが、生まれた赤ん坊を養子に出すことは拒否していた。

一九六三年当時、未婚のシングルマザーは家族の評判を台無しにするほどの恥ずべき存在だった。とくに、オフィーリアと夫のオーガスタスが頻繁に顔を出していた裕福な社交やビジネスの世界では。両親はひとり娘のカッサンドラをベラムから遠く離れたニューハンプシャー州のグレンに移し、ダニエルと名づけた息子を育てるために充分すぎるほどの生活費を月々与えた。カッサンドラが友人や隣人に話したところによれば、子供の父親は交通事故で亡くなったということだった。

かつての隣人たちは――その多くがまだ同じ地域で暮らしているが――インタビューに答えて、ダニエルのことをよくいる引っ込み思案で気分屋の孤独な少年だったと評した。ダニエルと、ハンサムでカリスマ性を持った母のいとこのリチャードが、あれほどに親密な関係にあったことは理解に苦しむと誰もが言った。

アリシア・クロスはボイルの家から三キロほどのところに住んでいた。一九七八年の夏に姿を消したときには十二歳だった。そのころにはリチャード・ファウラーはエヴァン・マニングと名前を変え、新たな人生をスタートさせていた。リチャードが名前を変えたことを知っていたのは、ダニエル・ボイルだけのようだった。

アリシア・クロスが行方不明になったときには、ハーヴァード・ロー・スクールを卒業したばかりのエヴァンはヴァージニア州で暮らしていた。FBIの訓練プログラムに加わっていたのだ。そのころダニエル・ボイルは十五歳で、実家で暮らしていた。少女の死体は見つからず、犯人が警察につかまることもなかった。

二年後、ヴァーモント州にある特殊な軍事教練学校を卒業したダニエル・ボイルは、陸軍に加わり、訓練を受けて狙撃兵となった。グリーン・ベレーの隊員になることが当時の目標だったが、十九歳のときに加重暴行の罪で軍務から解かれた。地元の娼婦がボイルに絞め殺されそうになったと訴えたのだ。

陸軍を離れると、ボイルには働く必要はなかった。かなりの額の信託財産が使えたからだ。一年ほど大工として臨時の仕事をしながら国じゅうをほっつき歩き、ようやく一九八三年の夏に実家に戻ってきたときには、母親のクローゼットは空になっていた。ダニエルは祖母に連絡し、母親の所在を訊いた。オフィーリア・ボイルも知らなかった。オフィーリアは失踪人の届けを出したが、のちに警察がカッサンドラ・ボイルのパスポートがなくなっていることを突き止め、届けはとり下げられた。その後、カッサンドラから便りが届くことはなかった。

オフィーリアはエヴァンの私立学校の費用と、大学やハーヴァード・ロー・スクールの学費も負担した。農場を買って運営し、利益も上げていたが、一九九一年の冬に死んだ。夫とともに強盗に射殺されたのだ。警察は身内の犯行かもしれないと疑い、ダニエル・ボイルを尋問したが、ボイルはその週末、家にはいなかった。ヴァージニア州に住む親戚を訪ねていたのだ。ＦＢＩの行動科学班に勤務するエヴァン・マニングがボイルのアリバイを証言した。

祖父母が死に、母が失踪したことで、ダニエル・ボイルは一千万ドル相当の財産の唯一の受取人となった。

今朝早く、警察がボイルの地下室にあったファイル・キャビネットの鍵を開けたところ、一九八四年の夏にマサチューセッツ州で行方不明となった女性たちの写真が見つかった。それは地元のメディアが〝恐怖の夏〟と呼んだ時期だった。写真を見ると、ボイルが女性たちを自宅の地下室に監禁していたことがわかる。

ベラムをあとにし、また旅に出たボイルのその後の生活についてはよくわかっていない。ある時期に東に戻ってきて、マニングが所有する農家の地下に鍵付きの部屋を連ねた迷路を作ったのはたしかである。その迷路について、ある捜査官は、〝三十年法執行機関に勤めているが、はじめて目にするような恐ろしい代物〟と評している。法考古学者たちからなる特別班が結成され、ボイルの家の背後に広がる森の中で墓標のない墓を探すことになった。

キャロル・クランモアは病院で手当てを受けているが、病院名は明かされていない。録音されたインタビューの中で、ダイアン・クランモアが娘の健康状態についてこう述べていた。「現在キャロルはまだショック状態にあります。回復には時間がかかるでしょうが、いっしょに乗り越えていくつもりです。愛する娘が生きていたのですから、重要なのはそれだけです。ボストン市警の科学捜査研究所のダービー・マコーミックがいなかったら、娘は生きていなかったでしょう。彼女は希望を捨てませんでした」

ニュースのリポーターが犠牲者の大多数の母親はそれほど幸運ではなかったと告げ、次にヘレナ・クルーズのインタビュー映像が流れた。

「これまでずっと、メラニーはどうなったのだろうと考えながら過ごしてきました」ヘレナ・クルーズは言った。「娘の身がどうなったのか、あれこれ問いつづけてきたのです。それが今、二十年以上も経ってから、娘を殺した犯人がヴィクター・グレイディではなく、FBI捜査官だと知ることになったのです。FBIはわたしの質問に答えてくれません。娘がどうなったか、きっと知っている人はいるはずなのに」

ダービーがヘレナ・クルーズの顔を食い入るように見つめているときに、家の電話が鳴った。バンヴィルからだった。

「ニュースを見たかい？」と彼は訊いた。

「今、NECNを見ているところでした。エヴァンとボイルの関係について説明しています」

「さらにすばらしいニュースがある。母親のカッサンドラ・ボイルだが、ボイルの姉でもあったことがわかった」

「なんですって」だからこそ、家族は彼女をはるばるニューハンプシャーの奥地へと追いやったのだ。「ボイルはそれを知っていたんですか？」

「それはわからない。母親は身辺を整理して逃げ出したということだが、これまでわかっている事実関係からはほんとうらしく見える。しかし、どうかね？　祖父母の死に関する事件ファイルも引っ張り出してみたんだが、この件には容疑者も目撃者もいない。誰かが忍び込んで眠っている彼らを撃って始末した」

「それで、マニングがアリバイを証言した」とダービーが言った。

「ああ。マニングのブラックベリーも見てみたんだが、爆発事件においてボイルの共犯だったことを証明するメッセージがいくつか見つかった。それから、ボイルが最後に電話をかけた番号があっただろう？　マニングの番号だった。ボイルは警告するために電話をかけたにちがいない」

「ボイルのノート型パソコンはどうなりました？　パスワードを突破できましたか？」

「できた。やつは銀行との取引をすべてオンラインで行っていた。アクセスできない情報も多いが——やつがケイマンに所有していたプライヴェート・バンクとか。しかし、写真を見つけることはできた。ボイルは最近の犠牲者の写真をコンピューターに保存していたんだ。死体を埋めた場所を示す地図もいくつか見つかったよ。国全体に散らばっているが」

「メラニー・クルーズについてはどうです？　彼女や、一九八四年に行方不明になった女性たちについては何かわかりましたか？」

「ベラムの地図は見つかっていない。ただ、メラニー・クルーズが死んでいることはたしかだ。ボイルのファイル・キャビネットにポラロイド写真があった。見たかったら、署に寄ってくれ。今日はずっとこっちにいるから」

「写真には何が写っていたんです？」

「その目で見てもらったほうがいいと思う」

## 72

ダービーがクープとともに警察署に着いたときには、バンヴィルは電話中だった。入り口に立っているふたりを見て、はいるように手招きし、壁際のコートかけの近くに置かれたふたつの椅子を指差した。

十五分後、バンヴィルは電話を切り、疲れた顔をこすった。「カーターからだ。州の法人類学者の。今朝早く例の森に送って、ＦＢＩが白骨死体を掘り出したあたりを突《つっ》きまわらせたんだが、そこにはその一体だけでほかには何も埋まっていなかったそうだ」

「ＦＢＩが彼を現場に入れたとは驚きですね」とクープが言った。

「ああ、それは大騒ぎだったらしい。ただ、秘密はすでにもれてしまっているからな。マニングのことは洗いざらい報道されている。ＦＢＩは彼のバック・ベイのアパートメントを捜索した。きみたちふたりにはびっくり仰天だろうが、屁《F》・ゲロ《B》・疥癬《I》のよき友人たちは、マニングや自分たちが殺した白人至上主義の下衆《げす》野郎についてはまったく情報を提供しようとしないんだ。目下連中は世間の批判の集中砲火にさらされている」バンヴィルはダービーに目を向けた。「クローズアップを撮られてもいいように準備しておいたほうがいいな。メディアは何週間もこのニュースを詳しく報じるだろうから」

「カーターは骨を全部見つけたんですか？」

「ひとり分はな」バンヴィルは答えた。「女性のものであることはまちがいない。十年から十五年前にそこに埋められたものだ。もしかしたら、もっと前のものかもしれない。カーターは放射性炭素を用いて時期をはっきりさせたいと言っている」

バンヴィルは椅子に背を預けた。「カーターに一九八四年の夏にこのあたりで行方不明になった女性たちの話はした。死体はその中の誰かのものかもしれないが、身長や骨格から考えて、メラニー・クルーズのものでないことはたしかだ」

「写真を見せてください」

バンヴィルが封筒を手渡してくれた。

ボイルの地下室にあるワインセラーの中で、しばられ、さるぐつわをはめられたメラニーの残酷なカラー写真を見るのは辛かった。カメラは顔に浮かんだ恐怖をとらえていた。どの写真でも、メラニーはひとりきりだった。どの写真でもメラニーは泣いていた。

ここに写っているのはわたしだったかもしれないのだ。

「メラニーはどのように死んだと思いますか？」

バンヴィルは首を振った。「死体が見つかれば、手がかりが得られるかもしれないがね。マニングかボイルが彼女を森に埋めたと思うかい？」

きみの……お母さんに……訊け。

ダービーは椅子の上で身を動かした。「何をどう考えていいかわかりません」

「カーターによれば、メラニー・クルーズが埋められた場所を正確に示す情報や証拠が手にはいらないかぎり、死体は見つからないだろうということだった」

ダービーは写真を封筒に戻した。ステイシーがごみ箱の陰で泣いているあいだ、メラニーはブレスレットにつけたお守りをいじっていた。「また友達に戻ることはできないの？」後日、学校でメルはそう訊いた。

あのとき戻ると答えてさえいれば、とダービーは思った。

自分の声を見つけるのにしばらくかかった。「ほかの女性たちは？　何かわかってるんですか？」

「ボイルは女性たちを地下室に連れ込み、いろいろな……ことをしていた」バンヴィルはさっきよりも大きな封筒を差し出した。中にはゴムでくくられたポラロイド写真の束がはいっていた。

そのうちのいくつかの顔が見覚えのあるものであることはすぐにわかった——タラ・ハーディー、サマンサ・ケント、そして、彼女たちのあとに行方不明となった女性たちの顔。封筒の奥には、痩《や》せた顔で長いブロンドの髪の女性の写真があった。レイチェル・スワンソンと同様に、飢えきった様子に見えた。

ダービーはサマンサ・ケントの写真の一枚を手にとった。「森の中で見た女性はこの人です。彼女がどうなったかわかっているんですか？」

「彼女がどうなったのか、死体がどこにあるのかもまったくわからない」バンヴィルが答えた。「マニングが何か言っていなかったか？」

「姿を消したとしか」ダービーはその写真をそれ以上手にしていたくなかった。封筒を机の隅に置くと、てのひらをジーンズでぬぐった。

「ほかにわかったことも聞きたいかい？」

ダービーはうなずいた。大きく息を吸うと、そこで息を止めた。

「きみがいた地下室には監視カメラがあちこちに設置されていた」バンヴィルは言った。「ボイルがその映像をコンピューターに残していたよ。八年前までさかのぼる日付のものが残っていた。おおよそやつが東に戻ってきた時期だ。最初はボイルとマニングは一度にひとりの犠牲者を狩っていた。それがやがてふたりとなり、三人となり……そのうちボイルがああいった独房をさらに多く作り、ゲームのルールを変えた。獲物を迷路に放ち、獲物たちが迷路の出口に達することができたら、独房のドアが開き、食べ物が与えられる。生きることを許されるというわけだ」

「そうやってレイチェル・スワンソンはあれだけ長く生き延びたんですね」ダービーが言った。「ドアからドアへどう通り抜ければいいか見つけ出したから」

「あくまで想像だが、ボイルが女性たちを拉致しているあいだに、エヴァンのほうは自分がかかわっている捜査案件にもとづいて証拠を植え付けていたんだろう。ヴィクター・グレイディ、マイルズ・ハミルトン、アール・スラヴィックといった連中に。

我々が知らないだけで、きっとほかにもいるんだろうが」

クープが言った。「ふたりはどのぐらい前からこうしたことをしていたんでしょう？　何かわかっているんですか？」

バンヴィルは立ち上がった。「これまでわかったものを見せよう」

## 73

ダービーはバンヴィルのあとに従って狭い廊下を歩いていった。廊下には人の話し声や電話やファックスの鳴る音が響いている。

バンヴィルはふたりを大きな会議室へと連れていった。以前、トラヴェラーをつかまえるための罠について概要説明が行われた場所だ。プレゼンテーション用のキャスターつきのコルクボードを置くために、椅子は重ねて積まれ、片隅に寄せられている。部屋には十あまりのコルクボードが置かれていて、それぞれに何人かの女性の二十センチ×二十五センチの写真が貼られていた。

「コンピューター班から今朝派遣された人間が、ボイルのノート型パソコンのセキュリティ・システムを突破した」バンヴィルが口を開いた。「今ここにある写真はすべてコンピューターに保存されていたものだ。その写真をCDに移してここでプリントした。幸いボイルは写真を移り住んだ州ごとの名前のついたフォルダーに整理していた。ボイルはベラムを出てから、ここを最初の拠点としたようだ」

バンヴィルは〝シカゴ〟と記されたボードの前で足を止めた。一番上に貼られた写真は明るく誘うような笑みを浮かべるきれいなブロンド女性のものだった。名前はタビサ・オハラ。一九八五年十月三日から行方不明となっている。

タビサ・オハラの写真の下には別の二十センチ×二十五センチの写真があった。一九八五年十月五日に行方不明となったキャサリン・デスーザ。

次の写真——一九八五年十月二十八日に行方不明となったジャニス・ビックニー。

さらに四人の女性の写真があったが、名前や日付はなく、写真だけが貼られていた。全部で七人。

「シカゴの失踪人捜索課に連絡して、一九八五年のファイルをメールで送ってもらい、ボイルのコンピューターにはいっていた写真と照合したんだ」バンヴィルが説明した。「これまでのところ、七人の女性のうち、三人の身元が判明した」

「彼女たちはどこに埋められているんです？」とクープが訊いた。

「わからない」バンヴィルは答えた。「地図は見つかっていない」

ダービーは次の〝アトランタ〞と記されたボードに目を向けた。十三人の女性が犠牲になっており、写真の横に貼ってある情報によると、全員が娼婦だった。

ボイルの次の拠点はテキサスだった。二年のあいだにヒューストンでは二十二人の女性たちが犠牲となっていた。ボイルはテキサスの次はモンタナへ移り、さらにフロリダに移った。ダービーはふたつのボードに貼られた写真を数えた。二十六人。名前も、いつから行方不明となっているのか示す日付もなく、あるのはただ写真だけだった。

「全国各地の警察と連絡をとりはじめたところだ」バンヴィルが言った。「失踪事件のファイルをファックスかメールで送ってもらうことになっている。骨の折れる作業となるだろうよ。何週間も、ことによっては何ヵ月もかかるかもしれない」

ダービーは〝コロラド〞と記されたボードを見つけた。キンバリー・サンチェスの写真が一番上に貼られている。その下には八人の女性たちの写真があった。

「わからないのは、マニングが襲われたと話していた一件だ」バンヴィルは言った。「彼を襲ったのはボイルだと思うかい？」

「ええ」とダービーは答えた。

「スラヴィックに罪を着せるための証拠はすでに植え付けてあった。どうしてわざわざそんな芝居をする必要があったんだ？」

「ボイルがマニングを襲うことで、いざとなったら、マニングをスラヴィックに罪を着せるための目撃者に仕立てることができたからです」

「それと、マニングを捜査を指揮する立場に近いところに置いておく必要があった」クープが言った。「だからこそ、科学捜査研究所や病院に爆弾を仕掛けたんです。それをテロリストの攻撃と定義し、ＦＢＩが介入して捜査を引き継ぐことができますから」

「マニングが陰で糸を引くこともできるというわけだ」バンヴィルがつけ加えた。ダービーはうなずいた。「もちろん、こうした推理がまちがっている可能性もあります。残念ながら、質問に答えられる人間はふたりとも死んでしまっているんですから」

会議室に警官が顔をのぞかせた。「マット、電話です。モンタナのポール・ワグナー刑事からです。緊急だと言っています」

「すぐ行くから待つように言ってくれ」バンヴィルはダービーに顔を戻した。「今朝、ボイルとマニングの検視が行われた。きみの家に侵入したのはマニングだった。彼の左手に非常に細いひびの痕が見つかった。きみが知りたいんじゃないかと思ってね」

バンヴィルは犠牲となった女性たちの写真が無数に貼られた会議室にふたりを残して出ていった。ダービーは〝シアトル〟と記されたボードの前で目を脇に向けた。長い壁沿いに写真が貼られたボードがさらにいくつも並んでいる。どれも女性たちの写真がところ狭しと貼られ、身元が判明したものもあれば、何も書かれていないものもあった。

「これを見ろよ」とクープが言った。

そのボードには六人の女性たちの笑顔の写真が貼られていた。てっぺんに州の表示はない。どの女性の写真にも名前はなかった。

「ヘアスタイルや服の感じからして、八〇年代に撮られた写真だな」とクープは言った。

青白い肌でブロンドの髪をした女性にはなぜか見覚えがあった。女性の顔の何かが知っている誰かだという気にさせた——

ダービーは思い出した。ボードに貼られたブロンド女性の写真は、母の看護人が、シェイラが寄付するつもりでいる服のポケットから見つけたと言って渡してくれた写真と同じだったのだ。その写真を見せたときには、「シンディ・グリーンリーフのお嬢さんのレジーナよ」とシェイラは言っていた。「あなたとはいい遊び友達だった。

……これはシンディがクリスマスカードといっしょに送ってくれた写真だわ」

ダービーはボードからその写真をはがした。「これのコピーをとってくる」と彼女は言った。「すぐに戻るわね」

74

カラーコピー機を探して廊下を戻ろうとしていたダービーは、制服警官が年輩の女性をバンヴィルのオフィスに案内しているのに気がついた。

制服警官の腕につかまっている女性はまぎれもなくヘレナ・クルーズだった。メラニーとその母親はどちらも同じように頬骨が目立って高く、寒いと赤くなる小さな耳もそっくりだった。

「ダービー」ヘレナ・クルーズはかすれた声でささやいた。「ダービー・マコーミック」

「こんにちは、ミセス・クルーズ」

「今はミス・クルーズよ。テッドとはずっと前に離婚したの」メラニーの母親は辛い思い出に顔をしかめまいとしながら唾を呑み込んだ。「ニュースにあなたの名前が出ていたわ。科学捜査研究所で働いているのね」

「ええ」

「メルがどうなったか教えてもらえない？」

ダービーは答えなかった。

「お願い。もし何か知っているなら――」ヘレナ・クルーズは涙声になった。が、すぐに落ち着きをとり戻した。「知らずにはいられないの。お願いよ。もう知らないまま生きていくことはできない」

「バンヴィル刑事がお話しします。オフィスにいますから。案内します」

「どうなったかわかっているんでしょう？　顔に書いてあるわ」

「すみません」どれほどすまなく思っているか伝えられればいいのに。

ヘレナ・クルーズは目を爪先に落とした。「今朝、ベラムに来たときに、昔の家のそばを通ったの。久しぶりだったわ、女の人が家の前で落ち葉をはいていて、その娘が砂場で遊んでいた――あなたとメルが昔よく遊んだ庭の同じ隅にまだあったのよ。あなたたちふたり、小さいころには何時間もそこで遊んでいたものだわ。メラニーは砂の城を作るのが好きで、あなたはよくそれを壊していたわね。ただ、そうされてもメラニーは怒ったことがなかった。何についても腹を立てない子だったわ」

ミセス・クルーズの声に耳を傾けているうちに、ダービーは時間の感覚を失い、心はメラニーの家に泊まって夜更かししたり、ケープ・コッドで一週間の夏休みを過ごしたりしたころへと舞い戻っていた。今自分に向かって話しているのは、色の白いダービーがちゃんと日焼け止めを塗るよう気を配ってくれた女性と同じ人なのだ。

ただ、あのときの女性はいなくなってしまった。目の前に立っている女性は抜け殻にすぎない。あのときの優しさはその目から失われていた。顔に浮かんでいるのは、これまで無数に遭遇した犠牲者と同じ表情だった——自分は何もまちがったことをしていないのに、心から愛する者たちが時を選ばず奪われてしまうことへの苦痛と混乱に満ちた表情。

「わたしはメルを人を信じすぎる子に育ててしまった。誰についてもいいところを探すようにしなさいと言って。わたしの責任だわ。自分の子供については、誰だって正しい育て方をしようと思うものでしょう。それがときに……。ときにそんなことは無意味だというだけのことで。神様がそれなりの運命を用意していることがたまにあって、それは絶対に理解なんてできない。いくら理解しようとしても、答えがほしいといくら祈っても同じこと。いつも自分に言い聞かせているの。そんなことをしてもどうしようもない。この痛みを消してくれるものなど何もないのだから」

ダービーはこの瞬間を何度となく想像してきた。どんなことばをかけ、それに対してヘレナ・クルーズがどんな反応を見せるか、心の中で繰り返し思い描いた。彼女の顔に浮かんだ苦痛の表情を目にし、声に響く絶望的な懇願を聞きながら、ダービーは若いころに書いた手紙を思い出した。心につきまとって離れない罪悪感から、自分の内心の辛い思いをうまくことばにできれば、悲しい思いを抱いている者同士、心に橋をかけ、少なくとも、ある程度理解し合うことができるのではないかとひそかに信じていたのだ。

手紙は一通残らず破いてしまった。ヘレナ・クルーズが望んでいたのは、娘をとり戻すことだけだった。そして、二十三年待ちつづけた今も、娘を家に連れ帰ることはできないでいる。

「メラニーがどこにいるのかはわかりません」ダービーは言った。「わかっていれば、お知らせしています」

「あの子が苦しまなかったと言って。そのぐらいは言ってくれてもいいでしょう」

ダービーは気のきいたことばを探そうとした。が、何を言っても無意味だった。ヘレナ・クルーズは踵《きびす》を返し、歩み去った。

75

クープはダービーを下ろして自分の家へ帰った。ダービーは母を探してキッチンに足を踏み入れたが、看護人にシェイラは裏庭にいると言われた。

シェイラはかつて花を育てていた庭のそばにすわっていた。黄昏時の空気はひんやりとさわやかで、ダービーはデッキチェアを持って速足で芝生を横切った。シェイラはビッグ・レッドのものだったレッド・ソックスの野球帽をかぶり、フリースの上着の上に彼の青いダウン・ヴェストをはおっていた。厚手のウールの毛布が膝と車椅子の大部分を覆っている。信じられないほどにはかなげな様子だった。

ダービーは椅子を母の隣に据えた。そこでは薄れゆく日が小さな日だまりを作っていた。シェイラの膝には赤ん坊の写真ばかりのアルバムが開いて置いてあった。ダービーの目に、ピンクのおくるみとそろいの帽子を身につけた新生児のころの自分の写真が見えた。

母の目は赤くなっていた。泣いていたのだ。

「ニュースを見たわ。クープがニュースで流れなかったことも教えてくれた」シェイラの声は穏やかだった。目はダービーの顔に巻かれた包帯をじっと見つめている。

「ひどい怪我なの?」

「治るわ。大丈夫よ。ほんとうに」

シェイラはダービーの手首をつかんで握った。ダービーは母の手をとり、裏庭を見やった。母の白いシーツが夕方の風になびいている。洗濯ひもを渡した棒は地下室のドアから数メートルのところに立てられていた。二十年以上も前、ヴィクター・グレイディではなく、エヴァン・マニングがそこから家の中に侵入したドアだ。

エヴァンがドライヴウェイで待っていた日のことが思い出された。あのとき彼は、森の中で目撃したことについて、わたしがどの程度わかっているのかたしかめに来たのだ。予備の鍵を見つけたのはエヴァンだったのだろうか? それとも、前もって家を見張っていたのはボイルだったのか?

「今までどこにいたの?」とシェイラが訊いた。

「クープと警察署に行っていたの。バンヴィルが——この件の担当捜査官なんだけど——彼が連絡してきて、写真が見つかったっていうので」ダービーは母に目を戻した。「メラニーの写真よ」

シェイラは庭に目を向けた。風が強まり、頭上の枝を揺らし、庭に葉を散らした。

「ヘレナ・クルーズが署に来ていたわ」ダービーはつづけた。「メルがどこに埋められているのか知りたがっていた」

「わかっているの？」

「ううん。誰かが現れて新たな情報でも提供してくれないかぎり、永遠にわからないでしょうね」

「でも、メルの身に何があったかはわかっているのね」

「ええ」

「何があったの？」

「ボイルはメルを自宅の地下室に監禁して、何日か、もしかしたら何週間もいたぶったの」ダービーはコートのポケットに手を深く突っ込んだ。「わかっているのはそれだけよ」

シェイラは揺り籠の中で眠っているダービーの写真を指でなぞった。

「ここにある写真が絶えず頭に浮かぶのよ。写真を撮ったときの思い出も」母は言った。「思い出もいっしょに持っていけるものなのかしら。それとも、死んだら思い出も消えてしまうのかしら」

ダービーは胸がざわつく気がした。母に訊かなければならないことがある。

「ママ、マニングと地下室にいたときに、メルが埋められている場所についてマニングが言ったことがあるの」ことばを口から押し出すのに長く時間がかかる気がした。

「彼女がどうなって、どこに埋められているのか訊いたら、マニングはきみのお母さんに訊けって言ったのよ」

シェイラは平手打ちを食らったような顔になった。

「何か知っているの？」とダービーは訊いた。

「いいえ。もちろん、知らないわよ」

ダービーは手をこぶしに握った。頭がくらくらした。

彼女は折りたたんだ紙をとり出した――コルクボードに貼られていた女性の写真のカラーコピーだった。それをアルバムの上に置いた。

「これは何？」とシェイラが訊いた。

「開いてみて」

シェイラは言われた通りにした。表情が一変した。それを見てダービーは悟った。

「この人、わたしの知っている人かしら？」とシェイラが訊いた。

「寄付にまわす予定の服からティナが見つけた写真を覚えてる？　ママに見せたら、シンディ・グリーンリーフのお嬢さんのレジーナの写真だと言ったわ」

「モルヒネのせいで記憶がひどく曖昧《あいまい》になっているのよ。家の中に連れていってもらえる？　とても疲れたわ。横になりたい」

「その写真は署のボードに貼られていたの。ボイルとマニングの犠牲者のひとりだった。身元は判明していないけど」

「お願いだから中へ連れていって」とシェイラは言った。

ダービーは動かなかった。こんなことは嫌でたまらなかったが、避けて通るわけにはいかない。

「ボイルはベラムを出て、シカゴへ向かったの。七人の女性たちが犠牲になった。それからアトランタへ移ったわ。そこでは十三人が姿を消した。ヒューストンでは二十二人の女性がいなくなった。ボイルが州から州へ拠点を移しているあいだに、マニングが身代わりに罪を着せるために証拠を捏造していた。犠牲になった女性たちは百人に達するわ。もしかしたら、それ以上かも。その中には名前もわからない人たちもいるのよ。この写真の女性のように」

「このことはそれ以上追及しないで、ダービー。お願いよ」

「行方不明になった女性たちにも家族がいたわ。ヘレナ・クルーズのように、娘はどうなったのだろうと今も問いつづけている母親たちもいる。ママが何かを隠しているのはわかってるわ。何を隠しているの？」

シェイラの目は、前歯が二本抜けたダービーが二階のバスタブのそばに立っている写真の上をさまよっていた。

「話してもらわなくちゃならないわ、ママ。お願い」

「それがどういうことか、あなたにはわからないのよ」母は口を開いた。

ダービーは待った。鼓動が速まった。

「何がわからないというの、ママ？」

シェイラの顔は真っ青だった。卵の白身のような肌に青く細い血管が透けて見えた。

「はじめて自分の赤ちゃんを抱いたら——腕に抱いて、世話をして、成長を見守ることになったら、子供を守るためにはどんなことでもしようと思うものよ。どんなことでも。子供に対して感じる愛情は……ダイアン・クランモアがあなたに言ったのと同じよ。それは心が持ちきれないほどの愛なの」

「何があったの？」

「あの男はあなたの服を持っていた」とシェイラは言った。

「誰がわたしの服を持っていたの？」

「リガーズという刑事が言っていたの。グレイディの家の中で、行方不明の女性たちの服を見つけたって。それから写真もあった。あの男はあなたの写真も持っていたし、服も盗っていたのよ」

「あの晩、服なんか盗られなかったわ」

「グレイディがその前に一度家に侵入して服を盗っていったんだろうってリガーズが言っていたわ。理由は言わなかった。でも、そんなのどうでもよくなってしまった。リガーズのせいで家宅捜索が台無しになってしまったから。合法的な捜索じゃなかったのよ。見つけた証拠も役に立たないものになってしまった。それもみな、あのプロフェッショナルと呼ばれている連中がへまをしたせいよ。グレイディはつかまらずに終わるところだった」

「そのことはリガーズから聞いたの？」

「いいえ、バスターよ。あなたのお父さんの友達の。覚えているかしら、あなたのこと、よく映画に連れていってくれたり――」

「その人のことはわかるわ。彼に何て言われたの？」

「リガーズがすべてを台無しにしてしまったとバスターが教えてくれたの。グレイディの動きを逐一監視して、グレイディが逃げる前に証拠を固めようと捜査しているところだったのに」

　シェイラの声が震え出した。「あの……怪物が娘を狙って我が家へ忍び込んだのよ。それなのに、警察はあいつを野放しにするところだった」

　ダービーには次に何を知ることになるのかわかった。近づいてくる列車のようにスピードをあげてその事実が迫ってくる気がした。

「あなたのお父さん……お父さんは予備の銃を持っていた。〝使い捨ての銃〟と呼んでいたけど。地下の作業台に隠し持っていたの。その使い方はわたしも知っていた。調べても足がつかないものであることもね。グレイディが仕事に出かけて留守のときに、わたしはあの男の家へ行ったの。雨が降っていたわ。ポーチの下の裏口には鍵がかかっていなかった。家の中へはいると、荷造りの途中だったのがわかったわ。いたるところ箱だらけだったから」

　ダービーは服の下に冷気がはいり込むのを感じた。

「グレイディが家に帰ってきたときには、わたしは寝室のクローゼットの中に隠れていた」母は言った。「あの男が二階へ来て眠りにつくのを待ったわ。テレビがついているのは音でわかった。やがて、きっとテレビの前で眠ってしまったんだろうと踏んで、階下《した》へ降りたの。そうしたら、椅子にすわったまま寝ていたわ。お酒も飲んでいた。床に瓶が転がっていたの。わたしはテレビの音を大きくして、椅子に近づいた。グレイディは身動きもしなかったし、目も覚まさなかった。額に銃を押しつけてもね」

## 76

ダービーの脳裡にヴィクター・グレイディの家が浮かんだ。悪夢によく出てきた家だ。中古の家具と、ビール瓶やファストフードの食べ残しといったごみがあふれ返ったむさくるしい部屋。仕事から帰ってきたグレイディが衣装だんすの引き出しから服を引っ張り出し、箱やらごみ袋やら、目についた入れ物に詰め込む様子も想像できた。町を離れ、よそへ逃げなくてはならないのだ。この行方不明の女たちの事件で、警察が自分をはめようとしているのだから。

その部屋へシェイラが二階から降りてくる。ヴィクター・グレイディが椅子にすわったまま眠り込んだ場所へとカーペットの上をすばやく動くシェイラ。バーゲン巡りとクーポン集めに明け暮れていた母が、グレイディの額に二二口径を押しつけ、引き金を引いたのだ。

「銃はあまり大きな音を立てなかった」シェイラはつづけた。「グレイディの手に銃を持たせているときに、地下室の階段を誰かが昇ってくる足音がしたのよ。それはあの男、ダニエル・ボイルだった。警察だろうと思ったら、その通りだった。バッジをつけていたの。ＦＢＩ捜査官のバッジだった」

どうしてそういう展開になったのか、ダービーには想像がついた。雨とテレビの音にまぎれた銃声も、その家の地下室で証拠を植え付けていたボイルには聞こえたのだ。彼はグレイディが自殺したと思って階段を駆け上がってきて、死体のそばに立っているシェイラを見つけたわけだ。

「バッジを見て、わたしはもうだめだと思った」シェイラは言った。「頭に浮かんだのはあなたのことだけだった。わたしが刑務所に行くことになったら、あなたがどうなるだろうと。だから、見逃してくれと頼んだわ。ボイルは何も言わなかった。ただじっとわたしを見つめながら突っ立っているだけだった。動揺している様子もなければ、驚いているようでもなかった。ただ……うつろな顔をしていた」

なぜボイルは母を殺さなかったのだろう――もっと悪くは、なぜ誘拐しなかったのだろう？　いや、母を誘拐したのでは疑惑を招きすぎる。殺すこともしかり。ボイルはグレイディをおとしいれるためにそこで証拠を植え付けていたのだが、グレイディは死んでしまった。何か別の道を考えなければならなかったはずだ。それも急いで。そこでダービーはグレイディの家を監視していたというエヴァンのことばを思い出した。エヴァンにはボイルが家の中で証拠を植え付けていたことがわかっていた。目の前で家が火に包まれたとも言っていた。

「ボイルは自宅に帰って連絡を待てと言ったわ」母はつづけた。「誰かに話したら、刑務所に行くことになるって脅された。地下室のドアから外へ出るように言われたの。火事のことは翌朝まで知らなかった。

二日後、グレイディの始末はつけたと電話があった。でも、彼が犯人であることの証拠はほとんど火事で焼けてしまったとも言われた。それで、いい考えがあると言うの。わたしが刑務所に行かずに済む方法が。証拠を見つけたんだけど、わたしにそれをとりに行ってもらわなきゃならないって言うのよ。自分は事件の捜査で手いっぱいだからって。証拠は森の中に埋められているということだった。ボイルはそこまでの行き方を説明して、証拠を家に持って帰るように命じたわ。あとで自分がとりに寄るからと言って。その証拠が何であるかは教えてくれなかった。心配要らないと言うばかりで。わたしがグレイディを殺した理由はわかっているからって。

わたしは翌朝早く、ガーデニング用の手袋とシャベルを持って出かけたわ。見つけたのは服が――女性の服が――いっぱい詰まった茶色の紙の袋と写真だった」

「わたしがさっき見せた写真ね」

シェイラはうなずいた。唇がきつく引き結ばれた。

「名前はわかっているの？」とダービーは訊いた。

「教えてくれなかったわ」

「ほかには何を見つけたの？」

母の目の奥で、ダービーがその場から逃げ出したくなるような何かが揺らめいた。

「それって――」ダービーの声がかすれ、ことばが途切れた。大きく唾を呑み込む。

「メラニーだったの？」

「ええ」

ダービーは腹を熱いナイフで裂かれたような気がした。

「顔を見たのよ」シェイラは言った。まるで有刺鉄線でぐるぐる巻きにされているかのように、ひりひりと痛むような声だった。「袋はメルの顔の上に埋められていたの」

ダービーは口を開けたが、ことばは出てこなかった。

シェイラは泣き出した。「どうしていいかわからなかった。だから、また穴に土を戻して家に帰ったの。翌朝早くあの男から電話があったから、すぐにメラニーのことを言ったのよ。そうしたら、向こうはわかってるって言って、郵便箱を見てこいって命じたわ。行ってみると、ビデオテープと封をした封筒がはいっていた。ビデオテープを再生して、何が映っているか教えてくれと言われたわ。映っていたのはわたしだった。森の中で穴を掘っているわたしの姿」

ダービーは頭がくらくらするのを感じた。まわりのすべての色がにじんだようになった。

「封筒の中にはいっていたのは、叔母さんと叔父さんの家にいるあなたの写真だった。今度のことを誰かに話したら——森の中で何を見つけたか話したら、ビデオテープをFBIに送るって脅されたわ。それで、わたしが刑務所にはいってから、あなたを殺すことにするって。わたしはそれが単なる脅しではないと思った。すでに一度あなたを連れ去ろうとしたんですもの。絶対に……そんな危険を冒すわけにはいかなかった」

シェイラは口にこぶしを押しつけた。「あの男はわたしが忘れないように写真を送りつづけたわ——学校にいるあなたや友だちと遊ぶあなたの写真を。クリスマスカードに同封してきたりもした。それから、服を送ってくるようになった」

「服？　わたしの服？」

「いいえ、それは……ほかの人の服よ。ほかの女性たちの。写真といっしょに小包になって届いた。女性たちのこういう写真」シェイラは手に持ったカラーコピーを握りしめた。「わたしにはどうしていいかわからなかった」

「ママ、その服は今どこにあるの？」

「たぶん、たぶんだけど、それをどうにか利用できるかもしれないと思ったの。匿名で警察に送りつけるとか。わからないけど。何を考えていたのかはわからない。でも、ずっと手放さずにいた」

「誰かに話した？　弁護士とか？」

シェイラは首を振った。頬は涙で濡れている。「自首したらどうなるだろうってずっと考えていたわ。自分のしたことを警察に話したらどうなる？　これだけ行方不明の女性たちの服を持っていて、何も言わずにいたことを。それを話したら、あなたも証拠を隠す手助けをしたと思われる。それが真実かどうかはどうでもいいことなのよ。あなたもかかわっていたとみんな思うわ。担当したあのレイプ犯の事件のときにどんな目に遭ったか思い出してみて。証拠を捏造したのはパートナーだけだったのに、あなたも協力したと思われた。わたしが自首していたら、あなたの経歴まで台無しになってしまったはずよ」

ダービーは苦労してことばを押し出した。「服はどうしたの？」

「あなたが教会に寄付してくれた箱にはいっていたわ」

「写真は？」

「捨てた」

ダービーは両手に顔をうずめた。警察署で見た女性たちの写真が思い出された。立ち並ぶコルクボードに何十枚と貼られた写真。母が自首してくれていたら、あの女性たちは生きていたのだ。その事実が種をまくように心にはいり込み、どんどん深く根を伸ばしていた。

「どうしていいかわからなかったの」シェイラは言った。「自分のしたことを変えることはできない。何百回となく警察に行くことを考えたけど、いつもあなたのことしか考えられなかった。わたしが自首したら、あの男があなたに何をするだろうかと。あなたのほうが大事だった」

「メルを見つけた場所だけど」とダービーは言った。

「わからないわ」

「思い出して」

「今日一日そのときのことを思い出そうとしていたの。あの男の顔をテレビで見てから。でも覚えてないわ。もう二十年以上も前のことだもの」

「その朝どこに車を停めたかは覚えていない？　森のどのぐらい奥まではいっていったのかは？」

「覚えてないわ」

「ボイルからの指示は？　書きとめたメモはとってないの？」

「捨ててしまったわ」シェイラはすすり泣いており、口から出ることばは心から引きちぎられているかのように聞こえた。「わたしを憎まないで。あなたに憎まれたまま死ぬわけにはいかない」

ダービーは森のどこかの地中に埋められているメラニーのことを考えた。たったひとり、誰にも見つからない場所で眠っているメラニー。

「許してくれる？」シェイラは言った。「少なくとも、許してくれる？」

ダービーは答えなかった。メラニーの姿が脳裡に浮かんだ。ロッカーのそばに立ち、また友達同士に戻れるようにステイシーを許してやってと頼むメラニー。あのとき友達に戻ると答えていれば。ステイシーを許していれば。そうすれば、メラニーもステイシーもあの晩自宅にいたはずだ。ふたりとも今も生きていたはずだ。たぶん、あの女性たちも。

「ママ……ああ、なんて……」

ダービーは母の手をつかんだ。自分を抱きしめてくれたこの同じ手が、グレイディを殺し、メラニーの上に土を戻したのだ。握りしめた母の手には力があった。まだそこには力があったが、それが失われるのも遠い話ではない。まもなく母は逝ってしまい、自分が母を埋めることになる。そしていつかわたし自身も逝き、ひとり埋められ、忘れ去られてしまうだろう。いつか、天国のような場所があるとすれば、そこでメラニーを見つけ、どれほど申し訳なく思っているか伝えられるといいのだが。メラニーはきっと許してくれるだろう。ステイシーも。ダービーは何にもましてそれを願った。

# 謝辞

本書は、犯罪学者のスーザン・フレアティの協力と見識がなければ執筆され得なかっただろう。スーザンはボストン科学捜査研究所での自分の仕事について教えてくれたばかりか、技術的な質問に忍耐強くすべて答えてくれた。本書においてまちがっている点があれば、それはすべて作者の責任である。

ジーン・ファレルにも感謝する。警察の手続きに関する質問に極めて協力的に答えてくれたことに。ジーナ・ガロも同様である。ジョージ・ダズケヴィッチはそれほど大笑いすることなく、コンピューターに関するあまたの技術的な問題を私が理解するのに力を貸してくれた。

デニス・ルヘインにとくに感謝したい。長年にわたってたくさんの励ましのことばをかけてくれ、助言と友情を注いでくれたことに。

作家仲間であり、よき友であるジョン・コナリーとグレッグ・ハーウィッツにも心からの謝意を表する。何度も書き直されたこの本の草稿に忍耐強く目を通してくれ、助言と的を射た感想をくれた。

最後に、とはいえ決して少なくない感謝を、広報係であり、友人であるマギー・グリフィンに捧げる。すべてに対して。あなたは最高だ、マグズ。

執筆は——少なくとも私にとっては——たのしいというよりも辛い作業だ。『贖罪の日』はとくに大変だった。次に述べる方々はさまざまな意見をくださり、私に我慢強く接してくださった。とくに感謝されてしかるべきである。ジェン、ランディ・スコット、マーク・アルヴズ、ロンとバーバラのゴンデック夫妻、リチャード・マレック、ロバート・ペピン、パム・バーンスタイン。メル・バーガーは辛いときに力を貸してくれ、本書の原稿すべてに辛抱強く目を通してくれた。担当編集者のエミリー・ベスラーもまた、鋭い洞察力を示して本書をよりよいものにしてくれた。ありがとう、エミリー、驚くほどの忍耐力を見せてくれて。

スティーヴン・キングのすばらしい著作、『小説作法』とU2の歌——もっとすぐれたアルバム〈ハウ・トゥ・ディスマントル・アン・アトミック・ボム〉にも感謝したい。おかげで書き直しに費やした長い月日を耐え抜くことができた。

お手元にある本はフィクションである。つまり、ジェイムズ・フレイ式に言うと、すべては私の創作である。

# 訳者あとがき

クリス・ムーニーの"The Missing"の邦訳をお届けする。The Missing（行方不明者）という原題からもわかるとおり、本書は行方不明となった女性たちを巡って女性科学捜査官が異常犯罪者と対決するサスペンス・スリラーである。

女性科学捜査官の名前はダービー・マコーミック。ボストン市警の科学捜査研究所の一員で、ティーンエージャーの少女が何者かに連れ去られた事件を担当するが、彼女自身、少女のころに連続女性誘拐犯にあやうく拉致《らち》されかけた過去を持つ。そのときダービーはどうにか難を逃れたが、偶然彼女の家に居合わせた友人のメラニーが連れ去られ、二十三年経った今も死体さえ発見されないその友人のことがダービーの心に深い傷となって残っている。その事件と同じような状況で連れ去られたティーンエージャーの少女の一件は、暗い記憶を呼び起こし、ダービーはその少女だけはどうしても救わなくてはならないという思いに駆られ、捜査官である前にひとりの人間として事件に向き合うようになる。

科学捜査官という職業は、テレビドラマ・シリーズの〈CSI：科学捜査班〉の大ヒットによって、アメリカで一躍脚光を浴びるようになった。次々と発生する難事件に際し、現場に残されたごくわずかな証拠から、最新技術を駆使して犯人や犯行の状況を鮮やかに解明していくドラマは、科学捜査というものへの人々の関心を高めたのである。本書においても、科学捜査官たちは現場に残された血痕や足跡、塗料のかけらといった証拠を最新の機器やデータベースを用いて分析し、犯行の状況を解明して犯人を追いつめるのに一役買っている。ただ、テレビドラマとちがって、鮮やかに謎を解く姿だけでなく、証拠の収集・分析にうんざりするほどの時間と労力がかかる点や、データベースとの照合にFBIなど他の法的機関の協力をあおがなければならず、いかに迅速に協力してもらうかに頭を悩ます捜査官の姿など、おそらくは綿密な取材によるものだろうが、かなりリアリティを追求するものになっている。

作者のクリス・ムーニーはマサチューセッツ州のリン出身で、現在もボストン近郊で暮らしている。スティーヴン・キングの影響を受けて大学時代から執筆活動を開始し、大学卒業後、二年かけて初の長編“Deviant Ways”を完成させる。本書は彼の長編四作目で、科学捜査官ダービー・マコーミックを主人公とするシリーズの第一作ということである。男性作家ながら、心に傷を抱え、末期癌《がん》の母を持つ女性主人公の揺れ動く心情や、被害者の母親たちの子を思う気持ちなどを非常にこまやかに描き、速い展開のドラマティックなストーリーに抒情的なおもむきを与えている。アメリカではすでにシリーズ二作目の"The Secret Friend"も発表されている。ダービーがボストン市警に新たに設置された特別班に配属となり、科学捜査官の権限を超えた捜査権限を与えられて異常連続殺人犯を追うストーリーで、スピーディーな展開の魅力的な作品に仕上がっている。こちらもいずれご紹介できれば幸いである。

二〇〇八年九月

|著者|クリス・ムーニー　マサチューセッツ州リン出身。スティーヴン・キングの影響を受けて作家をめざす。2000年に初の長編“Deviant Ways”を発表後、3作目“Remembering Sarah”がエドガー賞にノミネートされるなど高い評価を受ける。満を持して発表した長編4作目となる本書“The Missing”は、〝女性科学捜査官ダービー・マコーミック〟シリーズの第1作。シリーズ第2作“The Secret Friend”も刊行されている。

|訳者|高橋佳奈子　英米文学翻訳家。東京外国語大学ロシア語学科卒業。主な訳書に、クイック『満ち潮の誘惑』(ヴィレッジブックス)、コーエン『陰謀者たち』(扶桑社)、コールター『夜の炎』(二見書房)、ブライソン『ドーナッツをくれる郵便局と消えゆくダイナー』(朝日新聞出版)など。

贖罪《しょくざい》の日《ひ》
クリス・ムーニー|高橋佳奈子《たかはしかなこ》 訳


講談社文庫
定価はカバーに
表示してあります

2008年11月14日第1刷発行

発行者——野間佐和子
発行所——株式会社 講談社
東京都文京区音羽2-12-21 〒112-8001
電話 出版部 (03) 5395-3510
販売部 (03) 5395-5817
業務部 (03) 5395-3615
Printed in Japan

デザイン—菊地信義
本文データ制作—講談社プリプレス管理部
印刷———豊国印刷株式会社
製本———加藤製本株式会社



ISBN978-4-06-276206-9

# 講談社文庫刊行の辞

二十一世紀の到来を目睫に望みながら、われわれはいま、人類史上かつて例を見ない巨大な転換期をむかえようとしている。

世界も、日本も、激動の予兆に対する期待とおののきを内に蔵して、未知の時代に歩み入ろうとしている。このときにあたり、創業の人野間清治の「ナショナル・エデュケイター」への志を現代に甦らせようと意図して、われわれはここに古今の文芸作品はいうまでもなく、ひろく人文・社会・自然の諸科学から東西の名著を網羅する、新しい綜合文庫の発刊を決意した。

激動の転換期はまた断絶の時代である。われわれは戦後二十五年間の出版文化のありかたへの深い反省をこめて、この断絶の時代にあえて人間的な持続を求めようとする。いたずらに浮薄な商業主義のあだ花を追い求めることなく、長期にわたって良書に生命をあたえようとつとめるところにしか、今後の出版文化の真の繁栄はあり得ないと信じるからである。

同時にわれわれはこの綜合文庫の刊行を通じて、人文・社会・自然の諸科学が、結局人間の学にほかならないことを立証しようと願っている。かつて知識とは、「汝自身を知る」ことにつきていた。現代社会の瑣末な情報の氾濫のなかから、力強い知識の源泉を掘り起し、技術文明のただなかに、生きた人間の姿を復活させること。それこそわれわれの切なる希求である。

われわれは権威に盲従せず、俗流に媚びることなく、渾然一体となって日本の「草の根」をかたちづくる若く新しい世代の人々に、心をこめてこの新しい綜合文庫をおくり届けたい。それは知識の泉であるとともに感受性のふるさとであり、もっとも有機的に組織され、社会に開かれた万人のための大学をめざしている。大方の支援と協力を衷心より切望してやまない。

一九七一年七月

野間省一

講談社文芸文庫

色川武大

# 遠景・雀・復活　色川武大短篇集

解説＝村松友視　年譜＝著者

自らの生を決めかね、悲しい結末を迎える若き叔父・御年《みとし》。彼の書き残した手紙で構成した「遠景」をはじめとし、最後の無頼派作家が描く、はぐれ者の生と死、九篇。

978-4-06-290030-0　いN3

村山槐多

# 槐多の歌へる　村山槐多詩文集　酒井忠康編

解説・年譜＝酒井忠康

大正時代、放浪とデカダンスのうちに肺患により夭折した天才画家は、生得の詩的才能にも恵まれていた。その迸《ほとばし》る〈詩魂〉を詩、短歌、小説、日記を通して辿る詩文集。

978-4-06-290032-4　むD1

グリム兄弟

# 完訳グリム童話集2

訳・解説＝池田香代子

グリム兄弟は農民や職人など普通の人々を近代ドイツの根拠とし、メルヒェンは彼等を魂の次元で結ぶものだった。第二巻には「幸せなハンス」「命の水」等、六三篇収録。

978-4-06-290031-7　クA2

# 海外作品

## 小説

グレッグ・アイルズ 雨沢 泰訳 沈黙のゲーム(上)(下)
グレッグ・アイルズ 雨沢 泰訳 戦慄の眠り(上)(下)
グレッグ・アイルズ 雨沢 泰訳 魔力の女
グレッグ・アイルズ 雨沢 泰訳 神の足跡(上)(下)
ブライアン・イーストマン 野間けい子訳 ローズマリー&タイム〈歌を忘れた鳥たち〉
C・イーワン 佐藤耕士訳 腕利き泥棒のためのアムステルダム・ガイド
レニー・エアース 田中 靖訳 闇に濁る淵から
D・エリス 中津 悠訳 覗く。(上)(下)
リチャード・P・エヴァンズ 笹野洋子訳 クリスマス・ボックス
ジョン・エヴァンズ 土屋 晃訳 ビッグ・アースの殺人
ケヴィン・オブライエン 矢沢聖子訳 最後の生《いけ》贄《にえ》
キム・ラン 金 智子訳 ぶどう畑のあの男
S・クーンツ 北澤和彦訳 キューバ(上)(下)
D・クロンビー 西田佳子訳 警視の休暇
D・クロンビー 西田佳子訳 警視の隣人
D・クロンビー 西田佳子訳 警視の秘密
D・クロンビー 西田佳子訳 警視の愛人
D・クロンビー 西田佳子訳 警視の死角
D・クロンビー 西田佳子訳 警視の接吻
D・クロンビー 西田佳子訳 警視の予感
D・クロンビー 西田佳子訳 警視の不信
D・クロンビー 西田佳子訳 警視の週末
ウィリアム・K・クルーガー 野口百合子訳 凍りつく心臓
ウィリアム・K・クルーガー 野口百合子訳 狼の震える夜
ウィリアム・K・クルーガー 野口百合子訳 煉獄の丘
ロバート・クレイス 村上和久訳 ホステージ(上)(下)
D・クーンツ 田中一江訳 サイレント・アイズ(上)(下)
D・クーンツ 田中一江訳 対決の刻《とき》(上)(下)
M・クーランド 吉川正子訳 千里眼を持つ男
J・ケラーマン 北澤和彦訳 モンスター〈臨床心理医アレックス〉
J・ケラーマン 北澤和彦訳 マーダー・プラン(上)(下)〈臨床心理医アレックス〉
テリー・ケイ 笹野洋子訳 そして僕は家を出る(上)(下)
アリソン・ゲイリン 公手成幸訳 ミラー・アイズ
J・コーソル 公文俊平 藤原作弥 訳 ドル大暴落の日〈ハードランディング作戦〉
P・コーンウェル 相原真理子訳 検屍官
P・コーンウェル 相原真理子訳 証拠死体
P・コーンウェル 相原真理子訳 遺留品
P・コーンウェル 相原真理子訳 真犯人
P・コーンウェル 相原真理子訳 死体農場
P・コーンウェル 相原真理子訳 私刑
P・コーンウェル 相原真理子訳 死因
P・コーンウェル 相原真理子訳 接触
P・コーンウェル 相原真理子訳 業火
P・コーンウェル 相原真理子訳 警告
P・コーンウェル 相原真理子訳 審問(上)(下)

## 講談社文庫　海外作品

P・コーンウェル　相原真理子訳　黒《くろ》蠅《ばえ》(上)(下)
P・コーンウェル　相原真理子訳　痕跡(上)(下)
P・コーンウェル　相原真理子訳　神の手(上)(下)
P・コーンウェル　相原真理子訳　スズメバチの巣
P・コーンウェル　相原真理子訳　サザンクロス
P・コーンウェル　矢沢聖子訳　女性署長ハマー(上)(下)
P・コーンウェル　相原真理子訳　捜査官ガラーノ
P・コーンウェル　相原真理子訳　異邦人(上)(下)
R・ゴダード　加地美知子訳　秘められた伝言(上)(下)
R・ゴダード　加地美知子訳　悠久の窓(上)(下)
R・ゴダード　加地美知子訳　最期の喝采
R・ゴダード　加地美知子訳　眩惑されて(上)(下)
R・ゴダード　越前敏弥訳　還らざる日々(上)(下)
マイクル・コナリー　古沢嘉通訳　夜より暗き闇(上)(下)
マイクル・コナリー　古沢嘉通訳　暗く聖なる夜(上)(下)
マイクル・コナリー　古沢嘉通訳　天使と罪の街(上)(下)

マイクル・コナリー　古沢嘉通訳　終決者たち(上)(下)
ハーラン・コーベン　佐藤耕士訳　唇を閉ざせ(上)(下)
ジョン・コナリー　北澤和彦訳　死せるものすべてに(上)(下)
ジョン・コナリー　北澤和彦訳　奇怪な果実(上)(下)
マーティナ・コール　小津薫訳　顔のない女(上)(下)
ルイス・サッカー　幸田敦子訳　穴〈HOLES〉
アイリス・ジョハンセン　北沢あかね訳　見えない絆
ゲイリー・シュミット　上野元美訳　最高の子〈牛小屋と僕と大統領〉
サラ・ストロマイヤー　細美遙子訳　バブルズはご機嫌ななめ
ロバート・K・タネンボーム　菅沼裕乃訳　さりげない殺人者
L・チャイルド　小林宏明訳　キリング・フロアー(上)(下)
L・チャイルド　小林宏明訳　反撃(上)(下)
L・チャイルド　小林宏明訳　警鐘(上)(下)
ネルソン・デミル　白石朗訳　王者のゲーム(上)(下)
ネルソン・デミル　白石朗訳　アップ・カントリー〈兵士の帰還〉(上)(下)
ネルソン・デミル　白石朗訳　ニューヨーク大聖堂(上)(下)

ネルソン・デミル　白石朗訳　ナイトフォール(上)(下)
ネルソン・デミル　白石朗訳　ワイルドファイア(上)(下)
ジェフリー・ディーヴァー　越前敏弥訳　死の教訓(上)(下)
ジェフリー・ディーヴァー　越前敏弥訳　死の開幕
アンドリュー・テイラー　越前敏弥訳　天使の遊戯
アンドリュー・テイラー　越前敏弥訳　天使の背徳
アンドリュー・テイラー　越前敏弥訳　天使の鬱屈
ハックスリー　松村達雄訳　すばらしい新世界
ジェームズ・パターソン　小林宏明訳　闇に薔薇
ジェームズ・パターソン　小林宏明訳　血と薔薇
デイヴィッド・ハンドラー　北沢あかね訳　殺人小説家
デイヴィッド・ハンドラー　北沢あかね訳　ブルー・ブラッド
デイヴィッド・ハンドラー　北沢あかね訳　芸術家の奇館
T・J・パーカー　渋谷比佐子訳　ブルー・アワー(上)(下)
T・J・パーカー　渋谷比佐子訳　レッド・ライト(上)(下)
A・パブロッタ　小津薫訳　死体絵画

# 講談社文庫　海外作品

ジャン・バーク　渋谷比佐子訳　骨(上)(下)
ジャン・バーク　渋谷比佐子訳　汚れた翼(上)(下)
ジャン・バーク　渋谷比佐子訳　私刑連鎖犯(上)(下)
ジョン・ハーヴェイ　日暮雅通訳　血と肉を分けた者
ジム・フジッリ　公手成幸訳　NYPI
A・ヘンリー　小西敦子訳　フェルメール殺人事件
A・ヘンリー　小西敦子訳　ミッシング・ベイビー殺人事件
C・J・ボックス　野口百合子訳　沈黙の森
C・J・ボックス　野口百合子訳　凍れる森
C・J・ボックス　野口百合子訳　神の獲物
R・ボウエン　羽田詩津子訳　口は災い
フィオナ・マウンテン　竹内さなみ訳　死より蒼く
P・マーゴリン　井坂　清訳　女神の天秤
C・G・ムーア　井坂　清訳　最後の儀式
ボブ・モリス　高山祥子訳　震える熱帯
ウィリアム・ラシュナー　北澤和彦訳　独善(上)(下)

P・リンゼイ　笹野洋子訳　目撃
P・リンゼイ　笹野洋子訳　宿敵
P・リンゼイ　笹野洋子訳　殺戮
P・リンゼイ　笹野洋子訳　覇者(上)(下)
P・リンゼイ　笹野洋子訳　鉄槌
P・リンゼイ　笹野洋子訳　応酬
ギリアン・リンスコット　加地美知子訳　姿なき殺人
スー・リム　野間けい子訳　オトメノナヤミ
G・ルッカ　古沢嘉通訳　守護者《キーパー》
G・ルッカ　古沢嘉通訳　奪回者
G・ルッカ　古沢嘉通訳　暗殺者《キラー》
G・ルッカ　古沢嘉通訳　耽溺者《ジャンキー》
G・ルッカ　飯干京子訳　逸脱者(上)(下)
G・ルッカ　飯干京子訳　哀国者
ポール・ルバイン　細美遙子訳　マイアミ弁護士〈ソロモン&ロード〉(上)(下)
ポール・ルバイン　細美遙子訳　深海のアリバイ〈マイアミ弁護士 ソロモン&ロード〉(上)(下)

ジェド・ルーベンフェルド　鈴木　恵訳　殺人者は夢を見るか(上)(下)
D・レオン　北條元子訳　ヴェネツィア殺人事件
D・レオン　北條元子訳　ヴェネツィア刑事はランチに帰宅する
N・ロバーツ　加藤しをり訳　スキャンダル(上)(下)
N・ロバーツ　加藤しをり訳　イリュージョン(上)(下)
ピーター・ロビンスン　幸田敦子訳　誰もが戻れない
ピーター・ロビンスン　野の水生訳　渇いた季節
ピーター・ロビンスン　野の水生訳　エミリーの不在(上)(下)

## ノンフィクション

W・アービング　江間章子訳　アルハンブラ物語
L・アームストロング　安次嶺佳子訳　ただマイヨ・ジョーヌのためでなく
P・コーンウェル　相原真理子訳　真相〈切り裂きジャックは誰なのか?〉(上)(下)
ピーター・スターク　徳川家広訳　ラスト・ブレス〈死ぬための技術〉
M・セリグマン　山村宜子訳　オプティミストはなぜ成功するか

2008年9月15日現在